Maria

Für Stefan

Beate Wirth

Maria

Erotischer Roman

ANAIS

Inhalt

Prolog

Er legte einen Finger auf meine Lippen, um sicherzugehen, dass ich mich leise verhielt. Dann wanderte seine Hand langsam meinen Hals hinab, glitt über mein Shirt und hinunter zu meinen Brüsten. Durch den dünnen Stoff spürte ich, wie er meine steifen Brustwarzen berührte. Ein wohliger Schauer überlief mich. Mit der anderen Hand fuhr er unter meinen Rock und flüsterte mir zu: »Ich will nur sehen, ob du bereit bist ...«

Mir stockte der Atem. Ich bekam plötzlich Panik. Was, wenn man uns erwischte? Aber sein Lächeln nahm mir die Angst und dann war die Lust wieder da – die Lust, mich ihm hinzugeben, hier und jetzt.

Wir hatten unser Spielchen vor einer Stunde an der Bar des Maloko begonnen. Das Maloko war ein heruntergekommener Schuppen, in dem sich zumeist Studenten herumtrieben, die nicht viel Geld hatten.

Er unterhielt sich gerade mit einem Freund und nahm keine Notiz von mir. Doch als ich immer wieder lächelnd zu ihm hinübersah, begegneten sich unsere Blicke. Sein Lächeln wirkte cool und unnahbar. Sein Anblick erregte mich. Er war groß und gut gebaut. Die starken Schultern und dieser Arsch, der in der engen Hose besonders zur Geltung kam, zogen mich magisch an. Ich konnte es kaum erwarten, seinen schönen, durchtrainierten Körper zu berühren.

Ich zögerte eine Sekunde und fragte mich, ob ich mich mit dieser Aktion nicht völlig zum Affen machte. Aber ich wollte unbedingt Sex mit ihm haben. Ich hatte gar keine Wahl. Meine Lust trieb mich zu ihm und ich ließ mich nur allzu gerne von ihr treiben. Davon abgesehen hatte ich es satt, meine Bedürfnisse zu unterdrücken. Das hatte ich zwei Jahre lang getan. Mittlerweile nahm ich mir einfach, was ich wollte.

Ich zog einen Kugelschreiber und einen Block aus meiner Handtasche und schrieb: *Wenn du mich auch willst, dann komm in den ersten Stock zu den Toiletten.*

Ich lief geradewegs auf ihn zu und legte den Zettel vor ihm auf den Tresen. Nachdem er ihn gelesen hatte, verschwand ich ohne ein Wort und ohne mich noch einmal nach ihm umzudrehen in Richtung Toilette.

Im Waschraum blieb ich vor dem Spiegel stehen und lächelte mich selber an, weil ich nicht fassen konnte, was ich gerade getan hatte.

Nicht mal eine Minute später hörte ich Schritte auf der Treppe. Dann öffnete sich die Tür. Er sah mich mit seinem unwiderstehlichen Lächeln an und mir blieb fast die Luft weg. Wir wussten beide, was passieren würde. Worte waren absolut überflüssig.

Er kam auf mich zu und verharrte einen Moment, dann legte er seine Hand um meine Taille und zog mich zu sich heran. Er küsste mich und das allein genügte schon, um meinen Schritt feucht werden zu lassen. Es war einer dieser Küsse, bei denen man weiche Knie bekommt und am liebsten sofort schreien will: Bitte fick mich einfach!

Ich spürte seine Finger auf meiner Brustwarze, spürte seine Hand und die Hitze zwischen meinen Beinen, die sich rasend schnell über meinen ganzen Körper ausbreitete.

Und ob ich bereit bin!, dachte ich.

Während er mich mit zwei Fingern verwöhnte, öffnete er seine Hose und holte seinen Schwanz heraus. Dann zog er sich ein Kondom über.

Er hob mich hoch, drang in mich ein und drückte mein Becken fest an sich, um seinen Schwanz ganz tief in mich hineinzustoßen. Mir wurde ein bisschen schwindlig dabei. Ich hatte wohl eine Bacardi-Cola zu viel gehabt. Andererseits wäre ich ohne das letzte Glas jetzt bestimmt nicht hier gewesen, um mich von ihm durchficken zu lassen.

Ich vergaß alles um mich herum, was einfach war, denn er wusste genau, was ich brauchte. Ich brauchte jemanden, der sich nahm, was er wollte. Nur so bekam ich auch, was ich wollte – Leidenschaft, die einem den Boden unter den Füßen wegzieht.

Er wurde schneller und ich genoss es, ihn in mir zu spüren, die Kraft, mit der er mich hielt und führte, sich in mich drängte, fest und tief. Ich stöhnte auf, hörte ihn stöhnen, spürte, wie er kam.

Er zog sein Kondom ab, warf es in den Mülleimer und sah mich erwartungsvoll an. Die Geilheit und der Reiz des Verbotenen wurden plötzlich von der brutalen Gewissheit überschattet, dass ich ihn trotz allem immer lieben würde, egal wie oft ich es vor mir selbst leugnete und die Rolle der lockeren Sexfreundin spielte. Wenn er mich so ansah wie jetzt, unsere Körper aneinandergepresst, wollte ich die Zeit anhalten, den Moment festhalten. Und genau darum konnte ich diese vergängliche Nähe kaum ertragen.

»Entschuldige, ich geh nur noch mal schnell auf die Toilette«, sagte ich in der Hoffnung, er würde mich daraufhin alleine lassen.

»Wir sehen uns unten«, antwortete er mit einem Zwinkern, richtete seine Klamotten und seine Haare und verschwand.

Kaum war er zur Tür hinaus, überkam mich ein Gefühl, das ich inzwischen leider nur allzu gut kannte – eine Mischung aus Enttäuschung, Liebe und Angst vor meiner Zuneigung für ihn.

Ich verließ die Bar durch den Hinterausgang, ohne mich von Sven zu verabschieden. Es war einer dieser schönen lauen Sommerabende, an denen man sehr glücklich sein konnte.

Vorausgesetzt, man hatte sich nicht unsterblich in seinen Nachbarn verliebt, für den man allerdings nicht mehr als ein netter Zeitvertreib war.

In meinem Leben gibt es eindeutig zu wenig Liebe und zu viel Sex, dachte ich bitter, während ich zur Bushaltestelle lief. Klar, ich hätte mich von Sven mit dem Auto mitnehmen lassen können, wir hatten ja denselben Heimweg, aber irgendwie hatte ich das Bedürfnis verspürt, ihm eins auszuwischen. Ich wollte ihm zeigen, wie stark und unabhängig ich war und dass mich ein schneller Fick auf der Toilette nicht aus der Fassung brachte.

Tolle Idee, dachte ich, als ich auf den Fahrplan sah. Der nächste Bus fuhr erst in einer Stunde. Während ich meinen Abend also an einer verlassenen Bushaltestelle ausklingen lassen würde, lag Sven wahrscheinlich längst im Bett und träumte nicht von mir.

Warum war es so leicht, guten Sex zu haben, aber so schwer, ihn mit einer funktionierenden Beziehung zu kombinieren?

Ich wusste, dass es nicht nett gewesen war, Sven in der Bar einfach so stehen zu lassen. Anderseits: Wer in Gegenwart seiner Freunde so tat, als würde er mich nicht kennen, obwohl er regelmäßig mit mir schlief, durfte auch nichts von mir erwarten, oder?

Der Bus kam. Es war morgens um vier und ich war traurig, verwirrt und wütend, dass Sven nichts für mich empfand und der Sex mit ihm trotzdem so verdammt gut war.

Januar

Neues Spiel, neues Glück?

Seit ich dreizehn Jahre alt war, hatte ich davon geträumt, zu Hause auszuziehen und irgendwo mein eigenes Leben anzufangen. Mit meinen Eltern gab es ständig Streit und ich hatte keine Lust mehr auf diese deprimierenden, kräftezehrenden Auseinandersetzungen. Und als der große Tag endlich gekommen war, konnte ich mein Glück gar nicht fassen. Ich hatte mein Abitur in der Tasche und mir standen alle Türen offen. Dabei reichte mir schon *eine einzige* Tür und es war mir egal, wohin sie führen würde, Hauptsache in eine andere Richtung. Ich wollte meiner trübsinnigen Grundstimmung entfliehen und optimistisch in die Zukunft schauen können. Doch der entscheidende Schritt war schwerer, als ich ihn mir vorgestellt hatte.

Letztendlich landete ich in einer kleinen Kellerwohnung außerhalb von Köln, wo ich mich an der Universität immatrikulierte. Dass ich mich auch vom Bodensee verabschieden musste, an dem ich aufgewachsen war, fiel mir schwer, doch der Gedanke daran, dass die Karten noch mal neu gemischt wurden, gab mir Kraft. Die einzige Altlast, die ich in mein neues Leben mitnahm, hieß Timo und war seit fast zwei Jahren mein Freund.

Das Wunderbare an Neuanfängen ist, dass man alle Fehler noch mal machen, oder – falls man Lust dazu hat – auch etwas aus den alten lernen kann. Ich wusste noch nicht, wofür ich mich entscheiden würde, wichtig war nur, dass ich dem Gefängnis meines alten Lebens entkam und mir etwas aufbauen konnte, das nur mir gehörte. Ich hatte es selbst in der Hand.

Es lief alles erstaunlich glatt, zumindest oberflächlich betrachtet. Mit dem Studium hatte ich kaum Probleme, die Prüfungen liefen gut und mit den Kommilitoninnen verstand ich mich richtig super.

Allerdings waren sie kein Ersatz für meine Freundin Mira, die jetzt in Berlin studierte und die ich so nur noch per Telefon an meinem Leben teilhaben lassen konnte. Ich merkte schnell, dass es schwer werden würde, in Köln so eine Freundin wie sie zu finden. Dafür traf ich umso mehr Leute, mit denen man Spaß haben konnte. Zum Beispiel meine neue Nachbarin Steffi.

Schon bald wurde sie meine Verbündete, denn wir teilten dasselbe Schicksal einer Einzimmerwohnung im Keller, in der Sonnenlicht rar war, die man aber mit allerlei krabbelnden Lebewesen teilte. Dennoch liebte ich meine Wohnung von Anfang an bedingungslos, schließlich war es ja auch meine erste eigene Wohnung. Ich war praktisch blind vor Liebe.

Steffi und ich standen abends oft noch zusammen in dem kleinen Garten am Haus, rauchten und lachten. Ich mochte Steffi sehr, vor allem weil sie so ein sonniges Gemüt hatte. Sie studierte an derselben Uni wie ich, allerdings war sie leider schon im vorletzten Semester, als ich sie kennenlernte. Deshalb wusste ich von Anfang an, dass ich irgendwann in meinem

Keller alleine sein würde, und an manchen Tagen machte mir das ein bisschen Angst. Steffi war einundzwanzig, sah aber viel jünger aus. Ihre dicken dunklen Haare hatte sie meistens zu einem Zopf geflochten und ihr fein geschnittenes Gesicht ließ sie ein wenig zerbrechlich wirken. Aber das war sie ganz und gar nicht. Sie war die starke Schulter, an die ich mich jederzeit anlehnen konnte.

Dann bekamen wir überraschend Verstärkung. Wir hatten von unserem Vermieter gehört, dass auf unserem Gang jemand Neues eingezogen war, und natürlich waren wir total gespannt darauf, unseren neuen Nachbarn kennenzulernen. Angeblich war er siebenundzwanzig und machte für sechs Monate ein Praktikum in Köln.

Nachdem wir ihn auch nach drei Wochen kein einziges Mal zu Gesicht bekommen hatten, beschlossen wir eines Abends, dem sagenumwobenen Praktikanten mal einen Besuch abzustatten. Wie zwei kleine Mädchen standen wir nervös vor seiner Tür und trauten uns nicht anzuklopfen. Wir kicherten vor uns hin, bis wir von drinnen plötzlich Schritte hörten.

Als er uns die Tür aufmachte, verschlug es uns den Atem. Der Typ war bestimmt zwei Köpfe größer als wir und sah aus, als würde er viel Sport treiben. Irgendwie hatten wir wohl beide etwas anderes erwartet, jedenfalls nicht so einen Adonis. Auf seiner Nase saß eine Brille mit dunklem Rahmen und seine blonden Haare standen in alle Richtungen ab, so als wäre er gerade aus dem Bett gekrochen. Er lächelte uns fragend an und es war mir unsagbar peinlich, dass wir kein Wort herausbekamen.

»Hi«, krächzte ich nach einer gefühlten Ewigkeit. »Wir sind deine Nachbarinnen. Wir wollten nur mal Hallo sagen und dich willkommen heißen«, sagte ich steif. Steffi fing wieder an zu kichern. Dabei spielte sie verlegen mit ihrem Zopf und sah aus wie zwölf.

»Hi. Kommt doch rein. Ist allerdings nicht sonderlich aufgeräumt bei mir«, sagte er, aber ich glaube, wirklich unangenehm war es ihm nicht. »Ich bin übrigens Sven.« Er streckte mir die Hand entgegen.

»Ich bin Maria und das ist Steffi«, sagte ich, als wir seine Wohnung betraten. Genau wie unsere Wohnungen bestand auch seine nur aus einem einzigen Raum, der Wohnzimmer, Schlafzimmer und Küche zugleich war.

»Wollt ihr 'nen Schluck Wein?«, fragte er, wahrscheinlich weil Steffi und ich etwas unbeholfen im Zimmer herumstanden.

»Sehr gerne«, antwortete ich, vielleicht etwas zu schnell. Ich beobachtete, wie er zu der kleinen Küchenzeile ging, um die Flasche zu holen. Dabei hatte ich einen guten Ausblick auf seinen Hintern.

»Bloß nicht auf dumme Gedanken kommen, Maria, du hast schließlich noch einen Freund zu Hause, oder?«, flüsterte Steffi mir ins Ohr.

»Ach Quatsch«, zischte ich zurück.

Wir setzten uns auf die Couch an einen kleinen Tisch, Sven schenkte uns ein, und zwei oder drei Gläser später redeten wir über Gott und die Welt. Wir stellten viele Gemeinsamkeiten fest, wie zum Beispiel unsere Leidenschaft für Abenteuerreisen und spannende Literatur. Wir verstanden uns richtig gut und je betrunkener ich wurde, umso stärker hatte ich das Gefühl, es wäre eine hervorragende Idee, Steffi nach Hause zu schicken und über Sven herzufallen. Er zwinkerte mir zu, als hätte er meine Gedanken gelesen, und ich wusste, dass er dasselbe gedacht hatte.

»Ich glaube, ich sollte jetzt nach Hause gehen, ich muss morgen früh in die Uni«, lallte Steffi und versuchte aufzustehen, wozu sie zwei Anläufe brauchte. »Und außerdem bin ich total besoffen«, fügte sie überflüssigerweise hinzu. Sven und ich lachten und halfen ihr beim Aufstehen.

»Ich bleib noch ein bisschen«, beschloss ich, ohne Sven zu fragen, was er davon hielt.

Ich brachte Steffi zur Tür. »Sei ein braves Mädchen«, nuschelte sie. »Gute Nacht.« Sie schloss die Tür hinter sich und plötzlich waren Sven und ich alleine. Wir setzten uns wieder aufs Sofa.

»Und was sollen wir jetzt machen?«, fragte er.

»Na ja, keine Ahnung … also … na ja ...«, versuchte ich, meine Gedanken zu ordnen, aber der Alkohol hatte mir ganz schön zugesetzt. Und da ich mich nicht mehr ganz unter Kontrolle hatte, fing ich einfach an, alles zu erzählen, was mir gerade durch den Kopf ging.

»Es ist folgendermaßen … Was ich brauche, ist mal wieder ein anständiger Fick. Ich habe einen Freund, weißt du … Aber der will mich einfach nicht ficken. Er sagt immer, er sei nicht so der sexuelle Typ. Hast du so was Schwachsinniges schon mal gehört?« Sven wollte gerade antworten, doch ich redete einfach weiter. »Nein, sag lieber nichts! Es liegt bestimmt nicht an mir, denn ich hab schon mit einer Menge Typen geschlafen, musst du wissen. Was ist also sein Problem? So kann das jedenfalls nicht weitergehen. Ich will das nicht mehr. Ich habe auch Bedürfnisse. Ich darf ihm noch nicht mal einen blasen, geschweige denn hat er Lust, mich zu lecken. Kannst du dir das vorstellen? Welcher Mann will sich denn keinen blasen lassen? Nur Schlappschwänze!«, plapperte ich vor mich hin, ohne zu merken, dass Sven mich die ganze Zeit völlig verwirrt ansah. Ich griff nach der Weinflasche, um mir nachzuschenken.

»Das solltest du lieber sein lassen«, sagte er und nahm mir die Flasche aus der Hand. Er lächelte mich an und gab mir einen langen, zärtlichen Kuss auf die Wange. »Geh jetzt ins Bett, wir werden uns ja hoffentlich noch öfter sehen, okay?« Es klang weniger nach einer Frage als nach einem Befehl und ich war viel zu fertig, um dagegen zu protestieren.

»Okay. Ich werde ins Bett gehen. Aber ich komme bald mal wieder«, sagte ich und schwankte durchs Zimmer. »Gute Nacht.«

Ich öffnete die Tür, und als ich mich noch mal zu Sven umdrehte, beugte er sich zu mir herunter, legte seinen Arm um mich und gab mir einen langen intensiven Kuss auf die Lippen. Jetzt war mir noch schwindliger, aber das lag definitiv nicht am Alkohol.

Völlig verwirrt davon, was gerade passiert war, ging ich in meine Wohnung zurück und ließ mich aufs Bett fallen. Als ich die Augen schloss, drehte sich alles, und ich musste mich sehr konzentrieren, um meine Gedanken zu ordnen. Was hatte dieser Kuss zu bedeuten? Und warum wollte ich unbedingt, dass es nicht bei diesem einen Kuss blieb? Sven würde mir gefährlich werden, das sagte mir mein Bauchgefühl. Und es sollte recht behalten.

*

»Ich weiß, dass du Angst hast.« Sven stand, nur mit einem Handtuch um die Hüften, in der Badezimmertür. »Entspann dich einfach und vergiss deinen Freund für eine Weile. Das wird doch nicht so schwer sein, oder?«, sagte er und grinste mich verschmitzt an.

Ich war hin- und hergerissen. Ich dachte an Timo und fühlte mich ein bisschen mies. Andererseits war Timo doch selber schuld. Hätte er mich in den letzten Monaten nicht ständig abblitzen lassen, hätte ich jetzt nicht halb nackt auf Svens Bett gesessen und allein bei seinem Anblick einen feuchten Schritt bekommen. »Wie soll er das denn jemals herauskriegen? Die anderen Male hat er es doch auch nicht gemerkt«, redete Sven weiter auf mich ein, obwohl es überhaupt keiner Überredungskünste mehr bedurfte.

Ich rutschte vor zum Bettrand und spreizte die Beine, um ihm zu signalisieren, dass ich nun bereit war. Er kam langsam auf mich zu.

»Bist du dir sicher?«, fragte er, ohne wirklich eine Antwort zu erwarten. Ich antwortete trotzdem.

»Ja, ich warte schon so lange und ich brauche es jetzt!«, erwiderte ich.

Er beugte sich zu mir herunter und küsste mich. Seine Zunge berührte vorsichtig meine Lippen und ich fiel in eine Art Trancezustand. Er streichelte meine Schenkel und wollte gerade mein Höschen zur Seite schieben, als plötzlich jemand schrie: »Kannst du mir mal verraten, was du hier treibst?« Ich erkannte die Stimme sofort. Timo! Ich wich erschrocken zurück und sah, dass Timo mitten im Zimmer stand.

»Es ist nicht so, wie du denkst!«, faselte ich.

»Und die ganzen anderen Male, als du mich betrogen hast, war es da auch nicht so, wie ich dachte? Wie kannst du dreckige Schlampe es eigentlich wagen, mir überhaupt noch in die Augen zu sehen?«, brüllte er mich an.

»Ich kann dir das erklären ...«, versuchte ich, ihn zu beruhigen.

»Nach allem, was ich für dich getan habe, hast du nichts Besseres zu tun, als jeden Typen zu ficken, der dir über den Weg läuft? Wenn ich das gewusst hätte, hätte ich niemals was mit dir angefangen!«

Ich schaute Hilfe suchend zu Sven, doch der war nicht mehr da. Plötzlich verschwammen die Bilder und mit einem Schreck fuhr ich hoch. Ich saß in meinem eigenen Bett. Ich hatte das alles nur geträumt. Zum Glück.

Ein Blick auf die Uhr verriet mir, dass es schon um drei war. Ich hatte den halben Nachmittag verschlafen!

Seit dem Abend bei Sven waren inzwischen zwei Tage vergangen. Ich hatte mich am nächsten Morgen hundeelend gefühlt, nicht nur weil ich total verkatert gewesen war, sondern auch weil mir bewusst geworden war, was ich alles von mir gegeben hatte. Ich hätte vor Scham im Erdboden versinken können! Insgeheim hoffte ich zwar, dass Sven genauso betrunken gewesen war wie ich und sich an nichts mehr erinnern konnte, trotzdem war ich einer Begegnung mit ihm aus dem Weg gegangen.

Ich ging ins Bad und spritzte mir kaltes Wasser ins Gesicht. Ich wusste, dass ich irgendetwas unternehmen musste, um die Situation wieder geradezubiegen, denn ich hatte keine Lust, ständig auf der Hut zu sein, damit ich Sven nicht über den Weg lief.

Mit einer Flasche Wein bewaffnet, die ich extra für ihn gekauft hatte, stand ich gegen zehn Uhr abends vor Svens Tür. Ich zögerte einen Moment, überwand mich dann aber doch und klopfte. Als ob er mich schon erwartet hätte, öffnete er Sekunden später die Tür und lächelte mich an.

»Hi«, sagte ich leise. »Ich wollte mich für vorgestern entschuldigen. Ich … ich hab ziemlich viel Unsinn geredet. Und ich dachte, ich kann es mit einer Flasche Wein vielleicht wiedergutmachen?« Ich schaute ihn fragend an.

»Ich dachte, die hat dich überhaupt erst in Schwierigkeiten gebracht!«, sagte er und lachte. Ich spürte, wie ich rot wurde. »Ach, komm erst mal rein«, sagte er und winkte mich in die Wohnung. »Diesmal ohne Verstärkung hier?«

»Brauch ich die denn?«, fragte ich grinsend.

»Kommt ganz drauf an, was du vorhast«, erwiderte er und meine Knie wurden weich. Ich setzte mich auf die Couch, er ließ sich neben mir nieder und stellte zwei Gläser auf den Tisch.

»Das, was vorgestern passiert ist …«, begann ich.

»Ja?«, fragte er und sah mich eindringlich an.

»Das hätte nicht passieren dürfen«, sagte ich unsicher.

»Und warum nicht? Weil ich jetzt weiß, dass du mal wieder einen anständigen Fick brauchst?«, sagte er und lachte.

Ich wäre am liebsten aufgestanden und gegangen, so sehr schämte ich mich, und ich ärgerte mich auch ein bisschen darüber, dass er mich mit meinen eigenen Worten aufzog. Aus seinem Mund klangen sie noch viel krasser.

»Ja, vielleicht«, sagte ich und zwang mich zu einem Lächeln. »Man kann in einer Beziehung nun mal nicht immer alles haben. Die große Liebe und tollen Sex, meine ich.«

Er sah mich verständnislos an.

»Mein Freund hat immer zu mir gestanden, auch wenn bei mir zu Hause mal wieder alles drunter und drüber ging. Meine Eltern haben sich scheiden lassen, musst du wissen«, sagte ich und schenkte mir einen Schluck Wein ein.

Nun hatte ich ihm schon wieder ein intimes Detail aus meinem Leben erzählt. Wie schaffte er das bloß?

Er beugte sich zu mir herüber und kam meinem Gesicht so nah, dass ich sein Aftershave riechen konnte.

»Ich weiß nicht genau, wovor du Angst hast, aber ich weiß, dass du geil auf mich bist«, sagte er und gab mir einen Kuss auf die Wange.

»Nein, lass das«, sagte ich wenig überzeugend und drehte mich weg.

»Du willst nicht?«, hauchte er mir ins Ohr und ich bekam eine Gänsehaut. Er schien zu spüren, wie sehr ich ihn in Wahrheit begehrte, denn er nahm mein Gesicht in seine Hände und fing an, mich zu küssen. Auf die Stirn, die Wangen, die Lippen. Ich war Wachs in seinen Händen. Die ganze Lust, die sich in mir angestaut hatte, überwältigte mich plötzlich, und ich küsste ihn voller Leidenschaft zurück. Ich dachte an gar nichts mehr, sondern spürte nur noch seine Zunge und wie seine Hände mich überall berührten. Er zog meinen Pullover hoch und knetete meine Brüste, sein Atem ging schneller und schwerer, ich spürte seine Lust, seine Lust auf mich, und ich saugte sie mit jeder Pore meines Körpers auf. Ich war unersättlich. Er öffnete meinen BH, und ehe ich wusste, wie mir geschah, knöpfte er auch schon meine Jeans auf.

Es war wie in meinem Traum: Von einer Sekunde auf die andere waren meine Skrupel verflogen. Nichts hätte mich jetzt noch davon abhalten können, mit ihm zu vögeln.

Ich zog ihm sein T-Shirt über den Kopf und nur einen Handgriff später stand er ohne Hose vor mir. Dann zog er sich auch die Shorts aus und ich sah seinen riesigen Ständer. Ich wollte Sven haben. Nein, ich musste ihn haben!

Ohne nachzudenken, kniete ich mich vor ihn und nahm seinen Schwanz in den Mund. Das machte mich so an, dass ich heftig daran lutschte und ihn ableckte, nur um ihn mir danach wieder tief in den Mund zu stecken.

Er zog mich hoch und riss mir mein Höschen herunter, warf mich aufs Bett und drückte meine Beine auseinander. Irgendwie stimmte die sexuelle Chemie zwischen uns so gut, dass alles wie von selbst ging und ich mich das erste Mal in meinem Leben vollkommen treiben lassen konnte.

Er zögerte nicht lange und fing an, mit seiner Zunge meine feuchte Muschi zu erforschen. Er saugte sich an meinem Kitzler fest, bis ich es nicht mehr aushielt und ihn auf mich zog.

»Steck ihn mir sofort rein, bitte!«, stöhnte ich. Das ließ er sich nicht zweimal sagen, und schon spürte ich, wie sein großer steifer Schwanz in mir war und mich ganz ausfüllte. Es war so berauschend, dass ich vollkommen vergaß, wo ich war, und erst wieder richtig zu mir kam, als ich merkte, wie Svens Sperma auf meine Brüste spritzte. Ich sah ihn an.

»Hab vergessen, ein Kondom draufzutun«, erklärte er. »Sorry!«

Binnen Sekunden schaltete sich mein Gehirn wieder ein, was leider auch bedeutete, dass ich wieder in der Realität ankam, die ich nicht sonderlich vermisst hatte.

»Willst du auch 'ne Kippe?«, fragte Sven und steckte sich eine an.

»Ja, gerne!«, antwortete ich und nahm ihm seine aus dem Mund. Mit der anderen Hand angelte ich nach den Taschentüchern, die auf einem kleinen Tischchen neben dem Bett lagen, und wischte mir Svens Sperma von den Brüsten.

Sven sah mich neugierig an. »Bereust du es?«, fragte er ernst.

»Frag mich morgen noch mal, okay?«, erwiderte ich und nahm einen Zug von der Zigarette.

»Komm mal her«, sagte er und zog mich auf seinen Schoß. Er steckte mir einen Finger in den Mund und ich begann reflexartig, daran zu saugen. Dann fuhr er mir mit dem feuchten Finger über meine Nippel, die sofort wieder hart wurden, glitt meinen Bauch hinunter zwischen meine Beine und drang mit dem Finger in mich ein. Dort verweilte er und bewegte sich nicht, bis wir aufgeraucht hatten.

»Ich muss morgen früh raus, deshalb geh ich jetzt mal lieber schlafen«, sagte ich leise. Er zog seinen Finger aus mir heraus, ich rutschte von seinem Schoß, stand auf und suchte meine Klamotten zusammen.

»Du lässt mich hier einfach so benutzt liegen?«, fragte er und grinste.

»So ein erfahrener Mann wie du verkraftet das schon«, erwiderte ich kokett und grinste zurück.

Als ich mich wieder angezogen hatte, ging ich noch mal zum Bett, beugte mich zu ihm runter und gab ihm einen Abschiedskuss auf den Mund. »Bis bald«, säuselte ich. »Schöne Träume wünsche ich dir.«

Draußen auf dem Flur atmete ich tief durch, um wieder einen klaren Kopf zu bekommen – vergeblich.

Das alles kam mir fast vor wie ein Traum, wären da nicht diese Gefühle gewesen, die eindeutig echt waren und mich zutiefst beunruhigten. Irgendjemand musste mich wieder zur Vernunft bringen und ich wusste auch schon genau wer.

Zurück in meiner Wohnung öffnete ich meinen Laptop und fing an zu schreiben.

Hi Mira,
es gibt Neuigkeiten. Ich habe gerade mit meinem Nachbarn geschlafen und das ist gar nicht gut. Du kannst dir denken warum. Ich weiß, es ist nicht das erste Mal, dass ich Timo betrogen habe, aber ich fürchte, diesmal ist alles noch viel komplizierter. Ich habe Angst, dass ich mich verlieben könnte.
Problem 1: Er scheint nicht der Typ für eine feste Beziehung zu sein.
Problem 2: Er ist nur für sechs Monate in Köln.
Problem 3: Timo.
Was soll ich nur tun?
Deine Maria

Eine Stunde später erhielt ich ihre Antwort.

Mein Schatz!
Sex mit dem Nachbarn? Schlechte Idee! Ich hab letzte Nacht mit einem Kommilitonen geschlafen und den sehe ich jetzt jeden Tag in der Uni! Aber weißt du was? Deine Mail hat mich überhaupt nicht überrascht. Du lebst seit zwei Jahren wie eine Nonne! Ich finde es gut, dass du endlich mal wieder Sex hast. Du bist schön und jung und das solltest du genießen – und zwar in jeder Hinsicht!
Aber interpretiere bloß nicht zu viel rein. Für ihn ist es womöglich nur ein kleines Abenteuer, wenn er sowieso bald wieder weg ist. Vielleicht solltest du dich eher fragen, ob deine Beziehung zu Timo überhaupt noch einen Sinn hat!?
Deine Mira

Mira hatte recht. Anstatt mich in irgendeine Bettgeschichte hineinzusteigern, sollte ich mir lieber Gedanken darüber machen, wie es mit Timo und mir weiterging.

*

»Hast du dir schon mal vorgestellt, wie es wäre, nachts irgendwo zu parken und es im Auto zu tun?« Gespannt wartete ich auf Timos Reaktion. Bestimmt lenkte er entweder sofort vom Thema ab oder aber er erklärte mich für komplett verrückt.

»Was zu tun?«, fragte er bloß. Wir saßen am Esstisch seiner Eltern, die übers Wochenende weggefahren waren. Es war Valentinstag und den wollte ich mit Timo gebührend feiern.

»Na ja, Sex natürlich!«, rief ich und war sofort genervt. Hat es überhaupt noch einen Sinn zu versuchen, mein Sexualleben mit Timo anzuheizen?, fragte ich mich frustriert. Es war nicht so, dass er schlecht im Bett gewesen wäre. Er hatte nur nie Lust darauf. Und das verdarb mir meine Lust.

»Und wo würdest du das dann machen wollen?«, fragte er und blickte von seinem Teller auf. Ich war etwas verblüfft über sein plötzliches Interesse.

»Also … ich weiß nicht … vielleicht irgendwo am See oder auf'nem Berg. Irgendwo, wo wir die Aussicht genießen können.«

»Okay, wenn du willst«, sagte er so selbstverständlich, als würden wir solche Ausflüge täglich machen.

Bevor Timo und ich zusammenkamen, waren wir schon Ewigkeiten befreundet gewesen. Ich konnte mir lange Zeit absolut nicht vorstellen, etwas mit ihm anzufangen, doch das änderte sich, als der Stress bei mir zu Hause losging. Timo war immer für mich da, wenn es mir schlecht ging, und irgendwann entwickelten wir Gefühle füreinander, die ich nie für möglich gehalten hätte. Trotzdem plagten mich von Anfang an immer wieder auch Zweifel, ob Timo wirklich der Richtige für mich war. Er war so unerfahren und oftmals so naiv, und obwohl er mich immer in allem unterstützt hatte, konnte er mir seine eigenen Gefühle und Probleme nie mitteilen. Irgendwann kam dann auch noch das Problem mit dem Sex dazu, beziehungsweise mit dem Nicht-Sex, und meine Hoffnung, dass er eines Tages mal wieder lustvoll über mich herfallen würde, hatte sich bis heute nicht erfüllt.

Doch diesmal schien es anders zu laufen, denn er hielt Wort. Nachdem wir uns noch einen Film angesehen hatten, fuhren wir los. Timo wirkte etwas angespannt, was ich unter diesen Umständen auch nicht anders erwartet hatte. Er war ja sowieso schon immer unglaublich konzentriert, wenn er am Steuer saß. Wir redeten die ganze Fahrt über kein Wort. Ich starrte aus dem Fenster, schaute in die Gegend und dachte wieder an die Zeit, in der Timo und ich ein Paar geworden waren. Ich hatte mich seitdem sehr verändert. Ich wollte keinen Freund mehr, nur um nicht allein zu sein.

Während die Landschaft vor dem Fenster an mir vorüberzog, wurde mir zum ersten Mal so richtig klar, was Timo und mich so lange verbunden hatte: meine Angst vor der Einsamkeit.

Als wir am Waldrand hielten, war meine Stimmung auf dem Tiefpunkt.

»Wie findest du's hier?«, fragte Timo und schaute sich um.

»Perfekt«, antwortete ich. So perfekt, wie es jeder andere Platz auch gewesen wäre.

»Wie wär's, wenn du mir einen bläst?«, fragte er unvermittelt.

Das Einzige, was ich wollte, war, mit ihm Schluss zu machen, aber ich brachte es in diesem Moment einfach nicht übers Herz. Außerdem war heute doch Valentinstag!

»Klar, warum nicht«, antwortete ich.

Er lehnte sich zurück und sah mich an, als wüsste er nicht so recht, was zu tun war. Ich dachte an die Nacht mit Sven und wie leidenschaftlich sie gewesen war. Mit Timo würde das nie so sein, das wusste ich.

Ich machte seinen Reißverschluss auf und sah, dass er einen Ständer hatte. Es kostete mich einige Überwindung, seinen Schwanz in den Mund zu nehmen. Zum Glück wusste ich, dass

Timo nicht lange brauchen würde, um zu kommen. Ich gab also mein Bestes und stellte mir dabei die ganze Zeit vor, ich hätte Svens Schwanz im Mund. Timo kam und ich spuckte das Sperma in ein Taschentuch.

Als ich mich wieder in meinen Sitz zurücklehnte, sah ich, wie stolz Timo war. Er schien sich sicher zu sein, dass unsere Beziehung eine neue Ebene erreicht hatte. Leider war es aber nicht die, die er sich erhoffte.

Auf der Rückfahrt formte ich im Geiste schon die Worte, mit denen ich ihm sagen würde, dass ich mich von ihm trennen wollte.

Als ich Sonntagabend zurück in meine Kölner Wohnung kam, hatte Timo mir bereits mehrere Nachrichten auf dem AB hinterlassen, in denen er immer wieder beteuerte, dass ihm das Wochenende mit mir sehr gut gefallen hatte und dass er mich liebte. Vielleicht hatte er gespürt, was ich vorhatte, und deshalb Angst bekommen.

*

Drei Tage brauchte ich, bis ich den Mut hatte, Timo zurückzurufen. Schon nach dem zweiten Klingeln war er dran, als hätte er die ganze Zeit neben dem Telefon gewartet.

»Hi, ich bin's«, hauchte ich in den Hörer.

»Hi. Schön, dass du zurückrufst! Wie geht's dir denn?«, fragte er, und ich konnte an seiner Stimme erkennen, dass er nervös war.

»Ganz okay, denk ich. Ach, ich weiß auch nicht«, brabbelte ich vor mich hin, weil mir die Worte, die ich mir im Kopf zurechtgelegt hatte, nicht über die Lippen wollten.

»Maria, was ist denn los mit uns in letzter Zeit?«, fragte er. Es war nicht zu überhören, wie schwer es ihm fiel, das Thema anzusprechen. »Ich hab das Gefühl, du stehst gar nicht mehr richtig zu unserer Beziehung«, fuhr er fort. Ich war überrascht, dass er es tatsächlich bemerkt hatte.

»Ich weiß, und das tut mir auch leid.« Ich atmete einmal tief durch. »Timo, ich muss dir was sagen. Ich hab jemand anders kennengelernt und ich glaube, dass ich ihn sehr gern hab.«

»Wie bitte?«, fragte er hörbar geschockt. Damit hatte er dann offenbar doch nicht gerechnet. Nach einer kleinen Pause fragte er: »Hast du mich mit ihm betrogen?«

Ich hätte ihn gerne gefragt, ob er mir das wirklich verübeln konnte, nachdem er zwei Jahre lang nie mit mir schlafen wollte. Aber ich schluckte die Frage hinunter. Warum sollte ich Timo auch noch mehr wehtun?

»Nein«, log ich. »Trotzdem, Timo, das mit uns funktioniert nicht mehr.«

»Heißt das, du willst uns einfach aufgeben, von einem Tag auf den anderen?«, fragte er.

Von einem Tag auf den anderen?, dachte ich und war völlig fassungslos, wie jemand so blind und taub sein konnte.

»Ich würde die Beziehung gerne beenden«, sagte ich. Nachdem ich diesen Satz ausgesprochen hatte, fühlte es sich an, als wäre ein tonnenschwerer Stein von meinem Herzen gefallen. »Mach's gut, Timo«, sagte ich in sein langes Schweigen hinein und legte auf.

Ich hatte es tatsächlich getan. Ich hatte meine Beziehung beendet. Ich war wieder frei und konnte tun und lassen, was ich wollte. Und ich wollte eigentlich nur noch eins: Sven.

Sofort verspürte ich den Drang, ihm diese tollen Neuigkeiten zu erzählen.

Ich sprang unter die Dusche, ließ das heiße Wasser die Reste meiner Vergangenheit wegwaschen und zog meine schönste Unterwäsche an, um meine neue Freiheit mit Sven zu feiern.

Ich klopfte an seine Tür und hoffte inständig, dass er da war. Als ich Schritte in der Wohnung vernahm, schlug mir das Herz bis zum Hals. Mit Schwung ging die Tür auf.

»Hallo, schöne Frau«, sagte er gut gelaunt und drückte mich zur Begrüßung. »Wie geht's dir? Komm doch rein.«

»Danke, mir geht's richtig super!«, sagte ich und strahlte ihn an.

»Gibt's dafür 'nen bestimmten Grund?«, fragte er und musterte mich.

»Das kann man wohl sagen! Ich hab mich von Timo getrennt!«, antwortete ich. Leider schien ihn diese Neuigkeit nicht so zu begeistern, wie ich gehofft hatte.

»Und wieso hast du das getan?«, fragte er langsam, fast ängstlich. Der Ton in seiner Stimme machte mich unruhig.

»Na ja, weil ich dachte, dass …«, stotterte ich, wusste aber nicht, ob ich den Satz wirklich zu Ende bringen sollte, weil Sven mich so schockiert angaffte.

»Aber du hast doch hoffentlich nicht meinetwegen mit ihm Schluss gemacht, oder?«, fragte er vorsichtig. Er sah mich beinahe flehend an.

»Nein, natürlich nicht!«, erwiderte ich prompt. »Es lief schon lange nicht mehr gut zwischen uns und es war höchste Zeit, die Sache zu beenden.« Okay, das war zumindest fast die Wahrheit. »Außerdem hatte ich nur einmal Sex mit dir. Glaubst du, dass ich deshalb gleich ausflippe?«, fragte ich heuchlerisch.

»Na, dann ist ja gut«, sagte er, zog mich zu sich heran und fuhr mit der Hand unter mein T-Shirt.

Seine Erleichterung darüber, dass ich nicht seinetwegen mit Timo Schluss gemacht hatte, verletzte mich so sehr, dass ich keine Lust mehr hatte, mit ihm zu schlafen.

»Sorry, daraus wird heute nichts. Ich muss noch was für die Uni vorbereiten. Wir sehen uns«, sagte ich und flüchtete zurück in meine Wohnung.

Wie konnte ich nur so naiv sein und glauben, dass Sven und ich nach einer gemeinsamen Nacht plötzlich ein Paar werden würden? Ich hätte es einfach besser wissen müssen.

Ich warf mich aufs Bett und fühlte mich allein. Wirklich deprimierend. Ich war gerade mal seit einer Stunde Single und schon machte sich das Gefühl von Leere und Einsamkeit wieder in mir breit.

Februar

Ersatzbefriedigungen

Nach ungefähr zwei Maß Bier fand ich mich in den Armen eines Typen wieder, der mir seine Zunge in den Hals stecken wollte und gerade mit seiner Hand unter meine Bluse griff.

»Moment mal«, lallte ich. »Gibt es hier auch irgendein Plätzchen, an dem wir ungestört sind?« Ich zwinkerte ihm zu, was in meinem betrunkenen Zustand aber wahrscheinlich eher albern als attraktiv wirkte.

»Immer mit der Ruhe, Kleines. Lass uns doch lieber erst mal schauen, was der Abend noch so bringt.«

Kleines? Hatte der mich gerade Kleines genannt? Das gab mir den Rest.

Als Steffi und ich auf dieses Bierfest gekommen waren, wollten wir uns eigentlich nur ein kleines Bierchen gönnen und ein bisschen quatschen. Irgendwie war aber mal wieder alles anders gekommen als geplant.

Es hatte nicht lange gedauert, da setzte sich dieser Typ in Lederhosen neben mich. Er hatte einen ziemlich starken Dialekt, den ich in meinem Rausch sehr amüsant fand. Er sah gar nicht so schlecht aus und schien mehr als geeignet, mir den Abend zu versüßen. Mit seiner Hilfe konnte ich meinen Frust wegen Sven vergessen und mich mal wieder so richtig austoben.

»Hättest du Lust auf ein Glas Sekt? Ich lad dich ein!«, sagte er großzügig und zog mich an der Hand direkt zur Bar. Dort angekommen, bestellte er zwei Gläser und legte einen Fünfzigeuroschein auf den Tresen. Dann fing er wieder an, mich zu küssen.

Äußerlich war er das genaue Gegenteil von Sven. Er hatte dunkle Haare, war kaum größer als ich und wirkte sehr schmächtig.

Plötzlich ließ er von mir ab und fing an, mit einem seiner Kumpel zu reden, der hinter ihm aufgetaucht war.

»Hey, was ist los, kommst du jetzt noch mit zu Andis Party?«, schrie sein Kumpel ihn an, und mir war sofort klar, dass ich schnell etwas unternehmen musste, wenn ich wollte, dass er bei mir blieb.

»Nein, du kannst noch nicht gehen. Wir hatten doch noch was vor, oder?«, sagte ich und gab ihm einen feuchten Kuss auf die Lippen.

»Tut mir leid, Baby, aber ich muss jetzt weg«, sagte er nur.

»Aber du hast mir ja noch nicht mal deine Telefonnummer ...«

Weg war er und ließ mich einfach so an der Bar stehen. Wenigstens hatte er den Sekt schon bezahlt.

Um nicht auszusehen wie bestellt und nicht abgeholt, beschloss ich, Steffi zu suchen. Für mich war der Abend gelaufen. Ich wollte einfach nur noch nach Hause fahren. Das Zelt war allerdings so voll, dass ich meine Suche nach Steffi ziemlich schnell aufgab.

Als ich schon mit dem Gedanken spielte, einfach ohne sie zu gehen und ihr nur eine SMS zu schreiben, sah ich sie plötzlich in der Menge. Sie stand da eng umschlungen mit einem Typen und sah nicht so aus, als würde sie in den nächsten Minuten aufbrechen wollen. Also setzte ich mich ein bisschen abseits auf eine leere Bank, schaute den zweien beim Knutschen zu und wartete.

Nach einer Weile bemerkte ich, dass mich ein Typ beobachtete. Im Gegensatz zu den Jungs, mit denen er anscheinend hier war, wirkte er allerdings nüchtern. Kaum hatte ich ihn bemerkt, steuerte er zielstrebig auf mich zu.

»Musst du auch warten, bis die zwei fertig geknutscht haben?«, fragte er mich.

»Wie bitte?« Ich sah ihn etwas verwirrt an.

»Na ja, der Typ, mit dem deine Freundin da rummacht, ist mein Kumpel.« Er grinste mich an.

»Tja, und was machen wir da jetzt?«, fragte ich und grinste zurück. »Wir könnten ja auch knutschen, um uns die Zeit zu vertreiben.«

Er lachte. »Du bist ganz schön schlagfertig, weißt du das?«

»Ja«, antwortete ich knapp.

»Ich bin übrigens Patrick. Wie sieht's aus, kommst du mit mir auf die Toilette?«

»Das ist ja wohl die blödeste Anmache, die ich je gehört habe«, sagte ich, musste aber lachen. Zugleich reizte mich seine direkte Art. Ich stand nun mal auf Männer, die sagten, was sie wollten. Ich wollte gerne Sven vergessen, also stand ich auf und nahm Patricks Hand. Ohne zu zögern, folgte er mir auf die Damentoilette.

»Du darfst hier nicht rein, diese Toilette ist nur für Frauen«, sagte ich.

»Ja, und für Männer, die Frauen begleiten.« Er zwinkerte mir zu. Aus Angst, dass uns jemand sehen könnte, zog ich ihn in eine Kabine. Wir standen kurz ein wenig unsicher voreinander, doch dann knöpfte er seine Hose auf und legte meine Hand auf seinen Schwanz. Es war das erste Mal, dass mich ein Typ so unvorbereitet an sein bestes Stück ranließ. Aber es gefiel mir und schlecht ausgestattet war er auch nicht.

Als ich seinen Schwanz gerade in den Mund nehmen wollte, hämmerte es gegen die Tür. »Sofort raus da!«, brüllte jemand. Erwischt!

Es war mir so peinlich, zusammen mit Patrick aus der Toilette zu kommen. Der Mann von der Security starrte mich nur mit wissendem Blick an, als wollte er sagen: Ich weiß genau, was für eine Schlampe du bist!

Ich lief mit hochrotem Kopf an ihm vorbei und beschloss, mir Steffi zu schnappen und die Fliege zu machen. Patrick lief hinter mir her. Dachte er etwa, ich würde ihn mit nach Hause nehmen? Darauf konnte er lange warten. Die Lust war mir vergangen. Ich sehnte mich nur noch nach meinem Bett, und das wollte ich heute mit niemandem mehr teilen!

Zum Glück stand Steffi noch an derselben Stelle wie vorher. Ich zog sie am Arm, nicht ohne mir böse Blicke von dem Kerl einzufangen, der eben noch an ihr gehangen hatte, und schob sie Richtung Ausgang. Sichtlich verwirrt über unseren plötzlichen Abgang sahen uns Patrick und sein Freund hinterher.

»Hey, was ist denn los mit dir? Ich fand den Typen echt süß!«, rief Steffi sauer, als wir an der Bushaltestelle standen.

»Tut mir leid, ich bin einfach müde und will nach Hause«, sagte ich wahrheitsgemäß.

»Ist eigentlich irgendwas zwischen dir und Patrick gelaufen? Olli meinte, ihr würdet ganz gut zusammenpassen«, sagte Steffi.

»Wer, bitte schön, ist Olli?«, fragte ich.

»Na, meine neue Eroberung!«, erwiderte Steffi und grinste mich an.

»Patrick und ich haben uns nur ganz nett unterhalten«, log ich.

»Aha, unterhalten also?«, fragte Steffi misstrauisch.

Wir fingen gleichzeitig an zu lachen. In diesem Moment war ich unsagbar froh, dass ich nicht alleine auf den Bus warten musste.

Als ich mir eine Zigarette anzündete und über die Aktion mit Patrick nachdachte, schüttelte ich den Kopf und lächelte. Hatte ich gerade wirklich vorgehabt, einem wildfremden Typen einen zu blasen? Patrick war ja noch nicht mal attraktiv gewesen! Aber vielleicht war genau das der Punkt. Ich hatte von der ersten Sekunde an gewusst, dass ich mich nie in ihn verlieben würde, und das hatte mir Selbstbewusstsein verliehen. Bei Sven war das ganz anders. Sven machte mich verletzlich.

*

Ich biss gerade genüsslich in den Burger, den ich mir nach der letzten Vorlesung geholt hatte, als es an meiner Tür klopfte.

»Maria, bist du da?«, rief eine mir sehr bekannte Stimme.

»Ja, ich komme gleich!«, rief ich in Richtung Tür und rannte ins Bad, um mir meinen fettigen Mund abzuwischen und einen Kontrollblick in den Spiegel zu werfen. Nicht perfekt, aber ganz passabel, dachte ich.

Ich öffnete die Tür. Sven lehnte lässig im Türrahmen und hatte mal wieder sein unwiderstehliches Lächeln aufgesetzt.

»Ich wollte nur fragen, ob du Lust hättest, mit mir Pizza essen zu gehen.« Ich schaute ihn etwas verdutzt an. »Du bist natürlich eingeladen«, fügte er hinzu. Bei jedem anderen hätte ich vermutlich abgelehnt, schließlich hatte ich gerade einen riesigen Burger mit Pommes verputzt. Aber wenn ich seine Einladung jetzt ausschlug, würde er mich vielleicht nicht noch mal fragen, also nickte ich.

Die Pizzeria, die er ausgesucht hatte, sah nicht gerade vornehm aus, eher ein bisschen schäbig. Außer uns war nur noch eine alte Frau da, die uns aus ihrer Ecke neugierig anstarrte, als wir den Raum betraten. Wir wählten einen Tisch in der anderen Ecke.

»Wissen Sie schon, was Sie trinken wollen?«, fragte die Kellnerin und zückte ihren Block.

»Für mich ein Bier, und für dich, Maria?«, fragte Sven an mich gerichtet.

»Ähm, 'ne Cola bitte.« Ich war froh, dass mir bis zum Essen noch eine kleine Schonfrist blieb.

»Womit hab ich diese Einladung eigentlich verdient?«, fragte ich Sven, als wir wieder alleine waren.

»Na ja, ich hab mich neulich irgendwie ein bisschen blöd verhalten und ich hatte das Gefühl, du bist sauer auf mich deswegen.« Er sah mich fragend an.

»Nein, bin ich nicht«, sagte ich schnell und hoffte schon wieder auf ein Happy End.

»Keine Ahnung, wie ich auf die Idee gekommen bin, du hättest meinetwegen mit deinem Freund Schluss gemacht. Zwischen uns ist ja eigentlich alles klar. Du willst nichts von mir, ich will nichts von dir«, sagte er und meine Hoffnung auf ein Happy End verpuffte.

»Ach so, ja ...«, murmelte ich nachdenklich vor mich hin. Sven bestellte sich eine große Peperoni-Pizza und einen Salat. Ich bestellte mir Spaghetti, obwohl mir ein Salat völlig ausgereicht hätte, aber dann hätte Sven womöglich bemerkt, dass ich gar keinen Hunger hatte und nur seinetwegen mitgekommen war.

Von außen betrachtet musste es so aussehen, als hätten Sven und ich heute unser erstes Date. Die Vorstellung gefiel mir. Allein der Gedanke daran, dass ich seine Freundin sein könnte, ließ mein Herz höher schlagen.

»Seit wann bist du eigentlich schon Single?«, fragte ich, um das Gespräch in die richtige Richtung zu lenken.

»Na ja, ich hatte zwei Jahre lang eine Freundin, meine längste Beziehung bisher, aber irgendwann ging das in die Brüche, und seitdem gehe ich die Sache etwas lockerer an«, erklärte er mir.

»Heißt das, du willst im Moment gar keine Beziehung?«, fragte ich neugierig.

»Du müsstest das doch verstehen. Du hast doch auch gerade erst Schluss gemacht und bestimmt auch keine Lust auf was Neues.«

»Sicher …« Plötzlich fühlte ich mich völlig ausgelaugt und überfordert. Was hatte ich mir eigentlich vorgestellt? Dass er mir eine Liebeserklärung machen würde und wir heute noch heiraten würden?

Als das Essen kam, aß ich brav die Hälfte auf, dann streikte mein Magen. Er bezahlte und wir machten uns auf den Rückweg.

»Hättest du noch Lust, 'nen Film anzuschauen?«, fragte Sven, bevor wir in sein Auto stiegen.

»Klar, warum nicht?«, sagte ich locker und gab dem Abend in diesem Moment noch eine Chance.

Daheim angekommen, lümmelten wir uns auf meine Couch und warfen eine DVD ein. Sven legte seinen Arm um mich und ich kuschelte mich an seine Schulter. Es war ein wunderschönes Gefühl. Ich fühlte mich so geborgen und beschützt.

Irgendwann hörte ich plötzlich seine Stimme ganz nah an meinem Ohr. Ich öffnete die Augen. »Ich werd jetzt zu mir rübergehen, okay? Schlaf du nur weiter«, flüsterte er. Ich musste eingeschlafen sein.

»Okay«, murmelte ich etwas orientierungslos. Er gab mir zum Abschied einen Kuss auf den Mund. »Du machst mich echt glücklich«, sagte ich schlaftrunken und nahm seine Hand. Er fing an zu lachen, obwohl ich gar keinen Scherz gemacht hatte.

»Gute Nacht«, sagte er und ließ mich alleine auf der Couch zurück, auf der ich dank Sven in dieser Nacht so gut schlief wie schon lange nicht mehr.

*

Ich sah Chris das erste Mal auf einer Wohnheimparty und stellte mir sofort vor, wie es wäre, mit ihm zu schlafen. Er war ganz anders als die Typen, die ich sonst so kannte, und er hatte etwas Geheimnisvolles, leicht Arrogantes an sich, das mein Interesse weckte.

Auch wenn ich mich an diesem Abend durchaus attraktiv fühlte, war mir von Anfang an klar, dass Chris nicht ganz meine Liga war. Jemand wie er konnte sich vermutlich aussuchen, mit wem er nach der Party nach Hause ging. Und genau das weckte meinen Ehrgeiz und meinen Jagdinstinkt.

Er hatte große, strahlend blaue Augen, und ein Blick von ihm reichte aus, um mein Herz zum Rasen zu bringen. Er schien auch den anderen Frauen auf der Party aufgefallen zu sein, denn ich war nicht die einzige, die ihn anstarrte.

Meine Kommilitonin Rhea stellte uns einander vor, nachdem ich die Chance ergriffen und mich einfach neben sie – und in sein Blickfeld – geschoben hatte, als die beiden sich gerade unterhalten hatten. Es funktionierte. Fast den ganzen Abend redete Chris nur noch mit mir – übers Studium, übers Reisen, über die anderen Gäste auf der Party. Alles blieb ziemlich an der Oberfläche, aber das war okay, denn ich hatte keine Ahnung, welche Absichten Chris hegte. Rhea hatte mir gesteckt, dass Chris an der Uni als ziemlicher Aufreißer verschrien war. Ich hatte keine Lust, Nummer 50 oder 60 auf seiner Abschleppliste zu sein und mir seinetwegen meinen Ruf zu versauen, also hielt ich mich an diesem Abend zurück.

Ich trank nichts und war deshalb um vier Uhr nachts noch ziemlich fit. Chris brachte mich zu meinem Auto, wir standen uns gegenüber und ich war unsicher, was ich tun sollte. Da ich aber schon genug Gefühlschaos wegen Sven hatte, entschied ich mich, einen Gang runterzuschalten. Ich umarmte Chris und stieg in mein Auto. Wir hatten nicht mal Telefonnummern ausgetauscht, aber ich war mir irgendwie sicher, dass ich ihn wiedersehen würde.

Einen Tag später schrieb Chris mir auf Facebook und schlug vor, wir könnten uns ja mal wieder treffen. Er lud mich zu sich ein und wir verabredeten uns noch für denselben Abend um acht bei ihm. Ich war glücklich darüber, wie gut sich alles gefügt hatte. Mir schwebte eine Nacht voller Leidenschaft und tollem Sex vor, von dem ich im Augenblick kaum genug bekommen konnte.

Ich muss zugeben, ich war aufgeregt. Ich fand Chris wirklich süß. Obwohl ich schon einen fantastischen Liebhaber hatte, der auch noch direkt nebenan wohnte, hatte Chris es mit seinen blauen Augen geschafft, mich aus der Fassung zu bringen.

Unter anderen Umständen hätte ich vielleicht überlegt, mich rar zu machen, um interessanter für ihn zu sein, aber ich wollte mein Glück nicht überstrapazieren. Mädchen, die Spielchen spielten, konnten auch damit leben, wenn es dann nie zum Sex kam. Ich empfand das anders. Mein Ziel war es, mit Chris zu schlafen.

Aber das gestaltete sich schwieriger als gedacht. Womit ich nämlich nicht gerechnet hatte, war Chris' Schüchternheit, die ich auf der Party fälschlicherweise für Arroganz gehalten hatte. Als ich bei ihm ankam, war es kurz nach acht. Als ich das nächste Mal auf die Uhr sah, war es 23:35 Uhr.

Objektiv betrachtet hätte dem Sex nichts im Weg gestanden, da man in den winzigen Zimmern im Wohnheim eigentlich gar keine andere Möglichkeit hatte, als sich aufs Bett zu setzen, und wir somit von Anfang an schon in der richtigen Position gewesen waren.

Seit einer schüchternen Umarmung zur Begrüßung hatten wir uns aber tatsächlich bloß unterhalten, und nun wusste ich nicht, ob ich einfach so wieder gehen sollte oder darauf warten, dass er doch noch den ersten Schritt machte. Es war ja schon spät und Chris musste am nächsten Tag früh raus.

»Darf ich mich an deine Schulter legen?«, fragte ich ihn vorsichtig. Was war nur mit mir los? Sonst war es überhaupt kein Problem für mich, auf einen Typen zuzugehen und die Initiative zu ergreifen. Es machte mir normalerweise sogar Spaß. Aber irgendetwas an Chris schüchterte mich ein und verunsicherte mich, sodass ich mir jede Bewegung zweimal überlegte, um nichts Falsches zu tun. Wir waren uns noch viel zu fremd, als dass ich hätte einschätzen können, was für ihn in Ordnung war.

»Klar«, antwortete er knapp. Ich legte meinen Kopf an seine Schulter und er legte seinen Arm um mich. Na also, so langsam kam die Sache in Gang. Ich war so nah an seinen Lippen, dass ich mich nur ein Stück nach oben hätte beugen müssen, um ihn zu küssen. Doch irgendetwas blockierte mich und hielt mich davon ab. Zum Glück zog er in diesem Moment mein Gesicht zu sich heran und küsste mich.

Es war kein leidenschaftlicher Kuss, er hatte eher etwas Kühles, was wiederum seinen Reiz hatte. Mir wurde plötzlich klar, dass es gerade Chris' distanzierte Art war, die mich anzog. Es kam mir so vor, als würde ich ihn zu etwas Verbotenem verführen, und bei diesem Gedanken kam ich endlich richtig in Fahrt.

Unsere Zungenspitzen berührten sich zaghaft, als zögerten wir den Moment bewusst hinaus, uns richtig nahe zu kommen. Insgeheim bedauerte ich die Wahl meines Outfits, denn wenn wir dieses Tempo beibehielten, würde es eine verdammt lange Nacht werden. Ich trug eine Strumpfhose unter meinem Rock, und unter meinem Pulli ein T-Shirt und ein trägerloses Top plus BH. Aber zum Glück war die größte Hürde genommen.

Um die Sache zu beschleunigen, zog ich freiwillig meinen Pulli und mein T-Shirt aus. Er stieg darauf ein und streichelte meinen Arm entlang, krallte sich in meinen Haaren fest und zog mich an sich. Wir küssten uns weiter, während wir uns langsam unserer restlichen Sachen entledigten. Es fühlte sich alles so merkwürdig an. Etwas gezwungen und so, als würden wir beide nicht genau wissen, was wir wollten. Dabei wusste ich es doch genau. Warum also konnte ich nicht einfach die Kontrolle übernehmen?

Irgendwann lagen wir tatsächlich nackt nebeneinander, aber Chris ließ es immer noch ruhig angehen, sogar nachdem er in mich eingedrungen war. Ich kam einfach nicht zum Orgasmus und hätte ihm gern gesagt, dass er schneller machen soll, aber ich konnte nicht. Ich kam mir sowieso schon albern vor und die ganze Situation war total peinlich.

Nach einer Weile kam er und ließ sich danach neben mich aufs Bett fallen. Das sollte es nun gewesen sein? Ich wusste nicht recht, was ich davon halten sollte. Ich hatte mir die Nacht in meiner Fantasie ganz anders ausgemalt, wild und leidenschaftlich, und theoretisch hätte es doch auch genau so kommen können. Aber es hatte etwas gefehlt. Es war fast wie ein Film ohne Soundtrack.

Mittlerweile war es schon nach Mitternacht und ich beschloss, uns beiden den Gefallen zu tun und nach Hause zu fahren.

»Danke, für den schönen Abend«, sagte ich. In Chris' Gesicht konnte ich lesen, dass er auch ein bisschen enttäuscht war.

»Ja, komm gut heim« war alles, was er noch zu mir sagte.

Zu Hause konnte ich mich nicht mal mehr daran erinnern, wie sein Penis aussah. Ich wusste nur noch, dass er sich sehr gut angefühlt hatte und das Einzige gewesen war, was an diesem Abend von Anfang an gepasst hatte.

Ich fragte mich, ob es meine Gefühle für Sven waren, die mich Chris gegenüber so blockiert hatten. War ich deshalb nicht aus mir herausgekommen? Und obwohl mir Sven unmissverständlich klargemacht hatte, dass ich mir keine Hoffnungen zu machen brauchte, ertappte ich mich dabei, wie ich mir beim Einschlafen vorstellte, neben ihm im Bett zu liegen. Ich hasste mich dafür.

*

Nach unserem Videoabend sah ich Sven kaum noch. Ab und zu begegneten wir uns im Flur, aber ich hatte das Gefühl, dass er mich lieber auf Abstand halten wollte.

Vielleicht weiß er aber auch nur nicht genau, wie er mir näherkommen soll, dachte sich die so oft unterdrückte Optimistin in mir.

Vielleicht ist es besser so, erwiderte die Realistin.

Weil sich an der Sven-Front nichts bewegte und weil Steffi gerade frisch verliebt und nicht verfügbar war, sagte ich schließlich einem zweiten Date mit Chris zu. Frustrierender als zu Hause zu hocken konnte es kaum werden.

Als ich bei Chris ankam, umarmte er mich zögerlich, doch als wir wieder gemeinsam auf dem Bett lagen, ging plötzlich alles wie von selbst. Er beugte sich über mich und küsste mich. Die Küsse waren viel leidenschaftlicher als beim letzten Mal. Dann ging er mir unters Shirt, fuhr zärtlich die Konturen meiner Brüste nach und umkreiste meine Brustwarzen.

»Kein BH heute?«, fragte er überrascht. »Gefällt mir!« Ich freute mich, dass meine Vorbereitung nicht umsonst gewesen war.

Er zog mir Pullover und T-Shirt aus und leckte meine Nippel. Diesmal konnte ich mich richtig fallen lassen, vergaß meine Hemmungen und knöpfte ihm die Jeans auf.

Ich küsste seinen Hals, dann wanderten meine Lippen hinab zu seiner Brust. Ich roch sein Aftershave und dieser Duft machte mich völlig willenlos. Diesmal fackelten wir nicht lange. Ich schlüpfte aus meiner Jeans und zog mein Höschen aus, dann zog ich ihm sein Hemd über den Kopf, setzte mich auf ihn und fing an, ihn zu reiten. Es fühlte sich wunderbar an. Ich stützte mich mit den Händen auf seiner Brust ab und als ich kam, krallte ich mich in seine Brusthaare.

»Autsch!«, rief er.

»Sorry«, sagte ich nur und konzentrierte mich wieder auf mich.

Dieser Orgasmus war geil, weil er mich überraschte. Ich lächelte Chris an und legte mich neben ihn.

Wir schwiegen, und alles, was noch zu hören war, war die Musik, die im Hintergrund lief und die mir vorher gar nicht aufgefallen war.

»*So if the answer is no, can I change your mind? … If I have a chance, would you please let me know? … Why aren't you shaken? … Sent back and signed … And I said, if the answer is no, can I change your mind? If the answer is no, can I change your mind?*«, sangen mir The Killers direkt aus der Seele und ich war wieder vollkommen klar im Kopf.

Was machte ich eigentlich hier? Das Einzige, was ich im Moment wollte, war, mit Sven zusammen zu sein und nicht mit irgendeinem Typen in die Kiste zu steigen. Noch nie in meinem Leben hatte ich mich so mies gefühlt, und während The Killers im Hintergrund sangen: »*We are all the same and love is blind. The sun is gone, before it shines*«, zog ich mir meine Klamotten an, verabschiedete mich und ging.

März

Herzen aus Stahl und ein Penis aus Gips

Schon von Weitem sah ich, dass etwas auf meiner Türschwelle lag. Ich ging langsam darauf zu, bückte mich und hob es auf. Es war ein Herz, das aus einem Stück Metall gearbeitet war. Es war wunderschön. Ich drehte mich kurz um, weil ich das Gefühl hatte, dass mich jemand beobachtete.

Das Geschenk war von Sven, das wusste ich sofort. Wer sonst sollte mir ein Herz auf die Türschwelle legen?

Ich ging in meine Wohnung und ließ mich auf die Couch fallen. Ich starrte auf das Herz und überlegte, was es zu bedeuten hatte. Wollte Sven mir auf diese Weise gestehen, dass er mich auch mochte, weil er sich nicht traute, es mir ins Gesicht zu sagen? Das wäre mir die liebste Möglichkeit gewesen. Ich beschloss, ihn damit zu konfrontieren, schnappte mir das Herz, verließ meine Wohnung und ging zu ihm. Als er mir die Tür öffnete, konnte ich meine Nervosität kaum verbergen.

»Hast du mir das vor die Tür gelegt?«, fragte ich und zeigte ihm das Herz.

»Wieso? Wer könnte es denn sonst gewesen sein?«, fragte er irritiert und sichtlich überrumpelt.

»Es ist sehr schön! Vielen Dank!«, erwiderte ich, ohne auf seine Frage einzugehen. »Wieso hast du ein Herz für mich gebastelt?«, fragte ich nach kurzem Zögern, da er keine Anstalten machte, es mir von sich aus zu erklären.

»Wir sollten in der Werkstatt heute etwas aus Metall herstellen.« Als er meinen erwartungsvollen Blick sah, fügte er schnell hinzu: »Die Herzform ist ziemlich einfach.«

»Ach so«, sagte ich und konnte meine Enttäuschung über seine Erklärung nur sehr schwer überspielen.

»Außerdem hatte ich gehofft, du würdest zu mir kommen, wenn du es gefunden hast, und ein bisschen Zeit mit mir verbringen.« Ich konnte mir sehr gut vorstellen, wie dieses »Zeitverbringen« praktisch aussehen würde.

»Du riechst so unglaublich gut«, hauchte Sven mir ins Ohr und küsste meinen Hals. Ich spürte ein Kribbeln am ganzen Körper. Und dann ging alles sehr schnell.

Wir zogen uns aus und Sekunden später saß ich auf seinem Schoß. Er krallte seine Hände in meinen Hintern, um mich zu führen.

Wir kamen beide fast gleichzeitig. Danach wollte ich eigentlich noch in seinem Arm liegen bleiben, doch er schob mich sofort von sich herunter und holte Taschentücher.

»Hier«, sagte er und streckte mir ein Tuch entgegen.

»Nein, schon gut«, gab ich zurück. Irgendwie hatte ich mir das alles ein bisschen romantischer vorgestellt. »Wir hätten ein Kondom benutzen sollen«, sagte ich gedankenverloren.

»Willst du was rauchen?«, fragte er und hielt mir eine Tüte mit Gras unter die Nase.

»Ja, klar.« Nebelschwaden waren jetzt genau das Richtige. Nach ein paar Zügen war ich völlig high und plapperte in einem fort.

»Ich hab ja mal gehört, dass es keine gute Idee sein soll, mit Freunden zu schlafen. Ich meine, wir sind doch Freunde, oder? Was wäre denn, wenn einer von uns Gefühle für den anderen entwickelt? Stell dir zum Beispiel vor, ich würde mich in dich verlieben.«

Was faselte ich da nur? Ich hätte lieber den Mund halten sollen, aber die Worte sprudelten einfach so aus mir heraus: »Ich mag dich echt, Sven. Ich meine, so richtig. Nicht so, wie ich einen guten Freund mag. Ich glaube, ich bin verliebt in dich. Aber du nicht in mich und das finde ich einfach so unglaublich gemein. Wie stellst du dir das denn vor? Dass wir jetzt ein halbes Jahr lang jeden Tag rumvögeln, bis du irgendwann sagst, dass du wegziehst? Das kann doch nicht gutgehen!« Ich sah zu Sven, der die ganze Zeit auf den schwarzen Bildschirm des Fernsehers gestarrt hatte.

»Sag mal, hörst du mir eigentlich zu?« Ich verpasste ihm einen kräftigen Schubser.

»Was laberst du denn da die ganze Zeit?«, sagte er und brach in schallendes Gelächter aus. Ich schien nicht die Einzige zu sein, die zu viel geraucht hatte. »Ich kapier echt nicht, was du mir hier grad erzählen willst … Mann, hab ich einen Hunger!« Er stand auf und watschelte zum Kühlschrank.

»Das brauch ich mir echt nicht bieten zu lassen! Ich geh jetzt«, sagte ich so böse, wie ich konnte, bevor auch ich anfing zu lachen. Das Zeug hatte es echt in sich!

»Dann schlaf mal gut, Süße«, sagte er und gab mir einen dicken Kuss zum Abschied. »Hab dich lieb!«

Wir küssten uns zärtlich.

»Ich hab dich auch lieb«, säuselte ich und lächelte ihn an. »Gute Nacht.«

Draußen auf dem Hausflur musste ich mich erst mal orientieren, um meine Wohnungstür zu finden. Mittlerweile war es schon nach Mitternacht, dennoch wählte ich Miras Nummer.

»Hi, mein Schatz!«, rief ich fröhlich ins Telefon.

»Was ist denn los, dass du so spät noch anrufst?«, fragte sie etwas besorgt. »Nichts, ich hab dich vermisst und ich wollte dir erzählen, dass Sven und ich so gut wie zusammen sind.«

»Und was bedeutet ›so gut wie‹?«, fragte sie misstrauisch.

»Na ja, er wehrt sich noch, aber bald wird er auch merken, wie sehr er mich mag. Immerhin hat er mir gerade gesagt, dass er mich lieb hat.«

»Kann es sein, dass du high bist?«, fragte sie irritiert.

»Hm, vielleicht ein bisschen«, gestand ich.

»Und er ist auch high, ja?«, wollte Mira wissen.

»Worauf willst du eigentlich hinaus?«, fragte ich säuerlich.

»Wenn man high ist, ist man doch in jeden verliebt.«

Ich dachte einen Moment darüber nach, dann war ich richtig sauer. »Weißt du, was ich glaube? Du gönnst es mir nur nicht. Ich werde jetzt auflegen und schlafen gehen. Auf deine Ansichten kann ich echt verzichten.«

»Ja, tu das«, antworte Mira seelenruhig. »Morgen siehst du bestimmt wieder klarer.«

»Du nervst.«

»Kann sein, aber ich hab dich wenigstens wirklich lieb.«

»Jaja, ich dich auch, doofe Kuh.« Damit legte ich den Hörer auf und schmiss mich aufs Bett. Keine zehn Sekunden später schlief ich in meinen Klamotten ein.

*

Die Partys im Wohnheim liefen eigentlich immer nach demselben Muster ab: Die eine Hälfte der Leute hing total besoffen in der Ecke rum, die andere Hälfte stand in kleinen Grüppchen zusammen und lästerte über die, die zu viel getrunken hatten. Anscheinend gab es in dieser Stadt nur zwei Sorten von Studenten: Asis und Spießer.

Ich stand auf dem Balkon, weil man drinnen nirgends rauchen durfte, doch als ich mir gerade eine Zigarette anstecken wollte, gesellte sich Becca zu mir. Sie war Rheas Mitbewohnerin und eine von denen, die sich nicht darum scherten, ob sie gemocht wurden oder nicht. Und genau deshalb mochte ich sie umso mehr. Sie war zierlich und hatte ganz weiche, fast durchschimmernde Haut. Ich fand Becca wunderschön.

»Na, was treibst du hier draußen?«, fragte sie und zwinkerte mir dabei zu.

»Ach, weißt du, irgendwie brauchte ich mal kurz frische Luft, die Mädels sind mir manchmal echt ein bisschen zu anstrengend. Ich hab sie alle wirklich gern, aber irgendwann könnten wir doch auch mal über was anderes reden als darüber, wer hier in wen verschossen ist, oder? Das erinnert mich alles so an die fünfte Klasse.«

»Worüber würdest du denn gerne reden?«, fragte Becca. »Mir kannst du's ruhig sagen.« Sie machte eine kleine Pause und fuhr dann fort: »Ich wohne echt gern mit Rhea zusammen, aber ich finde es schade, dass man mit ihr nicht über Sex reden kann, ohne dass sie einem gleich Vorträge darüber hält, warum sie mit dem Sex bis zur Ehe warten will.«

Ich grinste sie an, denn ich wusste, dass Becca mit einem Typen vögelte, der im gleichen Semester war wie Chris, und das machte uns quasi zu Verbündeten.

»Ich will manchmal auch einfach nur ein bisschen Spaß haben, ohne mich gleich dafür rechtfertigen zu müssen«, schüttete ich ihr mein Herz aus.

»Ja, ich weiß genau, was du meinst. Könntest du dir eigentlich vorstellen, es mal mit 'ner Frau zu machen?«, fragte sie mich direkt.

»Ich weiß nicht, vielleicht wenn ein Typ dabei wäre«, antwortete ich unsicher. War das gerade ein Angebot gewesen?

»Du alte Sau willst also 'nen richtigen Dreier machen, ja?«, sagte sie und wir fingen an zu lachen.

»Keine Ahnung, mit dir könnte ich mir das schon vorstellen. Aber welchen Typen würden wir dann noch dazunehmen? Ich hätte da zwei im Angebot«, sagte ich provozierend, aber immer noch im Spaß.

»Ich schreib mal meinem Typen 'ne SMS«, sagte sie, holte ihr Handy raus und fing auch schon an zu tippen.

Ich versuchte, mir ihr Handy zu schnappen, um zu sehen, was sie da gerade schrieb. »Zeig doch mal her, das geht mich schließlich auch was an!«, rief ich und merkte dabei, dass ich doch schon ein paar Gläser zu viel getrunken hatte. Wahrscheinlich musste ich darum plötzlich so hysterisch kichern.

»Also pass auf, ich hab ihm jetzt geschrieben: *Hey, hättest du Bock, es mal mit mir und noch 'ner anderen Frau zu tun? Es gibt hier eine, die bereit wäre. Also entscheide dich schnell, heute Nacht könntest du Glück haben.*«

»Wie bist du denn drauf?«, fragte ich perplex. Es war das Einzige, was mir dazu einfiel.

»Hey, aber wenn wir das echt durchziehen wollen, dann sollten wir vorher schon noch mal ein bisschen üben, damit wir dann genau wissen, was wir tun müssen«, sagte sie und zog mich auch schon am Arm vom Balkon. »Wir gehen noch ein bisschen runter tanzen!«, rief Becca den anderen zu.

»Was genau hast du denn jetzt vor?«, fragte ich etwas besorgt.

»Keine Angst, es wird nichts Schlimmes passieren«, versicherte sie mir.

Wir betraten die Damentoilette, Becca zog mich in eine der Kabinen und sperrte die Tür ab. »Hattest du schon mal was mit 'ner Frau?«, fragte sie.

»Na ja, also es gab da vor vier Jahren mal so 'ne Situation mit einer Freundin und meinem Exfreund. Wir waren damals ziemlich betrunken und landeten irgendwann zusammen im Bett. Ich zog ihm die Hose aus und fing an, an seinem Schwanz zu lutschen, und bat meine Freundin, das Gleiche zu tun. Wir haben uns dann alle nackt ausgezogen und er hat uns gleichzeitig befriedigt, indem er uns jeweils mit einer Hand gefingert hat. Zwischendurch hat er mich auch mal gebumst, aber ich wollte nicht, dass er das auch bei ihr tut. Lange Rede, kurzer Sinn: Wir sind nicht mehr zusammen.« Eigentlich wollte ich das alles gar nicht so vor Becca ausbreiten, aber irgendwie sprudelten die Worte nur so aus mir heraus.

»Wow! Du bist ja noch krasser drauf, als ich dachte«, sagte Becca und lachte.

»Und was sollen wir jetzt machen?«, fragte ich und beugte mich ein Stück vor, um es ihr leichter zu machen, mich zu küssen. Sie schien aber auf einmal wieder schüchtern zu sein, denn sie traute sich nicht.

Ich ging aufs Ganze und hauchte ihr einen Kuss auf die Lippen. Er dauerte nicht lange, aber lang genug, um zu spüren, dass sie es auch wollte.

Dann war sie diejenige, die sich zu mir rüberbeugte und mich küsste. Unsere Zungen berührten sich zögernd. Ich strich ihr die langen blonden Haare aus dem Gesicht, dann wanderte meine Hand zu ihren Brüsten.

Plötzlich hämmerte irgendjemand gegen unsere Tür und wir zuckten zusammen. Wir lächelten uns an, aber ich merkte, dass Becca die Situation plötzlich sehr unangenehm war. Ich fühlte mich schuldig, obwohl sie es ja gewesen war, die mich auf den Gedanken gebracht hatte, eine Frau zu küssen.

»Ich geh mal wieder zu den anderen«, sagte sie und war auch schon verschwunden. Ich blieb etwas irritiert zurück und war enttäuscht, weil ich gehofft hatte, dass wirklich etwas aus dem Dreier werden würde.

Becca redete den Abend nicht mehr mit mir, dafür aber umso ausführlicher mit Rhea, die mir am nächsten Tag prompt einen Vortrag darüber hielt, warum ein Dreier nicht gut für mich wäre.

»Einen Dreier zu haben ist einfach. Du musst endlich mal lernen, dich ernsthaft auf jemanden einzulassen, und nicht immer nach irgendetwas oder irgendjemand Neuem zu suchen«, ermahnte sie mich – und traf mit ihrer Einschätzung mitten ins Schwarze.

*

Am nächsten Wochenende fand eine große Uni-Party statt und ich wollte natürlich am liebsten mit Sven dorthin gehen. Ich stellte es mir toll vor, einen ganzen Abend mit ihm zu verbringen – und zwar außerhalb des Bettes.

Alles begann vielversprechend. Sven hatte mir für die Party zugesagt, allerdings wollte er mit seinem eigenen Auto kommen, damit er abhauen konnte, wenn es ihm zu blöd wurde. So weit, so gut, dachte ich mir, und beschloss, mit Steffi und Sven noch was trinken zu gehen, bevor wir auf der Party aufkreuzten. Wir entschieden uns für eine kleine Bar, vor der Fackeln brannten, was sehr einladend aussah. Obwohl die Abende noch recht frisch waren, ließen wir uns draußen nieder.

»Ist dir kalt? Ich könnte die Kellnerin nach einer Decke fragen«, sagte Sven und legte mir dabei fürsorglich seine Hand aufs Knie.

»Danke, das wäre echt lieb!«, rief ich. Ich beobachtete, wie Sven die Bedienung ansprach, und fing mir einen skeptischen Blick von Steffi ein.

»Und du bist dir sicher, dass der nicht doch was von dir will?«, flüsterte sie mir zu.

»Ich hoffe es!«, gestand ich ihr und sah Sven wieder an unseren Tisch kommen.

»Hier sind zwei Decken. Mehr hatten sie leider nicht.« Ich strahlte ihn dankbar an. So hatte er es mal wieder geschafft, mir Hoffnungen zu machen, und als er auf dem Weg zum Klub auch noch meine Hand nahm, hätte ich schreien können vor Glück.

Nachdem wir unsere Stempel abgeholt und die Jacken abgegeben hatten, gingen wir sofort auf die Tanzfläche. Wir lachten und alberten rum, dann war es irgendwann kurz vor zwei und wir setzten uns völlig erschöpft an die Bar und gönnten uns noch einen Drink.

»Ich bin echt müde, ich denke, ich werd's jetzt packen«, sagte Sven.

»Okay, dann begleite ich dich noch raus«, bot ich ihm an.

»Nee, lass mal. Feier du ruhig weiter. Sind ja noch genug Typen hier«, wehrte er ab.

»Was soll das denn jetzt?«, fragte ich.

»Ach komm! Ist schon okay, Ich kenn dich doch!«, erwiderte er, gab mir einen Kuss auf die Wange und verschwand in der Menge.

Ich lief zum Hinterausgang und schlängelte mich durch die Masse, als ich jemandem versehentlich ziemlich fest auf die Füße trat. »Tut mir leid, ich ...«, setzte ich an, bis ich registrierte, wer vor mir stand.

»Kein Problem. Du hättest mir aber auch einfach Hallo sagen können.« Chris' Augen strahlten und auf einmal war es gar nicht mehr schlimm, dass Sven abgehauen war.

»Hast du vielleicht mal Feuer?«, fragte ich ihn und grinste.

»Du weißt doch, ich rauche nicht!«

»Ach so, stimmt. Also so langsam wird die Party langweilig, ich würde irgendwie gerne noch was anderes machen.« Ich sah ihn an und hoffte inständig, er würde von selbst draufkommen, was ich ihm damit sagen wollte.

»Wir könnten ja noch zu mir gehen und da ein bisschen weiter feiern. Wie klingt das für dich?« Er zwinkerte mir zu.

»Super, klingt das!«

Wir verabschiedeten uns noch schnell von Steffi, die ein paar Kommilitoninnen getroffen hatte, und liefen dann knutschend zum Auto. Mitten auf der Straße begann er, mich zu streicheln. Ich konnte seinen steifen Schwanz durch die Hose spüren.

»Der langweilige Abend nimmt also doch noch ein positives Ende!«, freute sich Chris.

»Das kann man wohl sagen«, entgegnete ich, und dann fuhren wir zu ihm.

*

Das Spielchen zwischen Chris und mir war auf Dauer nicht befriedigend. Je öfter wir uns trafen, desto öfter fragte ich mich, ob es richtig gewesen war, ihn von Anfang an nur als Sexobjekt zu sehen. Ich hatte uns gar keine echte Chance gegeben, weil ich so fixiert auf Sven gewesen war. Übersah ich vielleicht die große Liebe meines Lebens, weil Sven mir den Blick vernebelte?

Ich beschloss, die Sache mit Chris einmal anders anzugehen. Ich lud ihn zu mir nach Hause ein und kochte für uns beide etwas zum Abendessen. Ich hatte mich sorgfältig darauf vorbereitet und wollte mich auf keinen Fall blamieren.

Pünktlich um acht Uhr klingelte es an der Tür und Chris erschien – in verwaschenen Jeans und einem ausgeleierten T-Shirt. Das passte nicht unbedingt zu meinem schwarzen Rock und meiner Bluse, aber woher hätte er auch wissen sollen, was ihn erwartete? Ich führte ihn zum Esstisch und er schaute mich verwundert an. Offenbar wusste er nicht, wie er auf den festlich gedeckten Tisch mit Kerzen reagieren sollte. Mir war das egal, denn ich hatte einen Plan: Heute würde ich keinen Sex mit ihm haben.

Obwohl er anfänglich etwas irritiert reagiert hatte, schienen ihm meine Spaghetti zu schmecken. Doch nach dem Essen schwiegen wir uns nur noch an. Darum schlug ich vor, wir könnten uns ja auch auf die Couch legen. Kaum lagen wir da, ging es auch schon los.

Seine Hand wanderte unter meine Bluse und zu meinem BH. Ich zog seine Hand wieder zurück und küsste ihn stattdessen. Dieses Spielchen ging noch eine Weile so weiter, bis es ihm wohl zu blöd wurde.

»Was ist denn heute mit dir los?«, fragte er verunsichert.

»Was soll denn los sein? Ich wollte uns nur einen schönen Abend machen«, erwiderte ich.

»Ja, schon … Aber sonst machst du doch auch nicht so einen Aufstand, nur weil ich zu Besuch komme.« Er klang fast vorwurfsvoll.

»Na ja, aber ich habe gehört, dass Frauen interessanter wirken, wenn sie nicht immer gleich mit einem Mann schlafen«, erklärte ich ihm mit verführerischer Stimme.

»Mag ja sein, aber hast du dir schon mal überlegt, dass eine Frau auch uninteressanter wirken kann, wenn sie sich plötzlich weigert, mit einem Mann zu schlafen?« Das hatte gesessen. Deutlicher ging es wohl kaum noch.

»Okay, wie du meinst«, stotterte ich. »Aber ich bin heute nicht so in Stimmung«, fügte ich hinzu und konnte meine Enttäuschung kaum verbergen.

»Ist doch nicht so schlimm. Ich hab zu Hause sowieso noch 'ne Menge Zeug zu erledigen«, sagte er und war schon aufgestanden, um sich seine Schuhe anzuziehen.

Ich hatte nicht mal Zeit, mich richtig von ihm zu verabschieden, denn da stand er auch schon in der Tür.

»Man sieht sich!«, rief er und verschwand. Ich war völlig perplex. Was war da gerade passiert?

Nachdem ich zehn Minuten wie erstarrt auf der Couch gesessen hatte, klopfte es wieder an meiner Tür.

Ich sprang auf, weil ich hoffte, Chris wäre zur Vernunft gekommen und wollte sich bei mir entschuldigen.

Ich öffnete lächelnd die Tür, doch da stand Sven. In seiner ganzen ein Meter neunzig großen Pracht.

»Hey Baby, ich musste gerade an dich denken. Kann ich vielleicht reinkommen?« Er grinste mich an.

Ich konnte es nicht fassen. Ausgerechnet in diesem Moment stand er vor meiner Tür, weil er Bock hatte, ’ne Nummer zu schieben? Das war zu viel. Ich konnte spüren, wie der ganze Frust der letzten Wochen in mir hochkam.

»Sag mal, geht’s dir noch ganz gut? Ich hab keine Zeit. Und selbst wenn ich Zeit hätte, würde ich sie nicht mit dir verbringen wollen. Ihr seid doch alle nur so hohle, geile Böcke und interessiert euch einen Scheiß dafür, wie es mir dabei geht. Ich hab die Schnauze voll. Verpiss dich und komm ja nie wieder!« Ich knallte die Tür zu und ließ mich an ihr hinuntergleiten.

Es hatte gut getan, diese Worte endlich mal auszusprechen. Leider hielt meine Courage aber nur eine Minute an. Dann rappelte ich mich reumütig wieder auf und beschloss, meinen letzten Rest Würde an diesem Abend auch noch zu verschenken.

Ich öffnete ganz langsam wieder die Tür und sah, dass Sven immer noch davorstand.

»Es tut mir leid. Komm rein«, flüsterte ich ihm zu und fing an, ihn zu küssen.

Liebe Maria,
mein Schatz, mein Herz, meine Seelenverwandte!
Alles, alles Liebe zum Geburtstag! Ich wünsche dir Gesundheit, Erfolg, Glück und starke Nerven! Die wirst du wahrscheinlich am meisten brauchen. Nichts ist so schwierig, kompliziert und vor

allem nervenaufreibend wie die Liebe. Das weiß ich nur allzu gut und du ja leider auch. Gerade in der schwierigen Phase, die du durchmachst, solltest du wissen, dass ich immer für dich da bin und dass wir das zusammen durchstehen, so wie wir schon so vieles zusammen durchgestanden haben. Am liebsten wäre ich jetzt bei dir, um dir all diese Dinge persönlich zu sagen, dich dabei in den Arm zu nehmen, dir über den Rücken zu streicheln und dir zu versichern, dass alles gut wird.
In diesem Päckchen ist alles drin, was du brauchst, um dein Herz wieder zu kitten. Na gut, fast alles … Ich bin nicht drin! Aber dafür meine Telefonnummer, damit du mich immer anrufen kannst.
Ich vermisse dich sehr!
Du bist und bleibst meine einzige große Liebe!
Deine Mira

Ich wickelte das erste von Miras Geschenken aus und betrachtete es ratlos. Es schien sich um eine Art Messgerät zu handeln. Erst als ich die Aufschrift »Penometer – entwickelt und geprüft vom sexologischen Institut« entdeckte, bekam ich eine Ahnung, was genau ich damit vermessen sollte.

In einem Beipackzettel fand ich eine Übersicht, mit deren Hilfe ich meine Messung einordnen konnte:

10 cm = lächerlich.

11 bis 15 cm = nutzlos.

16 cm = ein guter Anfang.

17 cm = brauchbar.

Ab 18 cm = befriedigend.

Ab 22 cm = einfach riesig.

Ich schmunzelte, als ich mir vorstellte, wie Mira mit diesem Ding an der Kasse gestanden hatte.

Wahrscheinlich war sie wie immer supercool geblieben und hatte womöglich noch einen Spruch abgelassen. So was wie: »Das ist ein Geschenk für meine Freundin und da brauchen Sie jetzt nicht so zu schauen!«

Ich legte das Penometer erst mal beiseite und begutachtete den Rest des Pakets. Es lagen noch drei Kondome darin, eines mit Erdbeer-, eines mit Bananen- und eines mit Himbeergeschmack. Dabei wusste Mira doch genau, dass ich nichts widerlicher fand, als einem Typen einen zu blasen und dabei den Geschmack von Obst im Mund zu haben.

Mira hatte außerdem an eine Kerze gedacht und Räucherstäbchen eingepackt. Sofort musste ich an unsere früheren gemeinsamen Abende denken, an denen wir bei Kerzenschein Bacardi-Cola getrunken und mit Räucherstäbchen versucht hatten, den Zigarettenrauch zu überdecken. Meinen einundzwanzigsten Geburtstag würde ich mit Sven und Steffi feiern.

In diesem Moment klopfte es an der Tür. Sven und Steffi.

»Happy Birthday!«, riefen sie gleichzeitig. Steffi hielt einen Kuchen in der Hand, der mit Erdbeeren belegt war.

»Den hab ich selbst gebacken!«, sagte Steffi stolz.

»Echt? Sieht aus wie vom Bäcker«, sagte ich und grinste.

Wir gönnten uns ein Stück Kuchen und brachen dann zur allwöchentlichen Wohnheimparty auf. Wir hatten beschlossen, den Abend dort zu verbringen, auch wenn das bedeutete, dass ich höchstwahrscheinlich Chris über den Weg laufen würde.

Als ich zwei Stunden später auf seinem Bett lag, leicht angetrunken vom Sekt und anderem Zeug, störte mich nicht mal mehr, dass Sven es wieder vorgezogen hatte, ohne mich nach Hause zu fahren. Er musste ja am nächsten Morgen früh raus, blablabla. Chris musste auch früh raus und hatte trotzdem Zeit und Lust, mich zu vögeln. Ich versuchte, Sven aus meinen Gedanken zu verbannen und mich stattdessen auf Chris zu konzentrieren, der gerade genau den richtigen Punkt zwischen meinen Beinen fand und ihn mit seiner Zunge umkreiste.

Er hatte mich mit den Worten in sein Zimmer gelockt, er habe ein Geschenk für mich. Ich war davon ausgegangen, dass er sich beziehungsweise seinen Körper damit gemeint hatte, doch zu meiner großen Überraschung lag auf seinem Bett ein richtiges Geschenk, das sogar in Geschenkpapier eingeschlagen war. Ich hatte immer gedacht, kein Mann könnte von Natur aus schön Geschenke einpacken, es sei denn, er war schwul, aber anscheinend hatte ich mich geirrt, denn Chris war definitiv nicht schwul.

Chris hatte ein Buch für mich ausgesucht, das den Titel *Mach mich heiß!* trug. Seine Absichten dahinter waren leicht zu erraten gewesen und so konnte ich mich nun entspannt zurücklehnen und Chris' Zunge genießen.

Ich war mir nicht sicher, ob es am Alkohol lag oder an ihm, aber mir wurde nach kurzer Zeit ziemlich schwindlig und irgendwann schlief ich sogar ein. Als ich die Augen öffnete, war Chris schon wieder angezogen.

»Fährst du mich heim?«, fragte ich schläfrig.

Chris nickte und sah ziemlich genervt aus.

Chris fuhr einen dunkelblauen VW Scirocco, der auf den ersten Blick ziemlich gut zu ihm passte. Cool, aber dennoch seriös. Sicher, aber dennoch ein wenig verrucht. Chris redete auf der Fahrt kein Wort mit mir, aber das war mir egal. Ich war betrunken, müde und einfach nur heilfroh, nach Hause zu kommen. Er ließ mich an der Straße raus und winkte kurz zum Abschied.

Ich kramte eine halbe Ewigkeit in meiner Handtasche nach dem Haustürschlüssel, doch ich konnte ihn einfach nicht finden. Ich drehte mich zur Straße um, aber Chris war schon längst weggefahren. Ihn noch mal anzurufen, traute ich mich nicht. Also musste ich wohl oder übel Sven aus dem Bett klingeln.

»Was treibst du denn um die Uhrzeit noch hier?«, fragte er schlaftrunken, ließ mich aber murrend in seine Wohnung.

»Ich hab meinen Schlüssel verloren und weiß nicht, was ich machen soll«, erzählte ich ihm und sah ihn leidend an.

»Könnte es vielleicht sein, dass er noch in deiner Wohnungstür steckt?«, fragte er und kratzte sich am Hinterkopf. Seine Haare waren total verwuschelt und standen in alle Richtungen ab. Ich fand ihn in diesem Moment einfach umwerfend süß.

»Du hältst mich wohl für total bescheuert, oder?«, erwiderte ich beleidigt und verschränkte die Arme.

»Hey, jetzt sei doch nicht gleich eingeschnappt. Ich muss dir ja sowieso noch mein Geschenk geben«, sagte er und führte mich zur Couch. Er hatte alles perfekt drapiert: die Karte, sein Geschenk und eine Flasche Sekt. Als Erstes griff ich nach der Karte.

Hey, meine Süße,
ich hoffe, dass du in deinem nächsten Lebensjahr alles erreichst, was du willst, und dich nicht unterkriegen lässt.
Dein Sven

Wenn er nur gewusst hätte, dass er alles war, was ich wollte! Als Nächstes schnappte ich mir sein Geschenk. Ich wickelte vorsichtig die Verpackung ab und hielt plötzlich einen Penis in der Hand, der mir verdammt bekannt vorkam.

»Ich dachte mir, ich schenke dir etwas ganz Persönliches von mir. Es ist ein Gipsabdruck, den ich in Silikon eingegossen habe«, erklärte er mir.

»Wow, der sieht verdammt echt aus«, lobte ich ihn. »Da kann ich ja gleich mal mein neues Penometer ausprobieren«, dachte ich laut.

»Dein was?«, fragte Sven irritiert.

»Ach, vergiss es. Danke schön!« Ich gab ihm einen Schmatzer auf die Lippen. »Ich muss jetzt erst mal ein wenig schlafen, bin völlig erschöpft«, sagte ich und kuschelte mich, den Gipspenis in der Hand, an die Wandseite seines Bettes. Ich merkte nur noch, wie er sich danebenlegte, und schlief sofort ein. Am nächsten Morgen fand ich meinen Schlüssel wieder. Er steckte im Schloss meiner Wohnungstür.

April

Rollenspieler

Auf die nächste große Uni-Party ging ich mit der festen Absicht, jemand Neues kennenzulernen. Natürlich funktioniert so was bekanntlich selten nach Plan, aber die Hoffnung stirbt ja bekanntlich auch zuletzt.

Der Abend war lustig und Rhea, ich und die anderen hatten viel Spaß. Chris war auch da. Ab und zu gesellte er sich zu mir, aber ich wurde das Gefühl nicht los, dass er nur aus Pflichtgefühl mit mir sprach. Außerdem schien er ständig darauf bedacht zu sein, dass uns niemand zusammen sah. Aber das war mir egal, schließlich wollte ich mich heute sowieso auf andere Männer konzentrieren. Leider war an diesem Abend irgendwie nichts Passendes für mich dabei.

Es war schon nach drei Uhr morgens und ich saß mit Rhea und ein paar Freunden von ihr an einem Tisch. Basti, ein Kumpel von Rhea, war auch dabei. Ich wusste nur, dass er BWL studierte, denn bisher hatten wir nie wirklich ein Wort miteinander gewechselt. Es war erstaunlich lustig mit ihm, wir lachten viel und jedes Mal, wenn ich ihn ansah, kam mir derselbe Gedanke: wie unglaublich riesig er wirkte. Er war bestimmt fast zwei Meter groß und wahnsinnig breit. Wenn man neben ihm stand, kam man sich automatisch wie ein Winzling vor. Aber ich mochte ihn, denn er hatte denselben sarkastischen Humor wie ich.

Chris kam kurz an unserem Tisch vorbei, um sich zu verabschieden, und ließ es sich nicht nehmen, einen blöden Kommentar in Richtung Basti abzugeben.

»Sag mal, kann es sein, dass Chris eifersüchtig ist?«, fragte Basti neugierig, als Chris weg war.

»Du kennst ihn?«, fragte ich überrascht.

»Na ja, sagen wir mal, ich kenne die Gerüchte über euch zwei.« Ich schluckte.

»Ach, du weißt doch, wie das ist«, sagte ich ausweichend. »Die Leute reden viel und das meiste davon stimmt sowieso nicht.«

»Ja, hast recht. Tut mir leid, dass ich dir da was unterstellt habe. Es ist schon spät, vielleicht gehen wir noch woandershin?«, schlug er vor.

Ich sah ihn überrascht an. »Sehr gerne sogar! Aber ich würde am liebsten zu dir gehen.«

»Na, du lässt aber auch nichts anbrennen, oder?«, fragte Basti amüsiert. »Okay, dann verabschiede ich mich jetzt noch von meinen Freunden und dann treffen wir uns draußen vor dem Klub, okay?«

»Okay«, erwiderte ich.

Basti war ziemlich süß. Mit seinen schwarzen Haaren und den grünen Augen war er genau mein Typ. Und die paar Kilos zu viel würde ich ihm durchgehen lassen.

»Gehst du eigentlich immer mit wildfremden Männern nach Hause?«, fragte Basti, als wir in mein Auto stiegen.

»Nur wenn sie wirklich süß sind«, antwortete ich und stieß ihm mit dem Ellenbogen in die Seite.

Basti wohnte in einer Dachgeschosswohnung etwas außerhalb der Stadt. Er schien etwas nervös zu sein, als wir bei ihm ankamen. Vielleicht hatte er noch nicht so viele Erfahrungen mit Mädchen.

Ich griff nach seiner Hand und zog ihn hinüber zum Esstisch. Er setzte sich auf einen der Stühle und ich setzte mich auf seinen Schoß. Als er keinerlei Anstalten machte, mich zu küssen, nahm ich seinen Kopf in die Hände, zog ihn zu mir heran und küsste ihn. Doch irgendwas schien ich falsch zu machen, denn er wandte sich ab.

»Ist alles okay mit dir?«, fragte ich verunsichert.

»Ja … es ist nur … ich … Das ist das erste Mal, dass ich ein Mädchen von einer Party mit nach Hause nehme«, gestand er mir. Mein Bauchgefühl hatte mich nicht getäuscht.

»Ist doch nicht schlimm«, beruhigte ich ihn. Ich nahm seine Hand und ließ mich ins Schlafzimmer führen. Sein Bett war gemacht. Basti zog sich sein T-Shirt über den Kopf und drückte mich an sich. Er strich mir zärtlich durchs Haar und fuhr mit der anderen Hand unter mein Top. Zum Glück hatte ich meine hübsche Unterwäsche angezogen und zögerte nicht, mich auszuziehen.

»Warte einen Moment, ich muss schnell was holen«, sagte er und fing an, in allen möglichen Taschen herumzukramen. Ich setzte mich derweil aufs Bett und öffnete meinen BH.

»Da bin ich!«, sagte Basti und wedelte stolz mit einem Kondom.

»Super!«, rief ich spöttisch. »Du bist ein Held!«

»Du siehst wunderschön aus«, sagte Basti und betrachtete meinen Körper. Er kroch zu mir aufs Bett und legte sich neben mich. Er streichelte meine rechte Brust und fuhr in kleinen Kreisen immer wieder um meine Nippel herum, bis sie sich aufstellten. Er nahm sie in den Mund und fing an zu saugen. Ich berührte vorsichtig seinen Oberkörper. Er war nicht behaart, aber dafür sehr weich. Aus irgendeinem Grund vermutete ich, dass das für seinen Unterkörper nichts Gutes verhieß.

Forschend wanderten meine Hände seinen Bauch hinunter bis zu seinen Boxershorts. Sein Schwanz war nicht besonders groß, eher klein.

Es kann ja trotzdem schön werden, dachte ich, streifte seine Shorts ab und nahm seinen Schwanz in die Hand. Ich musste an Mira denken, die mir einmal versichert hatte, dass Männer mit kleinen Penissen sich extra viel Mühe geben würden. An diese Hoffnung klammerte ich mich. Ich legte mich hin und ließ Basti die Führung übernehmen. Er küsste meinen ganzen Körper und fuhr mit seiner Zunge um meinen Bauchnabel herum.

»Ich fände es total geil, wenn du mich lecken würdest«, sagte ich und drückte seinen Kopf schon mal in die richtige Position.

»Also weißt du, ich bin nicht so der große Fan von Oralsex«, erklärte er mir.

»Oh, okay, du musst es ja nicht tun, wenn du nicht willst.«

Ich sah Basti dabei zu, wie er mir mein Höschen auszog. Er legte sich mein Bein über die Schulter und streichelte über meinen Kitzler, der sich ihm willig entgegenstreckte. Doch er drehte mich auf die Seite, sodass ich nun mit dem Hintern zu ihm lag.

»Du hast einen echt geilen Arsch«, stöhnte er.

»Wie wär's, wenn du mich einfach in den Arsch ficken würdest?«, schlug ich vor.

»Sorry, aber das ...«, setzte er an.

»Schon gut, schon gut, du musst ja nicht«, unterbrach ich ihn. Er schmiegte sich von hinten an mich und fing an, mich in der Löffelchenstellung zu vögeln. Ich spürte eigentlich kaum etwas, trotzdem stöhnte ich ein wenig. Nach drei Minuten war sowieso alles vorbei und er gab mir einen Kuss auf die Schläfe.

Während wir auf Bastis Bett lagen, machte sich ein Gefühl von Müdigkeit und Enttäuschung in mir breit. Wieso lag ich hier neben diesem Typen, wenn mein Herz doch für Sven schlug? Wie gern hätte ich jetzt neben Sven gelegen und mit ihm gekuschelt!

Langsam zog ich mich wieder an und ging in die Küche. Ich warf einen Blick in den Kühlschrank und holte eine angebrochene Wasserflasche heraus. Das kalte Wasser ließ mich wieder klarer im Kopf werden und ich entschied mich, meine Sachen zu packen und nach Hause zu fahren. Basti sah mir etwas verwirrt zu.

»Du willst doch jetzt nicht wirklich gehen, oder?«, fragte er enttäuscht.

»Tut mir leid, aber ich muss morgen früh in die Uni und ich würde gerne vorher noch frische Sachen anziehen. Muss ja nicht gleich jeder riechen, dass ich Sex gehabt habe«, erwiderte ich und zwinkerte ihm zu.

»Okay, aber dann musst du mir wenigstens noch deine Nummer geben«, sagte Basti. Widerwillig griff ich nach dem ersten Stück Papier, das mir in die Hände fiel.

»Kannst mich ja mal anrufen, wenn du willst«, sagte ich, steckte ihm den Zettel zu und gab ihm einen Kuss auf die Wange. Er gab mir ebenfalls seine Nummer.

Bevor ich ging, drehte ich mich noch mal um. Basti sah etwas verloren aus, wie er da so in seinem Bett lag. Vermutlich fühlte er sich auch einsam und wollte nur jemanden, mit dem er die Nacht verbringen konnte. Aber ich gehörte woandershin.

Als ich auf die Straße hinaustrat, sah ich, dass die Sonne schon aufging. Wie viel Uhr war es eigentlich? Ich kramte mein Handy aus der Tasche. Es war 6:30 Uhr.

*

Am Nachmittag hatte ich fünf verpasste Anrufe und eine neue Mitteilung. Basti. Zuerst dachte ich, er hätte mir geschrieben, wie unglaublich schön er die Nacht fand und dass er mich bald wiedersehen wollte. Doch seine Nachricht übertraf meine schlimmsten Befürchtungen.

Hi Maria! Hab schon ein paarmal versucht, dich anzurufen. Es ist was Blödes passiert. Hab mir durch Zufall den Gummi noch mal angeschaut, der ist gerissen! Nimmst du die Pille? Gruß, Basti

Einen Moment lang überlegte ich tatsächlich, ob das nur eine ganz schlechte Masche war, um irgendwie mit mir in Kontakt zu bleiben. Dann dachte ich aber, dass kein Mann so gestört sein konnte.

Bestimmt saß Basti schon den ganzen Tag vor seinem Handy und wartete mit Schweißperlen auf der Stirn auf meine Antwort. Um ihn nicht länger zappeln zu lassen, schrieb ich ihm gleich zurück, dass seine Sorge unbegründet war, da ich die Pille schon seit Jahren jeden Tag nahm. Es vergingen nur Sekunden bis zu seiner Antwort:

Danke, dass du mir zurückgeschrieben hast! Du glaubst gar nicht, wie mich das beruhigt! Stell dir mal vor, wenn da was passiert wäre … Ich hoffe, wir sehen uns bald mal wieder!? Gruß, Basti

Schon am nächsten Tag traf ich mich wieder mit Chris. Er hatte mich angerufen, was mich wunderte, denn eigentlich war ich davon ausgegangen, dass er die Nase voll von mir hatte. Warum sonst hatte er mir auf der Uni-Party die kalte Schulter gezeigt? Meine Vermutung war, dass Basti der Grund dafür war, dass er sich wieder bei mir meldete.

Chris hatte gespürt, dass ich mich mit Basti gut verstanden hatte, und wahrscheinlich hatte das den Platzhirsch in ihm geweckt.

Chris und ich hatten uns immer wieder mal vorgenommen, sexuell was Neues auszuprobieren, und nun war es so weit. Ich hatte ihm von meinen Fantasien erzählt, in denen ich devot war und von einem Mann dominiert wurde. Ihm schien das gefallen zu haben, darum hoffte ich inständig, dass meine Fantasien an diesem Abend Wirklichkeit werden würden.

Als er vor meiner Tür stand, ließ ich ihn gespannt herein und blickte ihn fragend an.

»Und, wie geht's dir?«, fragte ich.

»Du sprichst nur, wenn ich es dir erlaube, klar?«

Ich nickte.

»Knie dich hin!«, befahl er mir.

Ich kam seiner Aufforderung, ohne zu zögern, nach und sank auf den kalten Fliesenboden. Dann sah ich zu ihm auf und erwartete die nächsten Anweisungen. Die devote Rolle schien mir wie auf den Leib geschneidert.

Ich sah, wie er seine Hose öffnete und seinen Schwanz herausholte. Aus meinem Blickwinkel sah er echt umwerfend aus.

»Stell dich vor den Spiegel!«, befahl Chris. Ich gehorchte.

Nun konnte ich mir direkt in die Augen sehen. Chris öffnete meine Hose und zog sie samt Slip herunter. Neugierig drehte ich mich um.

»Gesicht zum Spiegel!«, fuhr er mich an. Ich hatte kein Bedürfnis, mich ihm zu widersetzen. Ich hatte das Gefühl, er würde mich heute sonst tatsächlich bestrafen.

Er fing an, mich zu ficken, aber so langsam, dass ich fast wahnsinnig wurde vor Gier.

»Ach komm, jetzt fick mich endlich richtig!«, schrie ich ihn diesmal an.

Das ließ er sich nicht zweimal sagen und rammte seinen Schwanz in mich hinein. Als er kurz davor war zu kommen, zog er ihn raus und schubste mich zur Couch. Ich sollte mich darauf knien und mich mit den Händen an der Lehne abstützen, sodass er direkten Blick auf meinen Arsch hatte. Er fickte mich noch ein, zwei Stöße lang, dann zog er seinen Schwanz heraus und spritzte mir seinen Saft auf den Rücken.

Nachdem er sich wieder erholt hatte, drehte er mich zu sich herum, zog mir mein Shirt aus und leckte liebevoll meine Brustwarzen.

»Die sind so schön«, flüsterte er mir zu, während er meine Brüste knetete und mir danach über den Bauch leckte.

Doch dann stand er ganz plötzlich auf, sammelte seine Klamotten ein und gab mir einen Kuss auf den Mund. Bevor er seine Hose anzog, leckte ich noch den letzten Rest Saft von seinem Schwanz.

»Dann bis bald«, flüsterte ich und legte mich auf die Couch.

»Das hat mir gefallen. Du bist echt geil«, erwiderte er und ging. Ich mochte Chris. Ich mochte ihn wirklich.

*

Die ganze Stadt war wie im Rausch. Es war endlich Frühling, überall gab es Feste und die Biergärten hatten geöffnet. Leider wurden auch Chris und Becca von ihren Frühlingsgefühlen überwältigt und hatten miteinander geknutscht.

So kam es, dass ich eines Nachmittags neben einer reumütigen Becca vor dem Hörsaal auf einer Bank saß.

»Es tut mir so leid«, sagte Becca. »Aber ich schwöre dir, es war nur ein Kuss und das Ganze hatte nichts zu bedeuten.« Sie sah mich mit ihrem Hundeblick an, von dem sie offensichtlich dachte, dass ihm niemand widerstehen konnte.

»Ist schon okay«, sagte ich. »Ich meine, ich vögle nur mit Chris. Es ist ja nicht so, als ob wir eine Beziehung hätten. Ich muss nun mal akzeptieren, dass er auch was mit anderen hat«, erklärte ich ihr. Doch als ich mir selber zuhörte, merkte ich, dass meine Worte nur Wunschdenken waren.

Es hatte mich ja schon total viel Überwindung gekostet, überhaupt in die Uni zu gehen, weil ich Beccas Anblick nicht ertragen konnte.

»Mach dir keine Gedanken mehr darüber, okay?«, sagte ich und stand auf, um ihr zu signalisieren, dass die Unterhaltung für mich damit beendet war.

»Das ist echt cool von dir«, sagte Becca. »Und du weißt ja, dass ich dir damit nicht wehtun wollte, oder?«

Als wir uns vor ein paar Wochen bei der Wohnheimparty geküsst hatten, hatte ich Beccas lockere Art begehrenswert gefunden. Inzwischen fand ich sie nur noch anstrengend.

»Klar, weiß ich das«, sagte ich scheinheilig und hätte ihr am liebsten eine geknallt.

Sie drückte mich kurz und verschwand im Hörsaal. Kaum war sie weg, spurtete ich los und lief zu meinem Auto. Ich raste vom Parkplatz und spürte, wie mir die Tränen kamen. Es tat weh, so austauschbar zu sein.

Je kleiner das Uni-Gebäude im Rückspiegel wurde, umso besser fühlte ich mich wieder.

*

Die Knutscherei zwischen Chris und Becca beschäftigte mich mehr, als mir lieb war. Darum beschloss ich, endlich ein bisschen Ordnung in mein Gefühlsleben zu bringen – zumindest was Sven betraf. Es war mir klar, dass ich keine Wunder erwarten durfte, denn er hatte mir ja schon oft klargemacht, dass ich mir keine Hoffnungen zu machen brauchte. Anscheinend war aber noch eine Abfuhr von Sven nötig, damit ich ihn mir endgültig aus dem Kopf schlagen konnte.

Meine Hände zitterten, als ich vor seiner Tür stand. Ich hatte Angst davor, dass er sich gleich ein für alle Mal gegen mich entscheiden würde und mich womöglich nicht mehr treffen wollte, um mir nicht weiter wehzutun. Wobei ich so viel Sensibilität von Sven wahrscheinlich nicht zu erwarten hatte.

Insgeheim hoffte ich, dass Sven vielleicht gar nicht da war, denn so sehr ich mich nach klaren Verhältnissen sehnte, so sehr fürchtete ich mich auch davor. Andererseits würde ich vielleicht nie wieder den Mut dazu aufbringen, ihm meine Gefühle zu gestehen, wenn jetzt nichts passierte.

Sven war da. Er begrüßte mich mit einem Bussi auf den Mund und da war es schon wieder um mich geschehen. Mein Herz raste und ich wusste: Egal was passierte, egal was er sagte, ich würde nicht von ihm loskommen. Ich war bedingungslos und unsterblich in Sven verliebt.

»Komm rein, ich mach mir grad was zu essen. Willst du auch was?«, fragte er und schloss die Tür hinter mir.

»Nein, ich möchte eigentlich nur kurz was mit dir besprechen.« Ich legte eine dramatische Pause ein. »Es ist wichtig«, fügte ich überflüssigerweise hinzu, denn Sven schien nur darauf zu warten, dass ich anfing.

»Ich hab doch nicht etwa was angestellt, oder?«, fragte er sichtlich amüsiert über meine Unsicherheit.

»Na ja, wie man's nimmt.« Sven sah mich fragend an. »Es geht um uns«, brachte ich mühsam hervor. Sven wirkte wenig überrascht. Er hatte wohl schon geahnt, dass ich auf unser merkwürdiges Verhältnis zu sprechen kommen würde. Er schien nicht sonderlich begeistert darüber zu sein.

»Oh«, sagte er nur.

»Es tut mir leid«, fuhr ich fort, »aber ich habe mich ein bisschen überschätzt. Ich glaube, ich kann doch nicht einfach so aus Spaß mit jemandem schlafen. Ich … ich hab mich in dich verliebt, Sven.« Ich schaute auf den Boden, weil ich viel zu viel Angst davor hatte, was mir sein Blick jetzt über seine Gedanken verraten würde. »Entweder wir beenden das alles und haben keinen Sex mehr oder wir gehen eben einen Schritt weiter.« Ich erschrak über meine eigenen Worte. Ich hatte nicht gewollt, dass es sich anhörte wie ein Ultimatum, aber im Grunde lief es darauf hinaus. Ich rührte mich nicht von der Stelle aus Angst, Sven würde mich jeden Augenblick wegschicken.

Doch dann geschah das Unglaubliche. Sven sagte: »Okay, dann gehen wir eben einen Schritt weiter.«

»Was?«, rief ich schrill. Hatte ich mich gerade verhört? Mit allem hatte ich gerechnet, nur damit nicht. Aber seine Miene war völlig ernst und ließ keinen Zweifel daran, dass er meinte, was er gesagt hatte.

»Du willst das wirklich?«, fragte ich ungläubig.

»Ja, warum denn nicht? Wir verstehen uns gut und ich könnte mir das mit dir schon vorstellen«, sagte er und legte den Arm um mich. Ich setzte mich auf seinen Schoß und gab ihm einen Kuss. Mein erster Gedanke war, dass jetzt nur noch ich ihn küssen durfte und dass er nun zu mir gehörte. Ich war überglücklich.

Sven streichelte mir über den Rücken und ließ seine Hand auf meinem Hintern liegen. Dann fuhr er in meine Jeans und fummelte an meinem Höschen herum.

»Lass das bitte«, sagte ich und schob seine Hand von meinem Hintern weg.

»Was ist denn los? Jetzt auf einmal so prüde?«, fragte er und machte den Knopf meiner Jeans auf.

In diesem Moment überkam mich das ungute Gefühl, dass er mich nur verarscht hatte und die ganze Show hier bloß abzog, um weiterhin mit mir machen zu können, was er wollte. Aber würde er mir das wirklich antun, obwohl er wusste, wie sehr ich in ihn verliebt war? Das konnte ich mir beim besten Willen nicht vorstellen.

Doch Sven ließ sich nicht bremsen und fing an, meine Brüste zu kneten. »Sind das jetzt meine?«, fragte er und zwinkerte mir zu.

»Klar«, antwortete ich leise. »Aber weißt du, ich muss jetzt schlafen gehen. Sehen wir uns morgen?«

»Bleib doch, wir könnten noch ein bisschen Spaß haben, jetzt, wo alles geklärt ist.«

»Nein, ich bin ziemlich müde. Aber ich freue mich auf morgen.« Ich küsste ihn auf den Mund und hätte meine Lippen am liebsten ewig auf seinen ruhen lassen. Irgendwie hatte ich Angst, es könnte unser letzter Kuss gewesen sein. »Gute Nacht«, flüsterte ich ihm ins Ohr und ging zurück in meine Wohnung.

Was war nur los mit mir? Jetzt hatte ich alles, was ich die ganze Zeit wollte, und nun konnte ich mich nicht darauf einlassen, weil ich Angst hatte, der Traum könnte wie eine Seifenblase zerplatzen?

Ich legte mich in mein Bett und ließ meine Gedanken schweifen, bis ich in einen tiefen Schlaf fiel. Durch irgendein Geräusch wurde ich aber wieder wach. Erst nach einer Weile begriff ich, dass jemand an meine Tür klopfte. Ich sah auf die Uhr, die auf dem Nachttisch stand: Es war ein Uhr früh.

Ich quälte mich aus dem Bett und lief schlaftrunken zur Tür. Ich öffnete sie einen Spalt und da stand Sven. Er hatte eine Zigarette im Mund.

»Willst du auch eine?«, fragte er, als sei das in dieser Situation die normalste Frage der Welt.

»Was soll denn das?«, fragte ich etwas gereizt.

»Pass auf, es ist folgendermaßen ...« Er nahm einen Zug von seiner Kippe. Diesmal schien er extrem unsicher zu sein. »Ich habe noch mal darüber nachgedacht und ich glaube, es wäre keine gute Idee, wenn wir eine Beziehung anfangen würden. Ich meine, du weißt doch, dass ich nur noch bis Ende Juni hier sein werde, und dann hätten wir nur noch eine Fernbeziehung. Das würde vermutlich nicht gutgehen«, erklärte er mir.

Ich starrte ihn einfach nur an. In meinem Kopf herrschte vollkommene Leere. »Sorry, aber ich muss jetzt echt weiterschlafen«, sagte ich wie ein Roboter und knallte ihm die Tür vor der Nase zu. Ich ließ mich aufs Bett fallen und seine Worte auf mich wirken. Plötzlich war mir schlecht und ich war traurig und erschöpft zugleich, denn ich wusste, dass ich von nun an jeden Tag hoffen würde, dass er seine Meinung noch mal änderte.

*

Weil ich es im Wohnheim nicht aushielt, beschloss ich, das Wochenende bei meinem Vater zu verbringen. Es schien mir die einzige Möglichkeit zu sein, endlich mal den Kopf freizubekommen. Aber auch weit weg von Köln und meiner Wohnung holte mich das Liebeschaos ein.

Samstagnacht schrieb mich mein Exfreund Erik im Chat an.

Na, wie geht's dir denn so?, fragte er. Ich war etwas irritiert, denn nachdem wir uns damals mit sechzehn getrennt hatten, hatten wir so gut wie keinen Kontakt mehr gehabt. Wenn wir uns auf der Straße begegneten, bekam er kein Wort raus. Offensichtlich schien für ihn inzwischen genug Zeit vergangen zu sein, um sich mal wieder bei mir zu melden.

Danke, mir geht's gut. Aber was machst du denn um vier Uhr nachts noch im Chat?, fragte ich etwas misstrauisch.

Na ja, du bist doch auch noch hier, oder?, konterte er. Punkt für ihn.

Erik und ich hatten uns in einer Bar kennengelernt. Ich war sofort verliebt gewesen, vor allem in seine schönen grünen

Augen. Zum Abschied küsste er mich auf den Mund und von diesem Moment an waren wir zusammen. Mira hatte sich damals tierisch darüber aufgeregt, dass ich mich immer gleich von jedem küssen lassen musste.

Jedenfalls hielt das zwischen Erik und mir ungefähr zwei Monate, bis er mich für seine Exfreundin verließ, die zwar riesige Brüste, aber ein mickriges Gehirn hatte.

Jetzt schrieb Erik, dass er zurzeit arbeitslos war und eigentlich nur den ganzen Tag rumhing. Klang nicht gerade nach einer atemberaubenden Karriere … Irgendwann fragte er mich, ob wir uns noch treffen wollen.

Du meinst jetzt noch?, schrieb ich überrascht. *Es ist vier Uhr morgens!*

Klar, ist doch aufregend. Wir könnten uns am Bahnhof treffen und dann zu mir gehen.

Ich überlegte einen Augenblick. Was hatte ich schon zu verlieren? Sven hatte mich abserviert und Chris knutschte seit Neuestem lieber mit Becca.

Okay, in einer halben Stunde am Bahnhof, antwortete ich.

Die halbe Stunde hatte ich dringend nötig, denn da ich mich auf ein Faulenzerwochenende eingestellt hatte, war ich weder rasiert noch irgendwie zurechtgemacht. Ich sprang schnell unter die Dusche und nach zwanzig Minuten stand ich fickbereit an der Tür, um loszufahren.

Ich brauchte zehn Minuten bis zu unserem Treffpunkt. Erik war schon da und ich musste zweimal hinsehen, um ihn zu erkennen. Das sollte der süße Typ sein, auf den ich vor fünf Jahren so gestanden hatte? Alles, was mich damals an ihm so angezogen hatte, schien komplett verschwunden zu sein. Er wirkte nur noch wie jemand, der in seinem Leben nichts auf die Reihe gekriegt hatte. Seine Augen hatten ihr Strahlen verloren.

»Hi«, sagte er, als er zu mir ins Auto stieg.

»Hi«, erwiderte ich und gab ihm einen Kuss auf die Wange. »Du musst mir nur noch zeigen, wo du jetzt wohnst.«

Wir fuhren los und er lotste mich in eine Wohnsiedlung, die beunruhigend gediegen wirkte. Wir stiegen aus und steuerten direkt auf eine Doppelhaushälfte zu.

»Wir müssen aber leise sein, damit wir meine Eltern nicht wecken«, sagte er und legte den Zeigefinger an den Mund, um seine Aussage zu bekräftigen. Er wohnte also noch zu Hause. Ich hatte es fast befürchtet. Wenn ich das geahnt hätte, wäre ich vermutlich lieber zu Hause geblieben.

Wir stiegen die Stufen zu seinem Zimmer hoch, das ausgerechnet neben dem Schlafzimmer seiner Eltern lag. Ich versuchte, mir vorzustellen, was passieren würde, wenn seine Eltern uns beim Sex erwischten. Bekam er dann Hausarrest?

»Musik hören können wir leider nicht, die Wände sind ziemlich dünn«, flüsterte er mir zu. Ich zuckte die Schultern, setzte mich widerwillig auf sein Bett und wartete ab, was passieren würde.

Er gesellte sich zu mir und so saßen wir eine Weile nebeneinander, unsicher, wer den ersten Schritt tun sollte. Ich fasste mir ein Herz, beugte mich zu ihm rüber und gab ihm meine beste Kussvorlage. Er stieg darauf ein, jedoch animierte es ihn nicht dazu, weiter zu gehen. Er küsste so unbeholfen, als hätte er seit unserer Trennung keine andere Frau mehr gehabt. Hoffentlich stimmte das nicht.

Ich schob sein Shirt nach oben und zog es ihm über den Kopf. Er tat es mir gleich. Ich knöpfte seine Jeans auf. Er tat es mir gleich. Ich legte mich aufs Bett. Er tat es mir gleich. So lagen wir nun da und ich war völlig ratlos. Was sollte ich denn jetzt tun? Ich war es nicht gewohnt, alles selber machen zu müssen.

»Hast du Kondome da?«, fragte ich in der Hoffnung, er würde endlich aufwachen und kapieren, was hier abging.

»Ja«, sagte er, machte aber keinerlei Anstalten, sich in Bewegung zu setzen.

»Könntest du es vielleicht mal holen?«, fragte ich und fühlte mich, als würde ich einem kleinen Kind erklären, was es zu tun hatte.

»Kein Problem«, antwortete er und holte eine Packung aus der Schublade. Ich packte es aus und bat ihn, schon mal seine Hose auszuziehen. Offenbar waren meine Regieanweisungen hier vonnöten. Ich zog ihm das Kondom über seinen steifen Schwanz und zog mir auch noch die Hose aus.

Ich setzte mich auf ihn und fing an, ihn zu küssen, doch leider schaffte ich es nicht, mich in Stimmung zu bringen. Ich hoffte, er würde mich noch irgendwie anfassen, damit ich mich ein bisschen entspannen konnte, aber er lag nur da wie ein toter Fisch und ließ alles mit sich geschehen.

Ich nahm seinen Schwanz in die Hand und versuchte, ihn mir reinzustecken, doch ohne Erfolg, denn ich war vollkommen trocken. Das durfte doch nicht wahr sein! Je öfter ich es versuchte, desto schlimmer wurde es. Meine Muschi wollte um jeden Preis verhindern, dass ich mit Erik Sex hatte. Und das zu Recht!

Es war zwecklos, ich musste mich geschlagen geben. Ich ließ mich neben Erik fallen und seufzte.

»Was ist denn los?«, fragte er. War der high oder einfach nicht ganz richtig im Kopf? Mit einem Mal wollte ich nur noch weg, denn diese ganze Situation frustrierte mich.

»Ich sollte jetzt gehen«, sagte ich und fragte mich, ob er überhaupt gemerkt hätte, wenn ich einfach so gegangen wäre.

»Okay, ich bring dich noch zur Tür«, sagte er, nachdem wir uns schweigend wieder angezogen hatten.

Als wir an der Haustür standen, gab er mir einen langen Kuss auf den Mund. »Das war wirklich schön«, sagte er und lächelte mich an.

»Ja, das war es wohl«, erwiderte ich tonlos. Ich lief zu meinem Auto und sah, dass die Sonne schon aufging. Es war ein wunderschöner Morgen und auf dem Rückweg hielt ich noch an einer Tankstelle, um mir einen Kaffee zu holen.

Mit sechzehn war Erik mein absoluter Traummann gewesen. Ich hatte gehofft, diese Nacht könnte eine Reise in die Vergangenheit werden. Hatte leider nicht funktioniert. Als ich um sechs Uhr früh endlich daheim ankam, fiel ich völlig erschöpft ins Bett. Ich kuschelte mich in mein Kissen und fragte mich, ob Sven mich heute auch nur annähernd so vermisst hatte wie ich ihn.

*

Mit jedem Tag wurden die widerstreitenden Bedürfnisse in mir stärker. Einerseits wollte ich Sex, und zwar so viel wie möglich, andererseits sehnte ich mich auch nach Sicherheit und Stabilität.

Es war zwei Uhr morgens. Das Wohnheim veranstaltete eine kleine Frühlingsparty. Im Garten vor dem Haus standen Bänke und Tische, ein Lagerfeuer knisterte und von überall hörte man Musik, Lachen und Gegröle. Alle schienen Spaß zu haben, nur ich hatte mich in einer Ecke verkrochen, um mir den Frust von der Seele zu saufen.

Lieber Sven, tippte ich in mein Handy. *Ich wollte dir nur sagen, dass du mir fehlst und ich wünschte, du wärst jetzt bei mir … Ich vermisse dich!* Ich las mir die SMS noch ein paarmal durch, dann schaltete ich mein Handy aus, ohne die Nachricht zu verschicken. Was versprach ich mir denn noch davon? Sven würde nie dasselbe für mich empfinden wie ich für ihn und das tat unglaublich weh. Die Gewissheit, dass sich an meiner Lebenssituation so schnell nichts ändern würde, lähmte mich.

»Hey, was sitzt du denn hier so alleine rum?«, fragte plötzlich jemand hinter mir. Ich fuhr erschrocken hoch und sah, wie

Basti langsam auf mich zukam. Ich steckte schnell mein Handy in die Tasche, als ob er mich bei irgendetwas Verbotenem erwischt hätte.

»Ach, ich brauchte nur mal meine Ruhe«, erklärte ich ihm. Er musste ja nicht wissen, wie erbärmlich ich mich fühlte.

»Komm, wir gehen mal zu den Parkplätzen, da sind wir ungestört.« Er zwinkerte mir zu und nahm mich an der Hand. Wir liefen zu seinem Roller, dann blieben wir stehen und er schaute mich erwartungsvoll an.

»Schön, dich mal wiederzusehen«, sagte er und sah mir tief in die Augen. Ich hätte seine Freude gerne erwidert. Um ihn nicht zu verletzen, lächelte ich ihn an. Er verstand das offenbar als Aufforderung, nahm mein Gesicht in seine Hände und küsste mich. Es gefiel mir nicht. Unsere Lippen waren einfach nicht füreinander bestimmt.

»Das ist sehr schön«, sagte Basti, der anscheinend etwas anderes spürte als ich.

»Lass uns wieder zu den anderen gehen«, bat ich ihn.

»Willst du jetzt zu Chris oder was?«, fragte er säuerlich.

»Wie kommst du denn darauf? Da läuft nichts zwischen Chris und mir!«, sagte ich gereizt. Was ging ihn das denn überhaupt an?

»Und warum erzählen dann alle was ganz anderes?«, fragte er misstrauisch.

»Das ist mir ehrlich gesagt ziemlich egal«, erwiderte ich pampig und ließ Basti stehen.

Als ich am Lagerfeuer vorbeimarschierte, sah ich Chris, der in die Flammen starrte und irgendein aufgetakeltes Mädchen im Arm hielt. Er war betrunken, das konnte ich an seinem entrückten Blick erkennen. Es verletzte mich, ihn da sitzen zu sehen. Erst Becca, dann diese Tussi. Welche Rolle hatte ich eigentlich für ihn gespielt? Und warum fühlte ich mich ausgerechnet immer zu den Typen hingezogen, die meine Gefühle mit Füßen traten?

Mai

Das Ursache-Wirkung-Prinzip

Sehr geehrte Frau Wimberger,
ich würde heute Abend um acht sehr gerne Ihre Dienste als Zimmermädchen in Anspruch nehmen. Bitte kommen Sie in Ihrer Uniform in Zimmer 103.
Mit freundlichen Grüßen,
Christian Rollert

Keine Ahnung, was mich wieder dazu gebracht hatte, mit Chris in Kontakt zu treten. Ein Teil von mir wünschte sich nichts sehnlicher, als einen Schlussstrich unter dieses Sven-Chris-Desaster zu ziehen. Ein anderer Teil von mir fühlte lediglich die warme Frühlingsluft, die nicht nur meinen Körper, sondern auch meinen Geist ins Schwitzen brachte.

Die Aussicht auf ein sexuelles Abenteuer ließ meinen Puls höherschlagen und meinen Verstand aussetzen. Die Frage war nur, ob ich vergessen konnte, dass es Chris wahrscheinlich erst vor ein paar Tagen noch mit einer anderen getrieben hatte. Anderseits lebte ich ja auch alles andere als monogam.

Nachdem ich mich in mein altes Zimmermädchenkostüm geworfen hatte, das ich vor zwei Jahren auf einer Faschingsparty getragen hatte, war ich bereit für mein Treffen mit Chris.

Ich bewunderte mich im Spiegel. Der schwarze Rock ging mir bis knapp übers Knie, sodass man nicht sehen konnte, dass ich halterlose Strümpfe darunter trug. Dass ich kein Höschen anhatte, sollte vorerst auch niemand bemerken. Dazu trug ich ein enges Top mit tiefem Ausschnitt und einen Push-up, außerdem eine weiße Schürze. Die Haare hatte ich zu zwei Pferdeschwänzen zusammengebunden. In dieser Aufmachung hätte ich mich genauso gut für einen Pornodreh bewerben können.

»Zimmerservice!«, rief ich, als ich Punkt acht im dunklen Flur stand und an Chris' Tür klopfte.

»Es ist offen!«, rief er und ich trat ein.

Chris saß an seinem Schreibtisch vorm Computer. »Sie müssen Frau Wimberger sein«, sagte er kühl. Ich nickte nur. »Sie können gleich mit der Arbeit anfangen, es gibt genug zu tun.«

Ich zog meinen langen Mantel aus, holte einen Staubwedel aus der Tasche und fing an, seine Kommode abzustauben, obwohl ich überhaupt keine Ahnung hatte, ob das ein Zimmermädchen tatsächlich so machte. Natürlich sollte das Ganze auch noch irgendwie erotisch wirken, aber ich kam mir eher ein wenig albern und ungeschickt vor.

Nachdem ich mehrere erfolglose Anläufe gestartet hatte, das Zimmer tatsächlich zu reinigen – wobei ich feststellen musste, dass Chris zuvor ziemlich gründlich geputzt hatte –, versuchte ich es mit einer anderen Methode.

Ich drehte Chris' Schreibtischstuhl zu mir und ließ mich auf seinem Schoß nieder. Während ich seinen Kopf an meinen Busen drückte, wischte ich in aller Seelenruhe den Schreibtisch ab. Seine Finger glitten unter meinen Rock und, ohne zu zögern, in meine Muschi. Meine Hände waren immer noch mit dem Putzlappen zugange, während seine schon meinen ganzen Körper erforschten.

Er befreite mit der rechten Hand seinen harten, großen Schwanz aus seiner Jeans, die ihm langsam zu eng wurde, hob mich hoch und drang seufzend in mich ein. Eng umschlungen saßen wir da und bewegten uns langsam auf und ab. Chris' Nähe tat gut.

Nach einer Weile zog er mich hoch, warf mich aufs Bett und schob meinen Rock hoch. Ich reckte ihm meinen zuckenden, heißen Spalt entgegen, spreizte bereitwillig die Schenkel und konnte mir einen Lustschrei nicht verkneifen, als sein Schwanz zwischen meine Schamlippen glitt. Chris packte meine Knöchel und drückte sie an meinen Oberkörper, sodass wir beide gut beobachten konnten, wie er immer wieder in mich hinein- und wieder herausglitt.

Chris' Stöhnen wurde immer lauter, dann zog er seinen Schwanz aus mir heraus und steckte ihn mir in den Mund, wo er sich nach zwei Stößen zitternd in mir ergoss. Er bot mir einen Schluck Wasser an, den ich dankbar annahm, dann ging er ins Bad. Ich packte meine Sachen zusammen.

»Nimm's mir nicht übel, aber ich geh jetzt wieder!«, rief ich.

»Kein Problem. Aber wir sehen uns doch bald wieder?«, rief er zurück.

»Klar«, antwortete ich im Vorbeigehen und verließ seine Wohnung.

Auf dem Flur herrschte reges Treiben, was mich kurz irritierte, bis mir einfiel, dass heute Abend Wohnheimkneipe war. Das bedeutete auch, dass ich mich kaum unbemerkt aus dem Haus schleichen konnte. Zum Glück trug ich meinen langen Mantel, sodass niemand mein Kostüm sehen konnte. Ich drückte die Haustür auf und trat hinaus auf die Terrasse.

»Hey, was machst du denn hier?«, fragte jemand und stupste mich von der Seite an. Es war Basti.

»Hi, Basti«, begrüßte ich ihn und suchte fieberhaft nach einer Ausrede, warum ich hier war. Wieso war es mir überhaupt so wichtig, Basti nicht vor den Kopf zu stoßen? Wieso sagte ich ihm nicht einfach, dass ich gerade mit Chris gevögelt hatte? Schließlich hatten Basti und ich nur einmal miteinander geschlafen. Wir waren kein Paar.

Vielleicht wollte ich dem einzigen Jungen, der bisher immer nett zu mir gewesen war, einfach nicht wehtun?

»Was machst du denn hier?«, fragte er.

»Ähm … du … ich komm sofort wieder«, stammelte ich. »Ich muss nur schnell mein Auto umparken, das steht im Halteverbot.« Ich wartete seine Antwort gar nicht erst ab und flüchtete.

*

Auf der Heimfahrt dachte ich über alles Mögliche nach – warum ich mich ständig in die Falschen verliebte, vor den womöglich Richtigen davonlief und wann ich mich das erste Mal so richtig in jemanden verknallt hatte. Wenn ich abends allein mit dem Auto durch die Stadt fuhr, kamen die Erinnerungen meist ganz von allein.

Ich war dreizehn und er hieß Daniel. Daniel war schon sechzehn und schien vielleicht auch deshalb für mich unerreichbar zu sein.

Seine Mutter war eine alte Schulfreundin meines Vaters, und die hatte beschlossen, meinen Vater nach vielen Jahren mal wieder zu besuchen, zusammen mit ihrem unerreichbaren, unwiderstehlichen Sohn.

»Du hast doch schon mal einen Jungen geküsst, oder?«, fragte Daniel mich eines Abends, als wir uns mal wieder zusammen zum Rauchen rausgeschlichen hatten.

»Spinnst du? Na klar!«, gab ich beleidigt zurück.

»Sorry, aber du bist halt noch sehr jung, und ich bin mir gerade nicht sicher, ob okay ist, was ich vorhabe.« Daniel nahm einen tiefen Zug von seiner Zigarette. Wir lehnten im Dunkeln an der Garagentür.

»Darüber solltest du dir keine Sorgen machen«, antwortete ich und nahm ihm die Zigarette aus der Hand. Er legte eine Hand auf meine Taille und zog mich zu sich heran. Unsere Lippen berührten sich erst ganz vorsichtig, dann küssten wir uns stürmisch.

Dieser Kuss war der Grund für das Drama, das sich vier Wochen später ereignete. Meiner Mutter hatte ich erzählt, dass ich das Wochenende bei meiner Freundin Desi verbringen würde, die sie zwar für keinen guten Einfluss hielt, aber zumindest wusste sie, wo ich war. Ich flunkerte meine Mutter damals öfter an oder verheimlichte ihr etwas, weil sie immer total schnell ausrastete. Ich bekam wegen so ziemlich jeder Kleinigkeit Hausarrest.

Anstatt mein Wochenende mit Desi zu verbringen, fuhr ich mit dem Zug zu Daniel. Das waren immerhin drei Stunden Fahrt, aber ich wäre auch sieben oder acht gefahren, um in seinen Armen einzuschlafen.

Als der Zug in den Zielbahnhof einfuhr, stand ich aufgeregt am Fenster und schaute hinaus auf den Bahnsteig. Doch Daniel war nirgends zu sehen. Ich stieg aus und lief im Bahnhof umher, bis ich endlich einsah, dass er nicht da war. Erst war ich enttäuscht, dann war ich kurz sauer und dann bekam ich plötzlich Panik, dass mich jemand nach meinem Ausweis fragen oder mich womöglich zu meiner Mutter zurückschicken könnte. Immerhin war ich ja erst dreizehn. Aber ich hatte Glück. Ich fiel niemandem auf.

Nachdem ich Daniel auf dem Handy nicht erreichen konnte, beschloss ich, mit dem Bus zu seinem Haus zu fahren, ich hatte ja die genaue Adresse.

Fast zwei Stunden später war ich am Ziel. Ich klingelte und das Herz schlug mir bis zum Hals.

Daniel öffnete mir strahlend die Tür. »Hey, da bist du ja!«, rief er gut gelaunt. Seine Augen waren gerötet. Schwankend lotste er mich in die Wohnung. Daniel war total bekifft.

»Ich hatte gedacht, du wolltest mich vom Bahnhof abholen«, setzte ich schüchtern an.

»Sorry, ich hatte so viel zu tun und da hab ich total die Zeit vergessen.« Er winkte mich ins Wohnzimmer, wo ein Typ gerade dabei war, sich eine Zigarette zu drehen.

»Das ist Jonas«, sagte Daniel und zeigte auf die Couch. »Jonas, das ist Maria.« Jonas nickte kurz in meine Richtung und widmete sich dann wieder seinem Tabak. Worauf hatte ich mich da nur eingelassen? Meine Mutter wäre zu Recht sauer gewesen, wenn sie gewusst hätte, in was für einer Kifferhöhle ich gelandet war.

»Komm, leg erst mal deine Sachen ab, dann gehen wir ein bisschen in die Stadt«, schlug Daniel vor und ich freute mich darüber, dass der Tag anscheinend noch nicht ganz verloren war. Leider folgte uns Jonas auf Schritt und Tritt, was mir jegliche Chance nahm, Daniel näherzukommen. Aber offensichtlich legte dieser auch gar keinen Wert darauf.

Wir liefen den ganzen Tag herum, und als es Abend wurde, entschieden wir uns, noch was trinken zu gehen. Daniel hatte noch ein paar Freunde angerufen, die alle brav antanzten. Ich saß irgendwann in einer Ecke, schlürfte den bittersüßen Cocktail, den einer von Daniels Freunden mir spendiert hatte, und beobachtete frustriert, wie Daniel sich an ein blondes, sehr hübsches Mädchen mit langen Beinen heranmachte. Das Nächste, woran ich mich erinnern konnte, war, dass mich jemand an der Schulter rüttelte.

»Maria, wir müssen jetzt los. Du kannst auch bei mir schlafen.« Es war Jonas.

Keine Ahnung, was ich alles getrunken hatte. Definitiv zu viel. Es störte mich nämlich nicht mal mehr, dass Jonas mich bis auf die Unterwäsche auszog und mich in sein Bett legte.

Er streichelte meinen ganzen Körper und hatte es ziemlich eilig, mir den BH auszuziehen. Er küsste meine Brüste und fasste mir ziemlich unsanft in den Slip. Er massierte meinen Kitzler und drang mit dem Finger in mich ein. Plötzlich hörte Jonas auf, mich zu streicheln, sprang auf und lief aus dem Zimmer.

»Scheiße, ist ja ekelhaft!«, schimpfte er beim Rausgehen.

Als ich aufwachte, war es schon hell draußen. Jonas lag am anderen Ende des Bettes, seine dunkelbraunen Locken umrahmten sein friedlich aussehendes Gesicht. Erst jetzt nahm ich ihn wirklich wahr und fand ihn eigentlich ziemlich süß.

»Was ist überhaupt passiert?«, flüsterte ich. Ich schlug langsam die Bettdecke weg, stieg aus dem Bett und erschrak. Das Bettlaken war voller Blut, genauso wie mein Höschen. Ich hatte in der Nacht meine Tage bekommen und Jonas war live dabei gewesen. Am liebsten wäre ich vor Scham im Erdboden versunken. Ich wollte nur noch weg.

Ich schnappte meine Sachen, schlich mich leise aus dem Zimmer, huschte lautlos durch den Flur und zur Haustür hinaus. Ich wusste zwar nicht mal, in welchem Teil der Stadt ich überhaupt war, aber irgendwie fand ich den Bahnhof trotzdem und fuhr niedergeschlagen nach Hause.

*

Ich hatte mir vorgenommen, die Sache mit Sven endgültig abzuhaken, Chris nicht mehr zu sehen, mich mehr auf mein Studium zu konzentrieren und mich nach jemandem umzusehen, der gut für mich war. Diese Vorsätze hielten nicht lange an. Nur ein paar Tage.

Eigentlich war es nicht überraschend gewesen, dass Sven wieder bei mir ankam, um mich um den Finger zu wickeln. Und eigentlich war es mittlerweile auch nicht mehr überraschend, dass ich mich um den Finger wickeln ließ.

Er konnte aber auch unglaublich überzeugend sein! Er wusste eben, wann ich schwach wurde: wenn er sich einfach nahm, was er wollte. Nichts konnte mich mehr in Stimmung bringen als die Dominanz eines Mannes. Ich wünschte, es wäre nicht so, aber ein kleiner Teil in mir sehnte sich sogar manchmal danach, schlecht behandelt zu werden. Deshalb sah ich meine Chance, jemals von Sven wegzukommen, immer weiter schrumpfen.

Sven zog mich aus meiner Wohnung und drückte mich ganz nah an seinen Körper. »Kannst du spüren, wie geil ich auf dich bin?«, flüsterte er mir ins Ohr. Er presste seine Hüften gegen meine und ich fühlte die riesige Beule in seiner Hose. Da war es auch schon um mich geschehen.

Er öffnete den Reißverschluss meiner Jeans.

»Was ist, wenn jemand kommt?«, fragte ich besorgt, obwohl ich natürlich wusste, dass genau diese Gefahr ihn so anmachte.

»Dann fragen wir einfach, ob er mitmachen will«, antwortete er, und ich konnte nicht einschätzen, ob das ein Spaß oder sein Ernst war.

Er drehte mich mit dem Rücken zu sich, ohne seinen Griff zu lockern, und während er mit dem einen Arm sicherstellte, dass ich ihm nicht entwischen konnte, zog er mit der anderen Hand meine Jeans und mein Höschen nach unten.

Er drückte mich langsam nach vorne, sodass ich ihm meinen nackten Arsch entgegenstreckte. Er fuhr mit seiner Hand darüber und knetete ihn. Dann steckte er mir ohne Vorwarnung einen Finger in die Muschi, um zu testen, ob ich schon feucht genug war.

Ich war feucht genug! Meine Muschi lechzte förmlich nach seinem Schwanz. Ich spreizte voller Vorfreude leicht die Beine.

»Oh ja, du kleine Schlampe willst richtig gefickt werden, oder? Sag, dass ich dich richtig ficken soll!« Er griff mir in die Haare und zerrte meinen Kopf zurück.

»Ja, ich muss richtig gefickt werden! Ich will, dass du mich richtig fickst!«, stöhnte ich. Ich war ziemlich laut, aber inzwischen was mir das egal.

Sven nahm mich beim Wort und stieß seinen Schwanz in mich hinein. Erst tat es ein bisschen weh, aber schon beim dritten Stoß fühlte es sich richtig gut an. Ich hatte das Gefühl, förmlich auszulaufen vor lauter Geilheit.

Ich kam, während ich spüren konnte, dass Sven sich in mir ergoss. Welche Flüssigkeit von wem stammte, ließ sich nicht mehr unterscheiden. Wir hatten schon wieder nicht verhütet.

Er ließ von mir ab und ich zog mir die Hose wieder hoch. Ich drehte mich um und sah zu Sven auf, der mir eine Zigarette entgegenstreckte. »Danke«, brachte ich gerade noch heraus. Mir war schwindlig und vom Qualm der Zigaretten wurde mir noch schwindliger. Es war geil, zusammen mit Sven alle Verbote zu missachten. Erst im Flur zu ficken und dann auch noch zu rauchen.

Nachdem Sven seine Zigarette ausgedrückt hatte, gab er mir einen Kuss auf die Wange. »War schön. Mann, jetzt hab ich aber Hunger.« Dann ging jeder in seine Wohnung.

Ich konnte nichts essen, da ich zuerst noch den Sex verdauen musste.

Als ich mich gerade auf meinem Bett niedergelassen hatte, piepste mein Handy. Eine neue Nachricht. Absender: Chris. Ich zögerte einen Moment, bevor ich auf *Anzeigen* drückte.

Hi, Maria. Bock auf ein Treffen? Kommt mir vor, als wär's schon ewig her. Hättest du heute Abend noch Zeit? LG, Chris

Ich dachte einen Moment darüber nach. Ich war total müde und eigentlich schon mehr als bedient. Auf der anderen Seite bekam ich nach dem Sex immer noch Lust auf einen Nachschlag und deshalb schrieb ich:

Okay, komm gleich bei mir vorbei.

Chris brauchte ungefähr zehn Minuten bis zu mir, also blieb noch Zeit, um mich ein bisschen frisch zu machen. Da ich keine Lust hatte zu duschen, beschränkte ich mich auf Katzenwäsche und machte mit dem Waschlappen zumindest die wichtigsten Stellen sauber. Die Frage war nur, wie ich das restliche Sperma von Sven aus meiner Muschi bekam, bevor ich Chris da ranließ.

Nach nicht mal zehn Minuten klingelte Chris an meiner Tür. Immer noch halb in Trance, öffnete ich ihm und zog ihn in meine Wohnung. Ich hatte nicht sonderlich viel Lust, erst noch Small Talk zu führen, darum fing ich sofort an, ihn zu küssen und mir an seiner Hose zu schaffen zu machen.

Wir legten uns auf mein Bett und zogen uns aus. Ohne mich vorher zu fragen, holte Chris die Handschellen aus meiner Schublade und fesselte mich damit ans Bett. Er leckte an meinen Brustwarzen, sodass sie das zweite Mal an diesem Abend hart wurden. Sein steifer Schwanz streifte meine Hüfte. Es war wie ein Déjà-vu, nur dass Chris wesentlich zärtlicher war als Sven.

Er leckte mir über den Bauch und fuhr mit seiner Zunge über den schmalen Streifen aus Schamhaaren, den ich mir nicht wegrasiert hatte. Noch nie im meinem Leben kam ich mir so dreckig und verrucht vor. Ich konnte spüren, dass ich nass wurde, und meine Geilheit besiegte jede Angst, Chris könnte merken, dass mich eben noch ein anderer gefickt hatte.

Er leckte mir über meine Schamlippen, dann drang er mit der Zunge in mich ein. Ob er Svens Sperma schmeckte?

Er leckte und saugte so lange, bis sich mein Körper wieder entspannte und ich ihn sanft von mir wegschob. Er nahm seinen Schwanz in die Hand und fing an, sich selbst zu befriedigen. Nicht lange, und er spritzte mir auf den Bauch.

Als Chris weg war, gönnte ich mir eine Dusche. Während das warme Wasser über mich hinweglief und alle Körperflüssigkeiten wegspülte – fremde und meine eigenen –, nahm ich mir fest vor, die Sache mit Sven endgültig abzuhaken, Chris nicht mehr wiederzusehen, mich mehr auf mein Studium zu konzentrieren und mir jemanden zu suchen, der gut für mich war.

*

Schon nachdem ich die ersten paar Male Sex mit Jungs gehabt hatte, fragte ich mich, wie der Mann sein müsste, für den ich eines fernen Tages monogam sein würde. Er sollte auf jeden Fall gut aussehen und mich zum Lachen bringen. Außerdem musste er es schaffen, mich so oft zu bumsen, dass ich gar nicht erst die Chance, geschweige denn die Kraft hatte, mit einem anderen zu ficken.

Bereits nach meinen ersten sexuellen Erfahrungen hatte ich den Verdacht, dass ich genetisch gar nicht dazu in der Lage war, treu zu sein. Dafür machte mir Ficken von Anfang an einfach zu viel Spaß.

Der erste Typ, mit dem ich ernsthaft versucht hatte, eine längere Beziehung zu führen, hieß Salvo. Er schien mir der geeignete Typ zu sein, den Menschen in meiner Umgebung und meinen Eltern zu beweisen, dass sie mich falsch eingeschätzt hatten. Ich wollte sie davon überzeugen, dass ich keine Schlampe war. Leider kam alles ein bisschen anders.

Es war ein heißer Sommerferientag, Mira und ich lagen wie jeden Tag am See, bräunten uns und ließen die Seele baumeln.

Am Abend beschlossen wir, noch einen Cocktail trinken zu gehen. Allerdings wurden aus dem einen Cocktail zwei, dann drei und wahrscheinlich sogar vier. Ich konnte mich im Nachhinein nicht mehr genau daran erinnern.

Wir waren also schon richtig gut angeheitert, als uns zwei Typen ansprachen und fragten, wo man noch tanzen gehen könne. Ich sagte ihnen, dass es in der Gegend keinen größeren Klub gäbe, sie sich aber gerne zu uns setzen könnten.

Dieses Angebot nahmen sie dankend an.

»Hi, ich bin Thomas«, sagte der Typ, der sich neben mich gesetzt hatte, und lächelte mich an. Ich fing an zu grinsen, weil ich schon so betrunken war, vielleicht aber auch, weil ich in dem Moment schon wusste, dass ich mit ihm schlafen würde. Dabei waren Salvo und ich gerade mal drei Monate zusammen! »Und das ist mein Freund Linus«, sagte er und zeigte auf seinen Kumpel, der neben Mira saß.

»Li-Li-Linus?«, lallte Mira. »Soll das ein richtiger Name sein? Zeig mal deinen Ausweis«, gluckste Mira amüsiert. Ich hoffte insgeheim, dass ich nicht auch schon so nuschelte wie sie, wenn ich redete. Linus schien jedenfalls sehr genervt von Mira zu sein, was mich echt verblüffte. Bis zu diesem Tag hatte ich noch keinen Typen getroffen, der nicht von ihr angetan gewesen wäre.

Wir unterhielten uns eine Weile und beschlossen dann, noch eine Runde am See spazieren zu gehen. Thomas hatte wunderschöne blaue Augen und blonde Haare, es war fast schon einen Hauch zu klischeehaft. Ich kicherte bei jedem zweiten Wort, das er sagte, obwohl ich die ganze Zeit versuchte, mich zusammenzureißen und nicht ganz so albern zu wirken, da Thomas bestimmt drei oder vier Jahre älter war als ich.

Er entsprach definitiv meinem Bild eines gut aussehenden Mannes. Linus hingegen wirkte neben ihm wie ein Mauerblümchen. Er hatte dunkle Haare, die ihm ständig im Gesicht hingen, und einen Blick, der sagte: Bitte sprich mich nicht an, ich hab Angst vor Menschen!

Wir liefen gerade am Ufer entlang, als mein Handy klingelte. Mein Freund Salvo war dran. Ich überlegte noch einen Moment, ob ich ihn wegdrücken sollte, ging dann aber doch dran.

»Hi, Schatz!«, schrie ich etwas zu euphorisch ins Telefon und fing mir natürlich sofort die irritierten Blicke der Jungs ein.

»Nein, ich bin gerade noch mit Mira unterwegs, es ist alles in Ordnung. Bin nur ein bisschen betrunken, aber ich werde jetzt nach Hause fahren.« Ich drehte mich zu Mira um und zuckte nur mit den Schultern.

»Wir sehen uns morgen. Das hast du doch nicht vergessen, oder?«, fragte Salvo am anderen Ende der Leitung.

»Nein, nein, Schatz. Wir sehen uns. Tut mir leid, ich muss jetzt echt auflegen. Küsschen.«

Nachdem ich aufgelegt hatte, schenkte ich Mira, Thomas und Linus mein unschuldigstes Lächeln. Daraufhin nahm Thomas meine Hand und zwinkerte mir zu. Anscheinend machte es ihn an, in fremden Revieren zu wildern.

»Wollen wir noch zu mir?«, fragte ich. »Mein Vater ist im Urlaub. Ich hab sturmfrei!«

»Keine Chance, ich fahr jetzt heim und geh pennen«, erwiderte Mira, die meine Absichten garantiert erahnte und anscheinend wenig Lust verspürte, sich zu meiner Komplizin zu machen. Ich konnte es ihr nicht verübeln.

Sie umarmte mich und flüsterte mir ins Ohr: »Sei bitte vorsichtig. Und ruf mich morgen gleich an!«

Die Jungs nahmen mich im Auto mit. Auf dem Weg zu mir hielten wir an der Tankstelle und kauften noch ein bisschen Alkohol »zum Lockermachen«, wie Thomas es ausdrückte. Also ich war schon locker und machte mir ernsthaft Sorgen darüber, was einem bei einer noch größeren Lockerheit alles passieren konnte.

Wir machten es uns zu Hause auf dem Balkon gemütlich, tranken, rauchten und erzählten uns ein bisschen voneinander, wobei ich das meiste am nächsten Morgen schon wieder vergessen hatte.

Linus legte mir immer wieder seine Hand aufs Knie, was ich jedoch als sehr unangenehm empfand, da ich es auf Thomas abgesehen hatte. Dieser machte aber keinerlei Anstalten, sich an mich ranzuschmeißen, und ich wollte nicht den nächsten Schritt machen.

Irgendwann hatte ich für meinen Geschmack wirklich genug getankt, stand auf und verkündete lallend, dass ich uns die Betten machen würde. Weder Linus noch Thomas schienen etwas dagegen zu haben und folgten mir ganz willig ins Schlafzimmer meines Vaters. Ich legte Linus eine Matratze vors Bett und gab Thomas zu verstehen, dass er neben mir im Bett schlafen sollte.

Und da lagen wir dann also – ich im Bett neben einem Typen, den ich kaum kannte und mit dem ich gewiss noch Sex haben würde, und vor dem Bett sein merkwürdiger Freund, der vermutlich die ganze Nacht so tun musste, als würde er davon nichts mitkriegen.

Wie erwartet wanderte Thomas' Hand zu mir herüber und fing an, mich zu streicheln. Ich drehte mich langsam zu ihm um, sodass wir uns küssen konnten. Immer wieder versuchte ich, einen Blick auf Linus zu werfen, der entweder sofort tief eingeschlafen war oder zumindest so tat, als wäre er eingeschlafen.

Ich zog mein Schlaf-T-Shirt und mein Höschen aus und fing an, Thomas zu küssen. Doch er erwiderte meine Küsse nicht, sondern versuchte ständig, meinen Kopf zu seinem Schwanz runterzudrücken.

Schließlich gab ich nach, kroch unter die Decke und traute meinen Augen kaum. Sein Schwanz war riesig! Bestimmt mindestens fünfundzwanzig Zentimeter! Ich hatte panische Angst, ich könnte mir den Kiefer brechen. Wie war das bloß möglich? Thomas war doch so zierlich!

Vorsichtig näherte ich mich seinem besten Stück und fing an, daran zu lecken. Dann nahm ich ihn in den Mund, aber es war unmöglich, ihn mir ganz reinzustecken. Ich wollte gerade richtig loslegen, da zog er mich plötzlich hoch und sagte: »Ich will dich ficken.«

Ich setzte mich auf ihn und versuchte sehr vorsichtig, seinen Schwanz in mich einzuführen. Ich fragte mich, wie tief eine Frau eigentlich sein und was sie körperlich ertragen konnte. Zu meiner großen Überraschung fühlte es sich aber total gut an und tat auch gar nicht weh. Es gab nur ein klitzekleines Problemchen: Ich hatte zu viel Alkohol getrunken und jeder Stoß seines Riesenschwanzes erinnerte mich daran. Mir wurde abwechselnd heiß und schwindlig.

Ich versuchte, keinen Laut von mir zu geben, was fast unmöglich war, weil er bei jedem Stoß so tief in mich eindrang wie noch keiner vor ihm. Ich hätte vor Lust am liebsten geschrien. Aber ich wollte mir am nächsten Morgen definitiv keine Sprüche von Thomas' Freund anhören. Und darauf, dass Linus neben dem Bett friedlich schlummerte, wollte ich mich nicht verlassen.

So ließ ich mich also tief und lautlos ficken, bis Thomas in mir abspritzte. Kurz danach schlief er ein.

Bevor auch ich einschlief, dachte ich daran, dass wir vergessen hatten, ein Kondom zu benutzen.

Am nächsten Morgen hatte ich Brötchen aufgebacken, um diese Nacht mit einem stilvollen Frühstück abzuschließen. Als Thomas in die Küche kam, tat er so, als wäre nichts gewesen.

»Und, was hast du heute noch so vor?«, fragte er mich.

»Weiß noch nicht, ich ...«, begann ich und dann fiel es mir schlagartig ein. »Oh, Scheiße!«, fluchte ich vor mich hin und schleuderte den Brötchenkorb in die Ecke. Hektisch suchte ich mein Handy und wählte Salvos Nummer. Es klingelte ein paarmal, bevor er abnahm. »Alles Gute zum Geburtstag, mein Schatz!«, trällerte ich in den Hörer. »Na, wie geht es dir an deinem großen Tag?«

»Danke, sehr gut. Du klingst irgendwie komisch, ist alles in Ordnung?«, fragte er misstrauisch.

»Natürlich, alles bestens. Ich hab nur einen kleinen Kater von gestern«, erwiderte ich.

»Wie wär's, wenn ich vorbeikomme und wir zusammen frühstücken?«, fragte er.

Ich zuckte zusammen. »Nein, lieber nicht«, sagte ich, vielleicht etwas zu schnell und schrill. »Ich komm lieber später bei dir vorbei und bring dir dein Geschenk.«

»Okay, alles klar, dann bis später.« Er legte auf, aber ich hatte immer noch ein mulmiges Gefühl. Nach dem Frühstück saßen Thomas, Linus und ich auf dem Balkon, um eine zu rauchen, als es plötzlich an der Tür klingelte. Ich lief über den Flur, machte die Tür auf und schaute Salvo direkt ins Gesicht.

»Ich dachte, ich hole mir mein Geschenk lieber persönlich ab«, sagte er lächelnd. Ich war wie erstarrt und hatte nicht die geringste Ahnung, wie ich aus dieser Nummer rauskommen sollte.

Er sah mich fragend an und deutete auf das fremde Auto vor der Haustür.

»Ähm … ach so, ja also … Mira und ich haben gestern zwei Jungs kennengelernt, die brauchten dringend einen Schlafplatz.«

Salvo runzelte die Stirn.

Ich lächelte gequält. »Hey, was denkst du denn?«, fragte ich scheinheilig empört. »Da ist nichts gelaufen! Ich wollte nur nett sein und hab sie hier pennen lassen.«

Da Salvo immer noch nicht überzeugt schien, ging ich aufs Ganze. Ich führte ihn auf den Balkon und stellte ihn Linus und Thomas vor.

»Hey, Jungs!«, rief ich. »Das ist Salvo, mein Freund.« Ich warf Thomas einen unauffälligen, aber flehenden Blick zu. Daraufhin stand er auf, streckte Salvo die Hand entgegen und lächelte, als er sagte: »Alles Gute zum Geburtstag! Ich geh jetzt erst mal Zähne putzen.«

So viel zu meiner ersten monogamen Beziehung.

*

Auf der Suche nach jemandem, der gut für mich war, dachte ich wieder immer öfter an Basti. Ich fragte mich, warum ich ihm eigentlich nie wirklich eine Chance gegeben hatte und mir stattdessen lieber den Kopf über Chris und Sven zerbrach. Wahrscheinlich lag es daran, dass der Sex mit Basti mich einfach nicht umgehauen hatte. Aber das konnte doch noch besser werden, oder?

Und so kam es, dass ich Basti anrief und wir uns fürs Kino verabredeten. Wie verliebte Teenager hielten wir den ganzen Abend Händchen, nur dass ich leider nicht in Basti verliebt war. Trotzdem tat mir seine Gegenwart gut, denn Basti spielte keine Spielchen mit mir, sondern zeigte mir offen seine Gefühle. Er war genau, was ich brauchte: ein ehrlicher Typ. Das Problem war nur, dass ich nicht ehrlich zu ihm war.

»Kommst du noch mit zu mir?«, fragte Basti auf dem Weg aus dem Kinosaal.

»Ja, warum nicht«, antwortete ich ihm.

Wir stiegen in seinen alten Porsche und fuhren zu ihm nach Hause. Als ich das große Haus mit dem Erker sah, in dem ich schon einmal gewesen war, wurde mir etwas mulmig zumute. Es war keine schöne Erinnerung, die ich mit der letzten Nacht hier verband, und ich hatte Angst, dass es in dieser Nacht wieder so laufen würde.

Leider war meine Angst begründet. Basti stellte sich genauso ungeschickt an wie beim ersten Mal, nur war ich diesmal forscher.

Ich schnappte mir seine Hand und zerrte ihn auf sein Bett. Ich knöpfte meine Hose auf und zog sie mir bis zu den Knien herunter. Basti schien mit der Situation etwas überfordert zu sein. Erst nach kurzem Zögern ließ er sich neben mich fallen und zog sich aus. Dann rutschte er ans obere Bettende, sah zu, wie ich mir die Hose ganz vom Körper streifte und mit den Fingerspitzen seine Brust streichelte.

Als ich seinen Schwanz berührte, stöhnte er leise auf. Im Gegensatz zu mir schien Basti schon ziemlich in Fahrt zu sein. Er drehte mich auf den Rücken, um mir meine restlichen Klamotten vom Leib zu reißen, inklusive meines Höschens. Als er meine Muschi sah und schon allein bei ihrem Anblick lustvoll stöhnte, dachte ich nur noch: Bringen wir es hinter uns.

Er drang in mich ein und wie schon letztes Mal stellte ich fest, dass wir nicht nur nicht zusammen-, sondern auch nicht richtig ineinanderpassten. Sein Oberkörper war viel zu lang für meinen, sodass wir uns nicht richtig küssen konnten, wenn er in mir war, er dafür aber immer wieder mit der Schulter gegen mein Kinn stieß. Basti schien das noch nicht mal zu merken.

Nach zwei Minuten war alles vorbei und er rollte sich neben mich. Ich lehnte mich an seine Schulter, um ihm nicht in die Augen sehen zu müssen. Ich fühlte mich schlecht. Er war einfach nicht der Mann, den ich wollte, und der, den ich wollte, würde mich wohl niemals lieben können.

Warum lag ich trotzdem hier bei Basti? Weil ich Angst davor hatte, alleine zu sein, und zu feige war, dieses Gefühl einfach auszuhalten. Es war schon weit nach Mitternacht, als ich immer noch wach lag. Basti träumte wahrscheinlich schon längst von einer gemeinsamen Zukunft mit mir, während ich mir zwanghaft einzureden versuchte, dass alles gut werden würde.

Ich griff leise nach meiner Tasche am unteren Ende des Bettes und kramte mein Handy heraus. Keine Anrufe in Abwesenheit, keine Nachrichten. Ich öffnete einige SMS, die Sven mir in letzter Zeit geschrieben hatte, und drückte auf *Antworten*.

Ich vermisse dich, schrieb ich – und löschte die Nachricht wieder. Was sollte das jetzt auch bringen?

*

Auf die nächste Uni-Party ging ich zusammen mit Basti. Wir waren jetzt offiziell ein Paar. Zumindest gab ich mir alle Mühe, seine Freundin zu sein.

Basti strahlte den ganzen Abend wie ein Honigkuchenpferd. Für mich hingegen war diese Party Schwerstarbeit. Ich versuchte die ganze Zeit, Chris aus dem Weg zu gehen, der natürlich auch da war, und nebenbei Basti bei Laune zu halten. Mir hätte klar sein müssen, dass das Ganze in einem Fiasko enden würde. Zum Glück war nicht auch noch Sven auf der Party.

»Warum bist du denn so nervös? Ist irgendwas nicht okay?«, fragte Basti und sah mich traurig an.

»Nein, alles in Ordnung. Ich bin nur so aufgeregt, weil wir das erste Mal zusammen auf einer Party sind, als Paar, meine ich«, antwortete ich knapp an der Wahrheit vorbei.

»Du bist einfach unglaublich süß«, sagte er strahlend und meine Schuldgefühle stiegen ins Unermessliche. Und du bist unglaublich naiv, dachte ich.

Wie konnte ich nur so gemein sein und ihn in dem Glauben lassen, er wäre der Einzige für mich?

Basti nahm mich in den Arm und küsste mich. Ich ließ es geschehen, achtete aber die ganze Zeit darauf, dass uns Chris nicht sah. Als ich ihn plötzlich doch an der Bar entdeckte, stieß ich Basti instinktiv zurück.

»Was ist denn?«, fragte er.

»Nichts. Ich hab nur gerade ein paar Mädels aus meinem Seminar gesehen«, erklärte ich ihm. »Ich will ihnen kurz Hallo sagen.«

»Ja, wenn es sein muss«, seufzte Basti und ließ mich widerwillig gehen.

Nachdem ich mir sicher war, dass Basti nicht mehr auf mich achtete, steuerte ich direkt auf Chris zu und klopfte ihm von hinten auf die Schulter.

»Hey, Fremder!«, rief ich und lächelte ihn an.

»Hey, Fremde. Na, wie geht's dir?«, fragte er und ich konnte an seiner Stimme erkennen, dass er schon ziemlich gut gebechert hatte. Er strich mir unauffällig mit der Hand über den nackten Arm und löste mit dieser Berührung ein übermächtiges Verlangen in mir aus.

»Lust auf einen kleinen Spaziergang?«, fragte Chris und streichelte sanft meine Hand.

»Schon, aber ich kann nicht einfach abhauen. Ich bin mit … mit Freunden hier«, flunkerte ich und schaute zu Basti, der sich angeregt mit seinen Kommilitonen unterhielt.

»Komm schon, nur ein ganz kurzer Spaziergang«, sagte Chris.

»Also gut«, erwiderte ich und warf einen letzten schuldbewussten Blick zu Basti.

Wir verließen das Gebäude durch den Hinterausgang, rannten auf den Parkplatz und von dort aus einfach ein Stück in Richtung Wald. Wir hielten uns an den Händen und kicherten, während wir uns leidenschaftlich küssten und nach einem geeigneten Plätzchen Ausschau hielten.

»Hier ist es doch perfekt, oder?«, fragte Chris und blieb stehen.

»Ja, perfekt«, sagte ich.

Chris zog mich an sich heran und sah mir in die Augen. Ich wusste nicht so genau, was ich in diesem Moment fühlte, aber ich wollte auf jeden Fall mehr davon. Also küsste ich ihn und knöpfte nebenbei seine Hose auf. Ich stöhnte vor Lust, als er mir unter mein luftiges Top fuhr und meine Brüste streichelte. Er wanderte zärtlich über meine Nippel und von dort aus runter zu meinem Slip. Ich zog meine Hose aus, um ihm den Weg zu erleichtern, und umfasste gleichzeitig seinen harten Schwanz, den ich mir sehnlichst in mir wünschte. Ich ging in die Knie und berührte ihn vorsichtig mit den Lippen, bevor ich ihn förmlich verschlang.

So verbrachten wir die nächste halbe Stunde. Wir verwöhnten uns abwechselnd mit den Fingern und mit dem Mund und schmuggelten uns anschließend wieder zurück auf die Party.

»Danke, Maria. Du warst heute mal wieder das Highlight des Abends«, hauchte Chris mir ins Ohr, gab mir einen flüchtigen Kuss auf die Lippen und verschwand wieder in der Menge. Ich stand kurz etwas verloren da und hatte Lust, einfach nach Hause zu gehen, doch ich hatte Basti ja versprochen, den Abend mit ihm zu verbringen.

»Wo warst du denn die ganze Zeit?«, fragte er verärgert, als ich wieder bei ihm war.

»Es tut mir leid«, erwiderte ich kleinlaut.

»Ich stand hier die ganze Zeit rum wie ein Idiot ...«

Ich nickte nur und kam mir vor wie der letzte Dreck. Während Basti mir eine Standpauke hielt, dachte ich an Chris.

»Ich bin echt das Letzte. Du bist so lieb zu mir und ich behandle dich so scheiße«, sagte ich und kämpfte dabei gegen die Tränen.

»Hey, so schlimm ist es jetzt auch wieder nicht. Ist schon okay. Sollen wir nach Hause fahren?«, fragte Basti, erschrocken über meine heftige Reaktion. Ich nickte, einerseits erleichtert, andererseits entsetzt über mich selbst. Über mein Verhalten, meine Gefühle, meine Lügen. So wollte ich doch gar nicht sein.

*

»Du könntest ja mal ein bisschen an meinen Eiern lutschen« lautete der Satz, der mir meinen ersten Blowjob einbrachte. Der Junge, der diesen Satz gesagt hatte, hieß Simon. Ich war zu diesem Zeitpunkt keine Jungfrau mehr, hatte aber trotzdem keinen blassen Schimmer, wie man einen Mann mit dem Mund befriedigte.

Da saß ich also, kurz vor meinem ersten Blowjob, und war richtig nervös.

Ursprünglich war ich mit Simons bestem Freund zusammen gewesen. Doch als der mich für eine andere sitzen ließ, hatte Simon mich getröstet. Leider war er etwas übers Ziel hinausgeschossen, denn zwei Tage, nachdem sein Freund mich abserviert hatte, hatte Simon mich gefragt, ob ich mit ihm gehen wolle. Mal davon abgesehen, dass mich die Formulierung »miteinander gehen« schon immer abgeturnt hatte, war ich mir auch nicht sicher, ob ich mit Simon zusammen sein wollte.

Dagegen sprach … Na ja, so einiges. Dafür sprach, dass ich mit ihm neue Erfahrungen sammeln konnte, die ich meiner Meinung nach ziemlich nötig hatte. Und darum ließ ich es auf einen Versuch mit Simon ankommen.

Er nahm mich mit zu sich nach Hause, was sich als großer Fehler entpuppte. Sein Zimmer war die reinste Zoohandlung. Überall standen Käfige mit Mäusen und Ratten herum und es stank bestialisch. Ich hielt mir die Hand vor den Mund. Hier sollte ich Sex haben?

Doch da fing Simon auch schon an, mich stürmisch zu küssen und überall anzufassen.

»Komm«, sagte er bloß und zog mich aufs Bett. Kaum lagen wir da, fing er an, sich auszuziehen. Er schien überhaupt nicht zu merken, dass ich nicht richtig in Stimmung war. Dann saß er nackt vor mir und auch das letzte Fünkchen Leidenschaft in mir war erloschen.

Auf seiner schwabbeligen Brust hatte er viel zu viele Haare, sein Bauch wölbte sich über sein Schamhaar, das ich gar nicht erst so genau betrachten wollte.

Er grinste mich an wie ein kleines Kind, das sich auf was Süßes freute. Widerwillig zog ich mich ebenfalls aus und legte mich neben ihn. Er fing wieder an, mich zu küssen, und schon im nächsten Moment warf er sich auf mich. Er versuchte, seinen Schwanz in mich reinzustopfen, und stöhnte dabei jedes Mal merkwürdig auf.

»Stimmt irgendwas nicht?«, fragte ich ihn besorgt, nachdem es ihm auch nach mehreren Versuchen nicht gelungen war, in mich einzudringen.

»Ich weiß nicht, ich krieg ihn irgendwie nicht rein«, stöhnte er.

Ich schaute auf seinen Schwanz und sah Simon irritiert an. »Sag mal, du weißt aber schon, dass ein Penis steif sein muss, damit man ihn in die Vagina einführen kann, oder?«, fragte ich ungläubig.

»Ist der nicht steif?«, fragte er unsicher zurück. Darauf gab ich ihm lieber keine Antwort.

»Geh mal von mir runter«, sagte ich stattdessen und er gehorchte. »Setz dich mal auf die Bettkante«, wies ich ihn an. Dann betrachtete ich sein bestes Stück und überlegte, wie wir am besten weitermachten.

»Du könntest ja mal ein bisschen an meinen Eiern lutschen«, sagte er. Ich schaute auf seine Eier, die eher aussahen wie schrumpelige Rosinen, überwand mich und nahm sie in den Mund. Es fühlte sich ganz lustig an und irgendwie fand ich Gefallen daran. Und es schien seine Wirkung nicht zu verfehlen, denn sein Penis wuchs tatsächlich um circa drei Zentimeter an. Ich nahm ihn in den Mund.

Simon kam richtig in Fahrt und stöhnte immer lauter, während ich an seinem Schwanz saugte und meinen Würgereflex unterdrückte. Simon war so laut, dass ich mir Sorgen machte, ob seine Mutter im angrenzenden Wohnzimmer etwas mitkriegte. Ich hoffte, dass der Fernseher laut genug war.

Plötzlich fing sein Penis an zu zucken, sein Körper spannte sich an und dann ergoss sich sein ganzes Sperma in meinen Mund. Ich erschrak und wich zurück, sodass ein bisschen was davon auf den Boden tropfte. Den Rest schluckte ich runter.

Ich war so angeekelt von dem unerwartet bitteren Geschmack und dem Geruch nach Mäusekot, dass ich nur noch abhauen wollte. Ich schlüpfte in meine Klamotten und schnappte mir meine Tasche.

»Moment, Maria, du hast da ...«, setzte er an.

»Entschuldige, ich muss dringend an die frische Luft, ich ruf dich an«, unterbrach ich ihn und rannte aus seinem Zimmer.

Als ich in den Bus stieg, setzte ich mich einer Gruppe von Jugendlichen gegenüber, die alle lauthals anfingen zu lachen, als sie mich sahen. Ich schaute mich um, ob sie vielleicht jemand anders meinten, aber sie zeigten sogar mit dem Finger auf mich und kriegten sich gar nicht mehr ein. Hatte ich vielleicht mein T-Shirt falsch herum angezogen?

Ich war heilfroh, als ich endlich aus dem Bus aussteigen konnte. Auf dem Weg zum Bahnhof warf ich einen kurzen Blick in ein Schaufenster und schluckte. Mitten auf meiner Wange prangte ein riesiger Spermafleck.

Deshalb hatten die Leute im Bus also über mich gelacht! Panisch wühlte ich in meiner Tasche nach einem Taschentuch, spuckte hinein und rubbelte mir das klebrige Zeug aus dem Gesicht.

Das also war mein erster Blowjob gewesen und – wer hätte es gedacht – mein letztes Date mit Simon.

*

Ein paar Tage nach der Uni-Party rief Basti mich an und gab mir den Laufpass. Dabei hatte ich so sehr gehofft, dass ich irgendwann auch Gefühle für ihn entwickeln würde, um Sven und Chris endlich aus meinem Leben streichen zu können.

»Ich hab keine Schmetterlinge mehr im Bauch«, sagte Basti, und dieser Satz war wie ein Schlag in die Magengrube. »Ich spüre einfach, dass du nicht mit dem Herzen dabei bist«, fuhr er fort. »Und ich hab keine Lust und Kraft mehr, darauf zu warten, dass sich das irgendwann ändert.«

Ohne etwas zu erwidern, legte ich auf. Ich fühlte mich wie betäubt. Damit der Schmerz mich erst gar nicht überwältigen konnte, beschloss ich, auf die Wohnheimparty zu gehen, um mich abzulenken. Ich warf mich ein bisschen in Schale und machte mich um neun Uhr auf den Weg.

Es war ziemlich viel los an diesem Abend, dennoch war niemand da, den ich kannte.

Plötzlich stand ein Typ neben mir. »Na, bist du auch alleine hier heute Abend?«, fragte er.

»Ja, sieht wohl so aus«, erwiderte ich knapp.

»Soll ich dir was zu trinken spendieren?«, fragte er höflich.

»Nein, danke. Ich hab schon meine Cola.« Ich war nicht in Flirtlaune. Ganz im Gegenteil, ich fand es anstrengend, mich mit dem Typen zu unterhalten. Aber er ließ nicht locker.

»Du scheinst ziemlich niedergeschlagen zu sein«, stellte er richtig fest. »Ich heiße übrigens Frank.« Er streckte mir seine Hand entgegen. Frank sah schon älter aus, ich schätzte ihn auf ungefähr fünfundzwanzig. Außerdem hatte er eine unglaublich maskuline Ausstrahlung. Er lächelte mich tröstend an und ich fasste sofort Vertrauen zu ihm.

»Ich bin Maria.« Ich legte vorsichtig meine Hand in seine. »Vielleicht kannst du mir doch noch was ausgeben. Meine Cola ist fast leer.«

Wir saßen den ganzen Abend zusammen und redeten bis in die Morgenstunden.

»Wie wär's, wenn wir morgen was zusammen trinken gehen?«, schlug er vor.

»Das wäre toll«, sagte ich begeistert. Ich schrieb ihm meine Telefonnummer auf und gab ihm zum Abschied einen Kuss auf die Wange. Er war wirklich süß und ich freute mich schon auf einen weiteren Abend mit ihm, an dem wir vermutlich nicht mehr nur reden würden.

Als ich die Party in Richtung Parkplatz verließ, sah ich Chris bei seinem Auto stehen. Ich ignorierte ihn und lief zu meinem Auto.

*

Ich traf mich mit Frank am Rande der Altstadt. Zur Begrüßung gab er mir einen Kuss auf die Wange.

»Und, wo soll es nun hingehen?«, fragte Frank neugierig.

»Ich schätze mal dahin, wo es die härtesten Cocktails gibt«, schlug ich vor. Er nickte zustimmend.

Unsere Wahl fiel auf eine nette kleine kolumbianische Bar, in der noch zwei andere Pärchen saßen und verliebt Händchen hielten. Meine Bedenken, wir könnten uns plötzlich nichts mehr zu sagen haben, waren völlig unbegründet gewesen. Das Gespräch lief wie von selbst.

»Als ich mein BWL-Studium hier anfing, lief es bei mir zu Hause sehr schlecht«, erzählte Frank. Ich nippte mittlerweile an meinem zweiten Cocktail und hörte ihm gebannt zu. »Mein Vater war gerade gestorben und meine Mutter fühlte sich die ganze Zeit einsam. Sie bat mich ständig, nach Hause zu kommen und etwas für sie zu erledigen, nur damit jemand in ihrer Nähe war.«

»Das muss wirklich schwierig für dich gewesen sein. Ich weiß, wie es sich anfühlt, wenn man nur noch von zu Hause weg will«, sagte ich.

Bevor wir aufbrachen, wollte ich noch mal zur Toilette. Beim Aufstehen drehte sich der Boden unter meinen Füßen. Ganz langsam ging ich die Treppe hinunter und redete mir gut zu. Reiß dich zusammen und vergiss nicht, warum ihr hier seid, ermahnte ich mich. Ich finde ihn schon wieder viel zu nett, als gut für mich ist, stellte ich fest. Ich spritzte mir kaltes Wasser ins Gesicht und ließ kaltes Wasser über meinen Arm laufen. Ich schaute in den Spiegel und sah in meine geröteten Augen. Du hast nichts zu verlieren, sagte meine innere Stimme.

Wir verließen die Bar gegen Mitternacht. Nach drei Cocktails konnte ich nur noch schwanken. Auf dem Weg zum Auto zog Frank mich plötzlich an sich und küsste mich. Ich bekam weiche Knie und fiel in seine Arme.

»Komm, ich fahr dich nach Hause«, sagte er.

Wir hielten vor meinem Haus, ich öffnete die Beifahrertür und auch Frank stieg aus dem Auto aus. Er wollte ganz offensichtlich noch mit reinkommen.

Kaum waren wir in meiner Wohnung, küssten wir uns wieder und diesmal noch leidenschaftlicher als vorher. Diesmal wollte ich mehr. Ich wollte seine Hände überall spüren und mich ihm ganz hingeben. Mein T-Shirt fiel wie von selbst auf den Boden, während er meine Hose aufknöpfte und mir in den Slip fasste. Unsere Körper schienen wie füreinander gemacht zu sein. Alles ging wie von selbst, so als ob wir es schon tausendmal geübt hätten. Es fühlte sich ganz natürlich an, als wir plötzlich beide nackt waren.

Wir ließen uns aufs Bett fallen. Er knetete meine Brüste und leckte meine Brustwarzen. Er drückte sie genau so fest, dass ich Lust kriegte, aber nicht so fest, dass es mir wehtat. Ich krallte meine Finger in seine Schultern und zog ihn auf mich. Ich konnte seinen harten Schwanz spüren. Er rieb sich an mir und ließ seine Hände über meinen Körper wandern, als gehörte er ihm. Dann küsste er mich überall und fuhr, ohne zu zögern, mit der Zunge meine Muschi entlang. Ich spreizte die Beine weit auseinander, um ihm alles zu zeigen und zu geben, was ich hatte. Er nahm mein Geschenk mit Freuden an und leckte meinen Arsch. Mein Körper gehörte ihm und seine Zunge erforschte jeden Zentimeter. Ich kam ziemlich schnell und wollte sofort noch mehr.

Er drehte sich auf den Rücken, ich packte seinen harten Penis und steckte ihn mir in den Mund, um ihn genauso zu befriedigen wie er mich. An seinem Stöhnen merkte ich, dass es ihm gefiel, aber er wollte noch nicht kommen. Er warf mich zurück aufs Bett, drang in mich ein und fickte mich genau so, wie ich es gern hatte. Fest, hart und ein bisschen grob. Es fühlte sich gut an und ich war kurz vorm Kommen. Doch dann zog er seinen Schwanz noch mal raus, drehte mich auf den Bauch und bumste mich von hinten. Das fühlte sich noch geiler an und ich spürte, wie die Welle des Orgasmus mich überspülte. Dann hörte er plötzlich auf, sich zu bewegen, und rollte von mir herunter. Ich verstand nicht, was los war, rutschte zu ihm herüber und lehnte mich gegen seine Schulter.

»Ist alles in Ordnung?«, fragte ich verwirrt.

»Ja, schon«, begann er zögerlich. »Ich hab nur manchmal den Eindruck, dass die Gefühle, die zwei Menschen füreinander haben, schwinden, wenn sie miteinander schlafen«, erklärte er mir. Ich schwieg und vermied es, mir über den tieferen Sinn dieser Aussage Gedanken zu machen.

»Der Abend war wirklich schön«, sagte ich stattdessen. »Aber vielleicht wäre es trotzdem besser, wenn du jetzt gehst.«

*

Die Einsamkeit in den nächsten Tagen war schier nicht zu ertragen. Sven erwiderte meine Gefühle nicht und die gelegentlichen Sexabenteuer mit Chris waren zwar schön, hinterließen aber auch immer öfter ein Gefühl von Leere.

Es kam mir so vor, als würden alle anderen nichts mehr für mich empfinden, weil ich die ganze Zeit krampfhaft versucht hatte, nichts für sie zu empfinden. An wen sollte ich mich jetzt halten? Mir fiel nur einer ein.

Hi Basti,
es tut mir leid, dass wir keine Chance gehabt haben. Ich glaube, es ist alles meine Schuld. Ich hätte meine Gefühle zulassen müssen, doch als ich es wollte, wolltest du nicht mehr. Ich vermisse dich.

Auch wenn diese Mail insgeheim einem anderen als Basti galt, tat es trotzdem gut, endlich mal aufzuschreiben, was mir schon so lange auf der Seele brannte. Nicht mal eine Stunde später erhielt ich eine Antwort von ihm.

Hi Maria,
ich wollte dir auch schon schreiben und mich noch mal bei dir entschuldigen. Ich hab dich neulich am Telefon ziemlich überrumpelt. Mir ging es die letzten Tage auch nicht wirklich gut und ich musste oft an dich denken. Es ist ja auch nicht so, als würde ich gar nichts mehr für dich empfinden, nur die Verliebtheit ist eben nicht mehr da.
Ich fänd's schade, wenn wir uns in Zukunft nicht mehr normal unterhalten könnten, ich hab dich nämlich echt gern.
Basti

Juni

Von Lust, Liebe und Lügen

Ihre großen Brüste drückten gegen die Tischplatte, als Franzi sich zu mir vorbeugte.

»Sag mal, was ist eigentlich mit dir und Basti los?«, fragte sie. »Ich dachte, er mag dich, und jetzt ist Funkstille oder was?« Franzi blickte mich aus ihren ebenfalls sehr groß geratenen Augen forschend an.

»Ich dachte ja auch, es würde sich gut zwischen uns entwickeln, aber dann hat er mich abgeschossen. Er meinte, er wäre nicht mehr in mich verliebt«, flüsterte ich zurück.

Franzi sah sich in der Bibliothek um, um sicherzugehen, dass uns auch niemand belauschte.

»Ich weiß aus zuverlässiger Quelle, dass er dich auf jeden Fall mag. Ich denke, er traut sich nur nicht, dir das zu sagen, weil er schon schlechte Erfahrungen mit Mädchen gemacht hat«, vertraute sie mir an.

Franzi war Bastis engste Vertraute an der Uni und als angehende Sozialpädagogin wohl auch die am besten geeignete Gesprächspartnerin.

»Leider ändert das aber nichts an der Situation. Er hat mich abblitzen lassen und hat mir klipp und klar gesagt, dass er nichts mehr von mir will«, erwiderte ich und spürte, wie die alte Enttäuschung über dieses Telefonat wieder hochkam.

»Aber doch nur weil er Angst hat, glaub mir!«, versicherte Franzi mir und warf mir einen wissenden Blick zu. »Ich werde jetzt nach Hause fahren, ist ja schon spät. Aber vielleicht gehst du die Sache noch mal an. Wirst schon sehen, das lohnt sich.« Sie zwinkerte mir zu und ließ mich alleine mit meinen Gedanken am Tisch zurück.

Ich brütete noch zwanzig Minuten vor mich hin, bis ich beschloss, Bastis Gefühlen für mich auf den Grund zu gehen.

Ich stand auf und ging hinüber zum Computerraum. Ich wusste von Franzi, dass Basti dort war. Ich klopfte zaghaft an die Tür des winzigen Zimmers, in dem gerade mal ein Tisch, ein Stuhl und ein Hocker Platz fanden.

»Hi. Darf ich mich kurz zu dir setzen?«, fragte ich vorsichtig.

Basti sah überrascht von seinem Computer hoch und lächelte mich an. »Klar. Komm her.« Er deutete auf seinen Schoß.

Ich musste lachen. »So war das eigentlich nicht gemeint.«

Er nahm meine Hand und zog mich zu sich. Es war, als wäre nie etwas zwischen uns vorgefallen. Er streichelte mir zärtlich über die Wange und unsere Lippen bewegten sich aufeinander zu. Es war der schönste Kuss, den es zwischen mir und Basti je gegeben hatte, und ich ließ es einfach geschehen, auch wenn ich nicht die geringste Ahnung hatte, was genau das nun für uns bedeutete.

Er küsste meinen Hals und ein Prickeln breitete sich über meinen ganzen Körper aus. Ich spürte die Hitze und Erregung in seiner Hose, was mich selbst erregte.

Am Ende fuhren wir in seine Wohnung und machten da weiter, wo wir in der Bibliothek aufgehört hatten.

*

Von Sven konnte ich natürlich nach wie vor nicht die Finger lassen. Als ich nach einem Fickmarathon aus seiner Wohnung kam, konnte ich bereits vom Flur aus mein Telefon klingeln hören. Ich stürmte los und vergaß vor lauter Hektik nachzusehen, welche Nummer auf dem Display angezeigt wurde. Dummer Fehler, denn auf diese Weise hätte ich dem folgenden Gespräch leicht aus dem Weg gehen können.

»Hi, ich bin's«, sagte eine Stimme am anderen Ende der Leitung. Ich brauchte eine Weile, bis ich sie richtig einordnen konnte.

»Oh! Hi, Chris!«, rief ich.

Zum Glück konnte Chris mich im Moment nicht sehen, denn ich bot mit Sicherheit keinen besonders schicken Anblick. Mit zerwühlten, verschwitzten Haaren saß ich – immer noch außer Atem – auf meinem Küchenhocker.

Unseren Wettbewerb im Dauerficken hatte Sven ganz klar gewonnen. Ich musste mich irgendwann geschlagen geben, nachdem ich schon ganz wund war. Meine Beine hatten vor Anstrengung so sehr gezittert, dass ich es kaum noch geschafft hatte, zurück in meine Wohnung zu laufen. Das Letzte, was ich jetzt gebrauchen konnte, war, dass Chris sich auch noch mit mir treffen wollte.

Aber normalerweise rief er mich eigentlich nie an, sondern schrieb mir nur eine SMS, also musste wohl irgendwas passiert sein.

»Ich muss dringend was mit dir besprechen«, sagte er in ernstem Tonfall. Ich atmete einmal tief durch.

»Okay, schieß los!«, sagte ich und war auf alles gefasst.

»Also, ich hab mich heute mit einem Freund unterhalten und der hat mir erzählt, dass er einen kennt, der überall herumerzählt, dass du mit ihm zusammen bist«, sagte er.

»Was? Wie kann denn das sein?«, fragte ich schockiert, während ich mir ein Sandwich schmierte. Der Sex mit Sven hatte mich hungrig gemacht.

»Das stimmt also nicht?«, fragte Chris.

»Natürlich nicht!«, spielte ich die Empörte und biss mir im nächsten Moment auf die Zunge. Ich dachte an meinen letzten Abend bei Basti und daran, wie glücklich er wieder gewesen war, mich bei sich zu haben. Warum war ich nur so kaltherzig? »Aber du weißt ja, wie das ist«, spulte ich weiter mein Programm ab. »In der Uni kursieren doch ständig Gerüchte. Vielleicht hat mich jemand mit irgendeinem Typen reden sehen und dann gedacht, dass ich mit dem zusammen bin.«

Wow, mein neuer persönlicher Tiefpunkt war somit erreicht. Armer Basti. Er hatte es nicht verdient, dass ich ihn vor Chris verleugnete und mit seinen Gefühlen spielte.

»Aber wieso interessiert dich eigentlich so brennend, ob an den Gerüchten was dran ist und mit wem ich was habe?«, fragte ich neugierig. »Ich hatte bisher nicht den Eindruck, wir wären zusammen. Oder hab ich was verpasst?«

»Was? Nein, nein. Hat mich eben einfach nur mal interessiert. Sorry, wenn ich dich gestört habe. Ich wünsch dir noch einen schönen Abend«, sagte er und legte auf.

Ich setzte mich mit meinem Sandwich auf die Couch, starrte die Wand an und ließ das Gespräch Revue passieren. Ich war schockiert. Schockiert über meine eigene Kaltschnäuzigkeit. Ich hatte mich in letzter Zeit so sehr ans Lügen gewöhnt, dass es mir nicht mal mehr schwerfiel. So ein Mensch wollte ich doch gar nicht sein! Ich hasste solche Menschen!

Es würde sich etwas ändern müssen, aber wo sollte ich anfangen?

*

Manchmal gelangt man im Leben an einen Scheideweg. Man hat die Wahl, entweder die richtige Abzweigung zu nehmen oder den falschen Weg einzuschlagen. Was meinen Lebensweg anging, hatte ich eines Abends die Wahl, entweder etwas für mein Studium zu tun oder mich mal wieder ins Unglück zu stürzen.

Beinahe wäre es mir sogar gelungen, das Richtige zu tun, da ich schon über meinen Büchern saß, mir ein Sandwich für zwischendurch gemacht hatte und fest entschlossen war, mich auf meine Prüfungen vorzubereiten. Allerdings kam mal wieder alles anders als erwartet. Zwanzig Minuten, nachdem ich mich an den Schreibtisch gesetzt hatte, klingelte mein Handy.

»Ja?«, meldete ich mich.

»Hey Süße, mein Kollege Marco und ich sind hier noch auf so einer Feier und haben schon ein bisschen was getrunken. Meinst du, du könntest uns vielleicht abholen?«, lallte Sven in mein Ohr. Ich sah auf die Uhr. Es war gerade mal halb neun.

»Wie kommt es, dass du um diese Uhrzeit schon so betrunken bist? Und warum willst du die Party überhaupt jetzt schon verlassen?«, fragte ich irritiert und etwas gereizt.

»Nein, du sollst uns doch nicht jetzt abholen, sondern so gegen elf oder so.«

Ich schüttelte genervt den Kopf. Ob Sven vielleicht einen Sender bei mir eingebaut hatte, der ihm immer anzeigte, wenn ich gerade versuchte, mein Leben sinnvoll zu gestalten, um mich dann gezielt daran zu hindern?

»Ja, okay, von mir aus. Wo soll ich dann hinkommen?«, fragte ich widerwillig.

»Zum Stadttor vor der Altstadt.«

»Was? Das ist ja am anderen Ende!«, protestierte ich.

»Ach, komm schon. Tu's für mich«, bettelte er.

»Ja, dann bis später.« Ich legte mein Handy weg und stapfte an den Tisch zurück. Der Abend war gelaufen. Die Aussicht, mich bis elf Uhr noch einmal konzentrieren zu können, war unrealistisch. So brachte ich die nächsten drei Stunden irgendwie rum, ohne wirklich was gelernt zu haben.

Als ich mich auf den Weg machte, war meine Stimmung im Keller. Wenn mir in diesem Moment irgendjemand blöd gekommen wäre, hätte er meinen ganzen Frust zu spüren bekommen.

Schon von Weitem sah ich Sven und seinen Kumpel auf einer Bank sitzen und auf mich warten.

Sven setzte sich neben mich auf den Beifahrersitz, sein Kumpel setzte sich hinter ihn. Hätte Sven nicht meine volle Aufmerksamkeit gepachtet gehabt, hätte ich mit Sicherheit auch bemerkt, wie süß sein Kumpel war. Er hatte eine niedliche Wuschelfrisur und einen muskulösen Körper. Sven dagegen schien in den letzten Wochen irgendwie in die Breite gegangen zu sein, wodurch ich mich aber keineswegs weniger zu ihm hingezogen fühlte.

»Der Marco hat echt ein Problem«, begann Sven die Unterhaltung und ich konnte dabei seine Alkoholfahne riechen.

»Aha«, sagte ich wenig interessiert.

»Seine Freundin hat ihn dabei erwischt, wie er mit 'ner anderen geschrieben hat.«

»Aber Schreiben ist doch noch nichts Schlimmes«, entgegnete ich.

»Das stimmt schon, aber er hat dem Mädchen geschrieben, wie schön die Nacht war. Jetzt weiß seine Freundin, dass er noch mit 'ner anderen fickt, und ist sauer.« Im Rückspiegel konnte ich sehen, dass Marco zustimmend nickte.

»Kannst du dir das vorstellen?«, fragte er mich. Und ob ich mir das vorstellen konnte! Zum Glück wurde ich aber noch nie erwischt und war immer mit einem blauen Auge davongekommen. Allerdings war ich mir nicht sicher, wie lange diese Glückssträhne noch anhalten würde.

»Das ist ganz schön hart. Was hast du dir denn dabei gedacht?«, hörte ich mich fragen. Ich kam mir ziemlich verlogen vor, hier jetzt den Moralapostel zu spielen, ausgerechnet ich! Aber was hätte ich auch sonst dazu sagen sollen?

»Da ist es mit uns doch viel unkomplizierter.« Sven legte mir seine Hand aufs Knie. Ich schlug sie sofort weg.

»Lass das!«, fauchte ich ihn an.

»Weißt du, Marco, Maria ist sauer, weil ich keine richtige Beziehung mit ihr anfangen will. Aber was würde das auch bringen? Ich bin ja eh bald wieder weg.« Er zögerte einen Moment, bevor er fortfuhr: »Darüber kommt sie irgendwie nicht hinweg.«

Ich kochte innerlich vor Wut. Was fiel Sven ein, mein Gefühlsleben vor diesem Marco auszubreiten? Aber irgendwie machte mich diese Dreistigkeit so perplex, dass ich gar nichts dazu sagte. Und auch Marco und Sven sagten keinen Ton mehr, bis wir bei Marcos Haus ankamen.

Mir war während des Fahrens gar nicht aufgefallen, wie weit draußen Marco eigentlich wohnte. Hier standen bloß ein paar vereinzelte Häuser, ansonsten gab es nur Bäume, Wiesen und Äcker. Wir stiegen wortlos aus und ich steckte mir eine Zigarette an. Nachdem wir uns von Marco verabschiedet hatten, war klar, was gleich zwischen Sven und mir passieren würde, doch ich benötigte vorher dringend noch etwas Nikotin.

Ohne ein weiteres Wort nahm Sven meine Hand und zog mich an den Rand eines Feldes. Zum Glück waren die Nächte um diese Jahreszeit sehr warm. Sven machte sich nicht mal die Mühe, mich zu streicheln, sondern griff mir sofort unter den Rock, wo er etwas grob versuchte, mich in Stimmung zu bringen.

Er fickte mich von hinten und presste mich dabei gegen einen Zaun, der sich in meine Haut bohrte, doch ich spürte den Schmerz fast gar nicht, da ich mich darauf konzentrierte, den Schmerz in meinem Arsch auszuhalten.

Ich weiß nicht, ob Sven am Anfang überhaupt aufgefallen war, dass er das falsche Loch erwischt hatte, doch spätestens als er den starken Widerstand gespürt hatte, wurde es ihm wohl klar. Das hielt ihn allerdings nicht davon ab weiterzumachen.

Mir war nun doch etwas kalt, mein Hintern tat weh und meine Hände, mit denen ich mich am Zaun festgehalten hatte, waren aufgerieben.

Wir stiegen wieder ins Auto und fuhren nach Hause. Zum Abschied gaben wir uns noch einen Kuss auf den Mund, bevor jeder in seiner eigenen Wohnung verschwand.

Ich gönnte mir lieber eine Dusche und cremte danach meinen Hintern mit Wundsalbe ein. Sie brannte auf meiner Haut und ich war auf merkwürdige Weise dankbar für diesen äußerlichen Schmerz, da er mich von meinem inneren ablenkte. Für den gab es nämlich keine Salbe.

*

Aufgeklärt wurde ich eigentlich nie so wirklich, daher war es auch nicht verwunderlich, dass ich bei meinem ersten Mal nicht den blassesten Schimmer hatte, wie Sex funktionierte. Ja, mir war schon klar, dass der Penis in die Vagina eingeführt werden musste, aber ich hatte weder schon mal einen Penis von Nahem gesehen, noch hatte ich mich selber näher untersucht. Meine Freundinnen hatten ihre Erfahrungen alle schon gemacht und ich war es leid, dass ich die einzige Jungfrau in unserer Clique war.

Mein Auserwählter hieß Moritz, von allen aber nur Mo genannt. Wir lernten uns in einem Klub kennen, in den ich mich mit meiner damaligen besten Freundin Desi eingeschlichen hatte.

»Er ist echt der süßeste Junge, den ich je gesehen habe«, erklärte ich ihr auf dem Heimweg. Sie lächelte mich nur müde an, denn wahrscheinlich vermutete sie, dass mein Alkoholpegel meine Wahrnehmung an diesem Abend deutlich beeinträchtigt hatte. Wenn wir noch Kontakt hätten, würde ich ihr heute recht geben.

Mo und ich hatten uns den ganzen Abend unterhalten und natürlich rumgeknutscht. Mit seinen Dreadlocks und seinem Dreitagebart sah er viel älter aus als die Jungs, die ich bis dahin kannte, und deshalb reizte er mich. Insgesamt war es ein recht harmloser und unschuldiger Abend gewesen, doch ich hatte die feste Absicht, meinem Jungfrauendasein mit Mos Unterstützung schon bald ein Ende zu bereiten.

Dummerweise kotzte ich nach diesem Abend Desis Bad voll und ihre Eltern verboten mir, noch einmal bei Desi zu übernachten. Ich bekam sofort Panik, dass ich Mo nie wiedersehen würde, denn ohne Desi hatte ich keine Chance, in den Klub zu kommen. Ich war ja erst vierzehn.

Ein paar Wochen vergingen und wie es das Schicksal wollte, überzeugte Desi ihre Mutter nach langen Diskussionen doch noch, mich bei ihr schlafen zu lassen. Wir schlichen uns wieder raus und gingen in den Klub.

Dieses Mal war ich unglaublich aufgeregt und ängstlich, aber gleichzeitig fest entschlossen. Mo war auf der Tanzfläche und von der Bar aus konnte ich ihn eine ganze Weile beobachten. Ich nutzte die Zeit, um mir eine geeignete Strategie zu überlegen. Dann schnappte ich mir meine zweite Wodka-Cola an diesem Abend und lief auf ihn zu.

»Hi. Erinnerst du dich noch an mich?«, sprach ich ihn mutig an.

»Na klar. Aber du warst schon lange nicht mehr hier, oder?«, fragte er.

»Stimmt. Aber ich hatte gehofft, dich wiederzusehen«, antwortete ich erstaunlich tough. Er nahm meine Hand und zog mich zu sich auf die Tanzfläche, schlang seinen Arm um meine Taille und wirbelte mich durch den ganzen Klub, bis ich total außer Atem war.

»Sag mal, wie alt bist du eigentlich?«, fragte mich Mo.

»Ich bin sechzehn«, log ich.

»Hast du Bock, kurz mit rauszukommen?« Er deutete auf den Außenbereich.

»Okay.« Langsam wurde mir flau im Magen und ich bekam Zweifel an meinem super Plan. Wir liefen raus auf die Wiese und an den anderen Leuten vorbei.

»Hier ist es viel ruhiger«, sagte er und ließ sich ins Gras fallen. Ich setzte mich neben ihn. Dann legte er seinen Arm um mich und fing an, mich zu küssen. Ich fühlte mich unwohl, denn wir waren ziemlich weit weg von den anderen und ich kannte Mo ja kaum. Woher sollte ich wissen, was er mit mir vorhatte?

Er schob mein Top hoch und schaffte es mit einer flinken Handbewegung, meinen BH zu öffnen. Ich war wie versteinert und traute mich nicht, ihn ebenfalls anzufassen. Moritz zog den Reißverschluss meiner Jeans auf und fuhr mit der Hand in mein Höschen. Ich hatte keine Ahnung, was ich jetzt tun sollte, saß einfach nur reglos da und ließ es geschehen.

Mo hingegen schien genau zu wissen, was als Nächstes zu tun war, denn er zog mir die Hose aus, holte ein Kondom aus seiner Tasche und fingerte es mühsam aus der Verpackung. Mein Herz schlug so wild, dass ich es beinahe hören konnte. Völlig mit sich und seinem Penis beschäftigt, fiel Mo gar nicht auf, wie nervös ich war. »Leg dich hin«, sagte er bloß, schob mein Höschen zur

Seite und versuchte auch schon, in mich einzudringen. Ich hielt die Luft an.

»Entspann dich einfach. Du brauchst keine Angst zu haben«, beruhigte er mich.

Es fühlte sich gar nicht so schlecht an, als er in mir war und sich immer wieder stöhnend auf mir wand, jedoch fragte ich mich, ob da nicht noch mehr dahinterstecken musste. Warum fanden das denn alle so toll?

Nach ungefähr fünf Minuten Rein und Raus fing Mo an zu zittern und ließ sich auf mich fallen. Ich wusste nicht so recht, wie ich reagieren sollte.

»Sag mal, war das dein erstes Mal?«, fragte er.

Ich zögerte einen Moment.

»Nein. Also ich hatte auch noch nicht viele, aber das erste Mal war es nicht«, stotterte ich. Ich kam mir so dumm vor, wie ich da unter einem fremden Jungen lag und ihm irgendwelche erfundenen Geschichten auftischte.

»Komm, wir gehen rein«, sagte er, nachdem wir uns wieder angezogen hatten. Er streckte mir seine Hand entgegen, um mir hochzuhelfen.

So liefen wir Hand in Hand wieder zurück zum Klub und ich war überglücklich. Am Ende der Wiese ließ er plötzlich meine Hand los und steuerte die Bar an. Ich wollte noch hinterher, doch er war zu schnell für mich.

Der Abend endete genau, wie er begonnen hatte. Ich stand an der Bar und beobachtete Mo auf der Tanzfläche, nur dass mir diesmal auffiel, dass er nicht alleine war. Ein blondes, hübsches Mädchen lag in seinen Armen und flirtete mit ihm. Sie schien schon älter und erfahrener zu sein als ich und Moritz sehr zu gefallen.

Und auf einmal waren sie verschwunden und tauchten den ganzen Abend nicht mehr auf. Enttäuscht lief ich mit Desi nach

Hause – zwar nicht mehr als Jungfrau, aber auch kein bisschen schlauer.

*

Ich traf mich weiterhin mit Basti, heimlich, versteht sich. In seinen Augen waren wir ja wieder zusammen und ich ließ ihn in dem Glauben. Auch wenn ich nichts für ihn empfand, jedenfalls nicht annähernd dasselbe wie für Sven oder Chris, war meine Panik vor dem Alleinsein groß.

»Das können wir doch nicht machen! Hier kann uns doch jeder zusehen.« Basti sah mich total entsetzt an, als hätte ich ihm gerade vorgeschlagen, eine Bank auszurauben.

»Aber das macht doch gerade den Spaß aus!«, erwiderte ich.

»Also ich weiß nicht …« Basti schob mich von seinem Schoß und sah nachdenklich aus. Ich seufzte. Was in ihm so vor sich ging, war mir schleierhaft. Viel redeten wir ja eigentlich nicht miteinander.

»Ich hab nicht mal ein Kondom dabei«, hörte ich ihn sagen, doch meine Gedanken waren schon wieder abgeschweift.

Gestern Abend hatten Sven und ich uns ein bisschen zu viel Wein gegönnt und deshalb kämpfte ich schon den ganzen Tag mit bohrenden Kopfschmerzen. Aber jede einzelne Sekunde mit Sven war den Kater danach wert gewesen.

»Ich könnte aber vielleicht mal hier in der Bibliothek rumfragen, ob jemand zufällig eins dabeihat«, schlug Basti vor.

»Was?«, fragte ich abwesend.

»Soll ich mal fragen, ob jemand ein Kondom dabeihat?«, wiederholte er etwas gereizt.

»Von mir aus«, antwortete ich gelangweilt und war froh, als Basti endlich verschwand, damit ich mich wieder meinen Tagträumen hingeben konnte.

Nach der zweiten Flasche Wein gestern war ich ziemlich gut drauf gewesen und hatte angefangen, an Svens Schwanz zu lutschen. Wenn ich schon keine Liebe von ihm bekam, dann wollte ich wenigstens sein Sperma. Bevor ich diesen Gedanken zu Ende gedacht hatte, stand Basti wieder vor mir. Seinem Gesichtsausdruck nach zu urteilen war seine Mission, ein Kondom aufzutreiben, gescheitert.

»Wie guckst du denn?«, fragte ich belustigt, weil mich sein Blick an ein scheues, trauriges Rehkitz erinnerte.

»Keiner hat ein Kondom für uns«, erklärte er enttäuscht. Er sah aus wie ein kleiner Junge, der von seiner Mama keine Süßigkeiten bekommen hatte.

»Mach nicht so ein Gesicht! Ich glaub, ich hab sogar noch eins im Auto.« Ich nahm ihn an der Hand und zog ihn die Treppe runter in Richtung Parkplatz. Wir gingen zu meinem Auto, wo ich nach ein bisschen Gewühle tatsächlich ein Kondom zutage förderte, das dort bestimmt seit mindestens zwei Jahren rumgelegen hatte.

»Voilà!«, präsentierte ich es stolz.

»Na super, und was willst du jetzt damit machen?«

Ich betrachtete skeptisch die winzige Rückbank, auf der es fast unmöglich war, bequem zu sitzen – geschweige denn zu vögeln.

»Wo steht denn dein Porsche?«, fragte ich.

»In der Garage. Ich bin mit dem Auto meiner Mutter da«, sagte er und deutete auf einen großen Mercedes am anderen Ende des Parkplatzes. Ich grinste ihn an, und als er endlich begriff, was ich vorhatte, wurde er nervös.

»Nein, das geht echt nicht. Spinnst du?«, rief er aufgeregt. »Meine Mutter bringt mich um, wenn sie das rauskriegt!«

»Hast du etwa vor, es ihr zu erzählen?« Die Frage war natürlich rhetorisch gemeint, aber Basti sah so aus, als würde er ernsthaft über eine Antwort nachdenken.

»Komm schon, wenn du willst, kannst du den Wagen ja auch weiter abseits parken, dann sieht uns garantiert niemand«, sagte ich, um ihn zu beruhigen.

»Okay, mach ich«, antwortete er gequält.

Als ich in sein unglückliches Gesicht sah, verging mir auch das letzte bisschen Lust. Allmählich fragte ich mich wirklich, was ich hier eigentlich machte. Hatte ich es denn nötig, einen Typen wie Basti dazu zu überreden, mich auf der Rückbank eines Mercedes zu ficken? Ich hätte mir in diesem Moment auch tausend Dinge vorstellen können, die ich lieber getan hätte. In meinem Bett liegen, lesen, schlafen. Zum Glück wusste ich ja, dass eine Nummer mit Basti immer ziemlich schnell gelaufen war. Deshalb beschloss ich, die Sache einfach durchzuziehen und mich mit schönen Gedanken abzulenken.

Wie ich es prophezeit hatte, war der Sex mit Basti kurz und schmerzlos: Ich zog mein Höschen aus und schob meinen Rock hoch. Er machte seinen Reißverschluss auf, holte seinen kleinen Freund raus, stülpte sich das Kondom drüber und fing an, mich zu bumsen. Nach drei Stößen kam er in das Kondom, zog es sofort wieder ab und schmiss es später in ein Gebüsch. Das Ganze hatte insgesamt wohl nicht länger als sieben Minuten gedauert.

Wir parkten das Auto wieder an seinem alten Platz und stiegen aus.

»Was hast du jetzt vor?«, fragte ich.

»Ich muss wieder in die Bibliothek und lernen«, sagte er knapp, und ohne mich dabei anzusehen.

»Okay, dann werde ich jetzt nach Hause fahren.«

»Alles klar.« Er gab mir einen Kuss auf die Wange und schon war er verschwunden.

Dann stieg ich in mein Auto und fuhr nach Hause.

*

Mit achtzehn waren Mira und ich einfach unzertrennlich gewesen. Wir verbrachten fast jeden Tag zusammen und auch die meisten Abende. Aber dieser eine Abend war von Anfang an keine gute Idee gewesen. Mira hatte zwei Stunden lang auf mich eingeredet, ich solle sie auf ihr Date begleiten. Irgendwann gab ich nach und willigte ein. Ihr damaliger Stecher wollte sich mit ihr auf einen Cocktail treffen, in einer Bar hinter der Grenze zu Österreich.

Mira und Nico hatten sich drei Monate zuvor kennengelernt.

Nico war eigentlich ein ganz sympathischer Kerl, abgesehen davon, dass ich das meiste, was er sagte, aufgrund seines starken österreichischen Dialekts nicht verstehen konnte. Ich fragte mich die ganze Zeit, ob es Mira genauso ging und was die beiden miteinander machten, falls sie sich schon nicht unterhalten konnten. Wie auch immer – jedenfalls dachte ich, dass mein Österreichisch für einen Small Talk bestimmt genügen würde.

Nico hatte zu dem Date noch einen Kumpel mitgebracht. Er hieß Patrick und quasselte wie ein Wasserfall. Anscheinend konnte er sich überhaupt nicht vorstellen, dass jemand diese seltsame Sprache nicht verstand. Ich hätte nicht darauf wetten wollen, aber ich glaube, er erzählte irgendwelche Anekdoten aus seinem Leben. Ich nickte ab und zu höflich. Ein Blick zu Mira verriet mir, dass ich von ihr keine Hilfe zu erwarten hatte. Sie knutschte die ganze Zeit mit Nico, was nur vernünftig war, da man beim Küssen nicht zu reden brauchte. Ich war also auf mich allein gestellt, diesen Abend irgendwie sinnvoll rumzubringen.

»Ma Spezi und i san Funknschuasta, aber i nimm ma an Haring heit und er eh ur«, verkündete Patrick.

Ich starrte ihn verständnislos an.

»Schnorrst ma a Tschick?«, fragte er.

Ich zuckte unsicher mit den Schultern, woraufhin er auf meine Zigaretten deutete.

»Ja, sicher. Nimm ruhig«, erwiderte ich und verfluchte Mira, die mich hier knutschenderweise meinem Schicksal überließ.

»Soll ma an Abgaung mochn?«, fragte Patrick und zeigte auf den Ausgang.

»Ja, ich denke, wir sollten lieber gehen«, stimmte ich ihm zu und nahm dankbar meine Jacke. Ich tippte Mira auf die Schulter. »Du, ich hau jetzt mal ab, okay? Wir sehen uns dann morgen!«

»Seavas!«, rief jemand hinter mir und Nicos Freund nahm mich an die Hand. Er erklärte mir, dass er ganz in der Nähe wohne, wir aber wohl besser ein Taxi nehmen sollten.

So langsam begriff ich, dass er davon ausging, ich würde die Nacht bei ihm verbringen. Ich musterte ihn von oben bis unten. Er war ungefähr zehn Zentimeter kleiner als ich und ebenfalls zehn Zentimeter schmaler. Nicht gerade mein Traummann. Andererseits war ich extra den langen Weg hierher gefahren und musste davon ja wenigstens noch irgendwas haben.

»Also gut«, sagte ich und wir gingen zum Taxistand.

Zum Glück hielt Patrick während der Fahrt die Klappe, sodass ich wenigstens im Auto meine Ruhe hatte. Die Fahrt dauerte ziemlich lange, was mir Unbehagen bereitete, da ich weder Patrick noch die Gegend kannte.

»Also, da wohn i!«, präsentierte er mir stolz sein Heim, als wir schließlich in seiner Wohnung angekommen waren. Drei Katzen strichen an meinen Beinen entlang und fingen an, mich zu beschnuppern. Ich hasste Katzen, versuchte aber, es mir nicht anmerken zu lassen. In der Wohnung roch es nach Rauch und nach noch irgendetwas, was ich nicht identifizieren konnte. Vielleicht Bratfett und Spülmittel. Ich warf einen Blick in sein Wohnzimmer. Auf dem Tisch stand ein übervoller Aschenbecher, daneben lag ein Tütchen mit Gras. Das also war der Grund für den merkwürdigen Geruch.

»Raugscht du a?«, fragte mich Patrick und warf mir einen hoffnungsvollen Blick zu.

»Na ja, eigentlich … Ach, weißt du was, kann ja nicht schaden.« Ich hatte kurzerhand beschlossen, dass es gar keine schlechte Idee war, mir die Sinne ein wenig zu vernebeln. Ich setzte mich aufs Sofa und inspizierte seine DVD-Sammlung. Ausschließlich Horrorfilme. Mein mulmiges Gefühl wurde stärker.

Patrick und ich rauchten was zusammen und schwiegen die meiste Zeit. Anscheinend war ihm inzwischen doch aufgefallen, dass ich kein Wort von dem verstand, was er sagte. Als er die Tüte ausgedrückt hatte, beugte er sich zu mir herüber und fing an, mich zu küssen. Es fühlte sich gar nicht so schlecht an, mal abgesehen davon, dass er alle zwei Minuten wild kicherte und ich mir langsam lächerlich vorkam.

»Komm, wir gehen in dein Bett«, schlug ich vor. Mein Plan war, die Sache hinter mich zu bringen und dann abzuhauen. Wir entledigten uns unserer Kleider und ließen uns aufs Bett fallen. Er zog mir ungeschickt mein Höschen aus und stocherte ohne Vorwarnung in meiner Muschi herum, so forsch, dass es wehtat. Ich griff nach seiner Hand und legte sie auf meinen Busen, den er genauso unbedarft streichelte.

Ich fasste in seine Boxershorts und war überrascht. Sein winziger Penis lag schlaff in meiner Hand. Das Gras war auch mir zu Kopf gestiegen, deshalb konnte ich nicht anders, als laut loszuprusten.

»Bist depat?«, fragte Patrick, aber ich konnte nicht aufhören zu lachen.

Patrick schaute mich verwirrt an, wälzte sich auf mich und versuchte vergeblich, seinen Schwanz in mich zu stopfen. Wieso merkte er denn nicht, dass sein Penis nicht steif war?

»Tuad ma laad! Soll i di a wengerl leckn?«, fragte er.

»Ähm, nein danke, ist schon gut«, erwiderte ich. Eine Weile lagen wir schweigend nebeneinander.

»Wüst ma an blasn?«, fragte er dann.

»So was mach ich eigentlich nicht«, log ich. Ich konnte nicht mit Sicherheit sagen, ob es am Gras, an seinem Schwanz oder an meiner Müdigkeit lag, aber mir wurde speiübel und mein Gefühl sagte mir, dass ich schleunigst abhauen sollte.

»Könntest du mich vielleicht noch zu meinem Auto zurückbringen?«, fragte ich ihn.

»Mir san doch im Bsuff, du Schmähtandler. Mir hupfn etz ins Hapfn«, antwortete er.

Ich wollte aufstehen, doch da packte er mich am Arm und zog mich zurück aufs Bett.

»Kruzifix noamoi!«, schrie er mich an. Er umklammerte meinen Arm so fest, dass ich richtig Panik bekam. Außerdem sah er mich komisch an. Ich konnte überhaupt nicht einschätzen, was in seinem Kopf vorging und was er als Nächstes tun würde. Es war unheimlich.

»Bitte, ich möchte jetzt wirklich nach Hause«, sagte ich fast flehend. Widerwillig zog er sich seine Hose an und warf mir einen bösen Blick zu. Ich war heilfroh, als wir endlich seine Wohnung verließen und in sein Auto stiegen.

»Morgen übernachtest du aber bei mir, oder, Marie?«, fragte er in fast perfektem Hochdeutsch.

»Ich heiße Maria. Mit a, nicht mit e«, blaffte ich ihn an. Fast eine Stunde brauchten wir bis zum Parkplatz, weil Patrick beim Fahren ständig versuchte, mich zu küssen, und ich ihn jedes Mal wieder abwehren musste.

Als wir bei meinem Auto ankamen, fragte er mich unvermittelt, ob ich seine Freundin werden wolle. Ich hätte in diesem Moment einfach alles gesagt, nur um ihn loszuwerden, und so gab ich ihm meine Handynummer und versprach, ihn am nächsten Tag zu besuchen.

»Schlaf gut, Marie.« Patrick winkte mir nach.

Du Idiot kannst dir nicht mal meinen Namen merken und willst eine Beziehung mit mir?, dachte ich mir auf dem Heimweg, während ich abwechselnd ihn und Mira für diesen Abend verfluchte.

*

Es war acht Uhr morgens, als ich mich völlig erledigt von der Bushaltestelle zum Wohnheim schleppte. Ich hatte mir mit Steffi die Nacht um die Ohren geschlagen und war noch in irgendeiner Kneipe versackt, nachdem Steffi schon nach Hause gefahren war.

Ich hatte schon seit Wochen nicht mehr richtig geschlafen. Fast jeden Abend war ich unterwegs gewesen und war nie vorm Morgengrauen nach Hause gekommen. Ich glaube, das war meine Strategie, um meinen Gefühlen zu entfliehen. Abends allein im Bett zu liegen und an Sven, Chris und Basti zu denken war einfach nicht auszuhalten. Also tingelte ich lieber durch irgendwelche Bars und machte die Nacht zum Tag.

Ich stieg langsam die Treppen zu meiner Kellerwohnung hinunter. Mein Schädel hämmerte. Ich fühlte mich hundeelend. Sven hatte gestern in irgendeinem Klub seinen Abschied gefeiert und ich war nicht eingeladen gewesen. Er hatte mir nicht mal davon erzählt. Ich wusste es von Steffi, die über Buschfunk von der Party erfahren hatte. Ich war so verletzt, verzweifelt und wütend gewesen, dass ich keinen anderen Ausweg sah, als mich bedingungslos abzuschießen.

Svens Praktikum war vorbei. Wahnsinn, wie schnell die sechs Monate vergangen waren. Wahnsinn, wie sehr er mir wehtun und wie glücklich er mich machen konnte.

Ich schleppte mich gerade über den Gang, als ich spürte, dass etwas nicht stimmte. Ich spürte, dass Sven nicht mehr da war.

Mein ganzer Körper wehrte sich gegen diesen Gedanken und ich stürmte wie eine Wahnsinnige zu meiner Wohnung. Ich weiß nicht, was ich mir davon erhoffte. Vielleicht hoffte ich einfach, dass mein Bauchgefühl sich täuschte und ich Sven noch mal sah, bevor er losfuhr. Ich musste mich beeilen! Falls es noch nicht zu spät war.

Ich stolperte zu meiner Zimmertür und sah schon von Weitem das Geschirr auf meiner Fußmatte. Sven hatte mir versprochen, dass er es mir überlassen würde, wenn er auszog. Auf einem Stapel mit Tellern lag ein Zettel.

Ich blieb mitten auf dem Flur stehen und konnte keinen Muskel mehr bewegen. Das war also der Moment, vor dem ich monatelang Angst gehabt hatte. Ich hatte alles dafür getan, damit ich niemals daran denken musste, dass er irgendwann kommen würde. Und nun war er da, der große schwarze Tag X.

Mit viel Mühe schaffte ich es, einen Fuß vor den anderen zu setzen. Vor meiner Tür blieb ich stehen, bückte mich nach dem Zettel und las:

Leider warst du heute Morgen nicht da. Bin schon losgefahren. Lieber Gruß, Sven.

Hastig kramte ich mein Handy aus der Tasche und wählte seine Nummer.

»Sven? Wo bist du denn?«, schrie ich hysterisch ins Telefon.

»Ich bin schon auf der Autobahn. Sorry, dass ich mich nicht mehr persönlich von dir verabschiedet habe. Aber vielleicht ist es so das Beste«, antwortete er.

»Das heißt, du kommst nicht mehr zurück?«, fragte ich im Flüsterton. Es war eher eine Feststellung als eine Frage und sie richtete sich eigentlich an mich selbst.

»Was? Ich versteh dich so schlecht, die Verbindung wird wahrscheinlich gleich ...« war das Letzte, was ich von ihm hörte.

Schon Wochen im Voraus hatte ich mir ausgemalt, wie sich der Abschied zwischen mir und Sven abspielen würde. Ich hatte mir vorgestellt, wie er langsam in sein Auto stieg, losfuhr und ich ihm tränenüberströmt hinterherwinkte. Ich hatte mir vorgestellt, wie er zum Schluss doch noch erkannte, dass er einen riesengroßen Fehler gemacht hatte, und mir seine Liebe gestand.

Unterm Strich war ich diejenige gewesen, die Fehler gemacht hatte. Einen nach dem anderen. Dafür wurde ich nun bestraft.

Ich saß mindestens eine Stunde lang auf meinem Bett und starrte die Wand an. Ich hatte das Gefühl, dass die Realität mich packen und in Stücke reißen würde, sobald ich mich auch nur einen Millimeter bewegte. Fast drei Stunden lang wagte ich es nicht, mich zu rühren, bis ich am Ende in Tränen ausbrach.

Ich hatte gewusst, dass es mir nicht leicht fallen würde, Sven gehen zu lassen, aber dass er solch ein Loch in meinem Herzen hinterlassen würde, damit hatte ich nicht gerechnet. Ob ich mich von diesem Schicksalsschlag jemals wieder erholen würde?

Am späten Abend erwachte ich aus einem sehr unruhigen und nicht sonderlich erholsamen Schlaf. Ich konnte kaum die Augen öffnen, mein ganzes Gesicht war noch geschwollen vom vielen Weinen.

Ich merkte, wie mir schon wieder die Tränen kamen, aber ich hatte einfach keine Kraft mehr zu heulen. So lag ich auf meinem Kopfkissen und wartete darauf, dass der Schmerz nachließ. Irgendwann schleppte ich mich aus dem Bett und kochte mir einen Tee. Es tat gut zu spüren, wie seine Wärme sich in mir ausbreitete.

Anschließend wankte ich ins Bad und stellte mich unter die eiskalte Dusche. Schocktherapie. Ich sank in die Wanne und zitterte vor lauter Kälte. Ich weiß nicht mehr, wie lange ich dort saß, aber nach einer Weile merkte ich, wie das Stechen in meinem Herzen nachließ und durch ein Stechen auf der Haut ersetzt wurde. Es war das eisige Wasser, das über mich hinweglief und sich anfühlte wie tausend Nadelstiche. Es tat gut, den inneren Schmerz nicht mehr zu spüren. Ich fühlte mich stärker und unverletzlich.

Ich würde die Situation akzeptieren müssen und ich konnte nur hoffen, dass die Zeit wirklich alle Wunden heilte.

Ich musste jetzt ohne Sven ein neues Leben beginnen und endlich begreifen, dass er und ich niemals eine gemeinsame Zukunft gehabt hätten.

Trotzdem versetzte es mir jedes Mal einen Stich, wenn ich an seiner Wohnung vorbeilief und mir im selben Augenblick klarwurde, dass nichts mehr so sein würde wie vorher.

*

»Wieso hast du dich eigentlich damals von deiner Freundin getrennt, als du hierhergezogen bist? Hast du sie einfach nicht mehr geliebt oder ist was zwischen euch vorgefallen?«, fragte ich Basti. Ich trank einen Schluck von dem Tee, den Basti mir gerade eingeschenkt hatte.

Wir saßen bei ihm zu Hause auf der Couch und ich hatte mich unter eine Wolldecke gekuschelt. Nachdem Sven ausgezogen war, versuchte ich, mein Leben wieder einigermaßen in den Griff zu bekommen. Ich ging regelmäßig zur Uni, versuchte, mich mit Basti abzulenken und meinen Liebeskummer, so gut es ging, zu verdrängen.

»Sie hat mich betrogen!«, antwortete er, und der Hass in seinem Blick verriet mir, dass ich dieses Thema besser nicht hätte anschneiden sollen.

»Oh Gott, das ist ja schrecklich!«, rief ich mit schriller Stimme und versuchte, aufrichtig entsetzt auszusehen. »Und was hast du danach mit ihr gemacht?«, fragte ich zögernd, ohne die Antwort wirklich wissen zu wollen. Er sah mich etwas irritiert an. »Ich hab natürlich sofort Schluss gemacht, was denn sonst?«, erwiderte er. »Oder wie hättest du dich an meiner Stelle verhalten?« Er sah mich fragend an.

»Ich versteh das vollkommen, ich hätte genauso gehandelt.« Ich wartete einen Moment ab, um zu sehen, ob ihn diese Antwort zufriedenstellte. »So eine Schlampe!«, fügte ich sicherheitshalber hinzu.

In Wahrheit war ich die Schlampe. Was Bastis Ex getan hatte, war unter Garantie harmlos, gemessen an dem, was ich mit Basti abzog. Bestimmt war sie ein Engel im Vergleich zu mir.

»Das hat mir damals das Herz gebrochen«, brachte Basti mühsam hervor. Er vertraute mir, das spürte ich. Vielleicht vertraute er mir zum ersten Mal so richtig. Hätte er doch nur geahnt, dass sein Herz bei mir in den ganz falschen Händen war!

»Hat sie es dir denn gebeichtet oder musstest du es von jemand anders erfahren?«, hakte ich nach.

»Nein, das Miststück hat mich eiskalt angelogen. Hat mir jeden Tag ins Gesicht geschaut und mir erzählt, wie glücklich sie mit mir ist. Sie hätte Schauspielerin werden sollen.«

Vielleicht hätte ich mich ja sogar gut mit ihr verstanden, dachte ich plötzlich. Denn was Treue und Ehrlichkeit betraf, schienen wir beide so unsere Schwierigkeiten zu haben. Ob sich Basti insgeheim zu Schlampen hingezogen fühlte und es nur noch nicht wusste?

Ich fühlte mich schäbig. Wie konnte ich jemandem, der schon mal schwer enttäuscht worden war, so etwas antun? Es frustrierte mich, dass ausgerechnet Basti mir vor Augen führte, wie erbärmlich ich mich benahm.

»Ich bin sehr froh, dass ich jetzt dich habe«, sagte er und kuschelte sich zu mir unter die Decke. Ich wäre am liebsten im Boden versunken vor lauter Schuldgefühl.

Basti dachte, wir wären zusammen, Basti dachte, ich wäre ihm treu, dabei hatte ich die ganze Zeit mit Sven und Chris Sex gehabt und dabei keinen einzigen Gedanken an ihn verschwendet. Auch ich hatte ihn eiskalt angelogen, so wie seine Exfreundin, und ich tat es noch immer. Was würde er über mich denken, wenn ich ihm jetzt die Wahrheit sagte?

Ich konnte und wollte es noch nicht herausfinden. Zu groß war meine Angst, dass er dann nicht mehr die brave, liebe Maria in mir sehen würde, die ich doch so gerne gewesen wäre. Ich hatte Angst, dass mein wahres Gesicht uns beide zu Tode erschrecken würde.

Während ich all dies dachte, wurde mir klar, dass ich überhaupt keine Gefühle für Basti hatte. Keine romantischen, keine freundschaftlichen. Es tat mir einfach nur gut, jemanden zu haben, der mir über den Trennungsschmerz wegen Sven hinweghalf. Ich wusste, dass ich Basti niemals lieben könnte. Nicht nur weil ich schon in einen anderen verliebt war, sondern weil ich bei ihm nie das finden würde, was ich so dringend brauchte.

Aber hatte Basti es wirklich verdient, als Trostpflaster herzuhalten? Durfte ich ihn einfach als seelischen Fußabtreter benutzen, nur weil ein anderer mir das Herz gebrochen hatte?

Doch wie würde Basti reagieren, wenn ich ihm erzählte, dass ich ein Verhältnis mit Chris hatte, dass ich rettungslos in meinen ehemaligen Nachbarn Sven verliebt war, mir sein Auszug schier das Herz zerrissen hatte und ich ihm zum Abschied erlaubt hatte, mich nachts mitten auf einem Maisfeld in den Arsch zu ficken? Die Wahrheit konnte echt wehtun.

Ich schaute Basti von der Seite an und spürte, dass dieses grausame Spielchen endlich ein Ende haben musste. So kratzte ich also das letzte bisschen Anstand zusammen, das noch in mir war, und krächzte mit belegter Stimme: »Basti, ich muss dir etwas Wichtiges sagen.«

Er legte seine Hand auf mein Knie und sah mich mit verständnisvollem Blick an. »Du bist schon die ganzen letzten Tage so komisch, ich hab schon richtig Angst, dass ich was falsch gemacht habe.«

»Nein, du hast überhaupt nichts falsch gemacht«, sagte ich schnell und kämpfte gegen die ersten Tränen an. »Ich hab alles falsch gemacht und es tut mir unendlich leid, dass ich dich jetzt so verletzen muss.« Ich zögerte einen Moment, um die richtigen Worte zu finden. »Ich hatte was mit Chris«, sagte ich und war erleichtert, dass es endlich raus war. Als ich jedoch in sein Gesicht sah, das so unschuldig und verletzlich wirkte, wurde mir klar, dass ihn die ganze Wahrheit vermutlich zerstören würde. Darum ruderte ich in letzter Sekunde zurück und garnierte die Wahrheit mit einer neuen Lüge. »Aber nur ein einziges Mal. Wir … wir waren betrunken und es hat mir überhaupt nichts bedeutet.«

Kaum war der Satz ausgesprochen, war ich mir nicht mehr sicher, wen ich mit dieser Lüge eigentlich schützen wollte, ihn oder mich.

Wir schwiegen uns lange Zeit an, bis Basti aufstand und sagte: »Du solltest jetzt gehen.« Sein Blick sprach Bände und ich wusste, er würde mir niemals verzeihen. Warum sollte er auch? Sogar ich hätte ihm davon abgeraten.

*

Als ich nach einem langen Spaziergang nach Hause kam, hatte ich eine Nachricht von Basti in meinem E-Mail-Postfach:

Liebe Maria,
vielen Dank, dass du mir die Wahrheit gesagt hast. Trotzdem kann ich dir nicht verzeihen, dass du mich angelogen hast. Jedenfalls noch nicht. Oder was sollte ich deiner Meinung nach jetzt tun? Ich denke, es ist besser, wenn wir uns erst mal nicht mehr sehen. Keine Ahnung, ob das der richtige Schritt ist und ob ich dir überhaupt

jemals wieder vertrauen kann. Oder will. Die Zeit mit dir war trotzdem schön. Danke dafür.
Du kannst dich ja jetzt mit Chris vergnügen, ohne ein schlechtes Gewissen zu haben.
Liebe Grüße, Basti

Nachdem ich Bastis Mail gelesen hatte, fragte ich mich, wie er wohl reagiert hätte, wenn ich ihm die ganze Wahrheit erzählt hätte.

Juli

Swingen für Anfänger

In der Uni-Bibliothek herrschte normalerweise reger Betrieb. Heute Abend war sie wie ausgestorben. Vielleicht zog es mich deshalb an diesen Ort – weil er einfach so gut zu meiner Stimmung passte und weil ich mich hier verstanden fühlte.

Die Prüfungen waren vorbei, deshalb kam niemand mehr zum Lernen her, und die meisten waren über die Semesterferien nach Hause zu ihren Eltern gefahren.

Ich setzte mich an einen Computer und beschloss, eine Nachricht an Chris zu schreiben. Er war der Einzige, der mir noch geblieben war, und dieser Gedanke lähmte mich. Die ganze Zeit über hatte ich meine Gefühle für Chris im Griff gehabt und unsere Affäre nicht an mich herangelassen. Aber jetzt, wo mich nichts mehr ablenken konnte, wusste ich, dass ich Chris mehr denn je brauchte. Somit war eines klar: Ich musste Chris bei Laune halten, um ihn nicht auch noch zu verlieren. Während ich meinen Gedanken nachhing, fingen meine Finger schon an zu tippen.

Hey Chris,
ich sitz gerade in der Bib und denke an dich und daran, wie geil es das letzte Mal mit dir war. Ich würde das gern bald wiederholen! Meine Muschi ist schon ganz feucht und wenn du jetzt hier wärst, würde ich sofort auf die Knie gehen und dir einen blasen. Das würde mich jetzt richtig anmachen. Also meld dich bald mal, damit ich es mir nicht nur vorstellen muss.
Maria

Nachdem ich auf *Senden* gedrückt hatte, musste ich grinsen. Ich konnte mir gut Chris' Gesicht vorstellen, wenn er diese Nachricht las. Mit diesen Zeilen lockte ich ihn definitiv aus der Reserve. Aber das war ja auch meine Intention.

Ich konnte nur hoffen, dass wir uns bald wiedersahen, denn ich sehnte mich danach, von jemandem berührt zu werden, und brauchte dringend ein bisschen Selbstbestätigung. Das würde die Einsamkeit zumindest lindern, bis ich es geschafft hatte, Sven zu vergessen.

*

Chris schob meinen Rock nach oben, unter den ich vorher wohlweislich kein Höschen gezogen hatte. Er streichelte die Innenseiten meiner Oberschenkel und tastete sich bis zu der feuchten Stelle zwischen meinen Beinen vor. Es machte mich tierisch an, wie er mitten auf dem verlassenen Uni-Parkplatz vor mir kniete und anfing, mich mit seiner Zunge zu verwöhnen.

Er ging sehr behutsam vor, ja fast schon liebevoll, aber vielleicht war er auch einfach nur müde. Er hatte mich nachts um drei noch angerufen, nachdem seine Absolventenfeier zu Ende gewesen war, und ich hatte bereitwillig zugesagt, ihn noch mal zu treffen. Schlafen konnte ich ja sowieso nicht, denn seitdem Sven weg war, war es mit meiner Schlaflosigkeit sogar noch schlimmer geworden.

Nach einer Weile erhob sich Chris, legte mir die Hände auf die Schultern und drückte mich nach unten. Rollentausch. Ich kniete mich hin, doch der kalte feuchte Boden fühlte sich unangenehm an und ich versuchte es in der Hocke. Ich öffnete Chris' Reißverschluss und konnte schon durch die Hose spüren, dass er mich wollte. Ich leckte mit meiner Zungenspitze seine Eichel, fuhr ein paarmal mit der Zunge seinen Schwanz auf und ab, bis ich meine Lippen darum schloss und ihn mit Leidenschaft lutschte.

Nachdem ich ihn richtig befeuchtet hatte, stand ich wieder auf und schaute Chris in die Augen. Ohne ein Wort zu sagen, drehte er mich um und rieb sich an meinem Hintern.

Ich hörte das Rascheln einer Kondomverpackung und wie er sich den Gummi überzog.

Ich streckte ihm lustvoll meinen Hintern entgegen, er schob meinen Rock hoch und drang in mich ein. Ein paar vorsichtige Stöße später war die Sache auch schon gelaufen. Und dafür habe ich mich morgens um drei extra noch mal aus dem Bett gequält?, dachte ich im ersten Moment, und im zweiten: So ein Quatsch, ich hab ja sowieso nicht geschlafen. Und ein kurzer Fick auf dem Parkplatz ist immer noch besser als gar kein Fick oder an Sven zu denken.

Nach dem Sex hatten Chris und ich uns nicht mehr sonderlich viel zu sagen. Das Einzige, was uns verband, war gelaufen, und nun blieb uns nur noch unangenehmes Schweigen.

»Könntest du mich bitte noch kurz in mein Wohnheim rüberfahren?«, fragte Chris und sah mich mit müden Augen an.

»Klar, kein Problem«, antwortete ich lässig.

Ich stieg ins Auto und beobachtete, wie Chris auf den Beifahrersitz kletterte. In diesem Moment überkam mich Traurigkeit. Ich war traurig darüber, dass Chris niemals zulassen würde, dass wir uns näher kamen. Insgeheim hatte ich doch gehofft, er würde mir ein bisschen Halt geben können, jetzt wo Sven weg war.

»So, da wären wir«, sagte ich, als wir auf den Parkplatz des Wohnheims einbogen.

»Okay. Danke. Gute Nacht.« Er gab mir einen Kuss auf die Wange und öffnete die Tür. Ich konnte mir ein Lächeln nicht verkneifen.

»Warum lachst du jetzt?«, fragte er verunsichert.

»Danke. Gute Nacht? Soll das jetzt eine ordentliche Verabschiedung sein?« Ich schaute ihn erwartungsvoll an.

»Sorry, aber ich bin grad echt fertig. Außerdem muss ich in vier Stunden schon wieder aufstehen. Du solltest auch mal schlafen, oder hast du morgen gar nichts vor?«

»Gute Nacht«, sagte ich kalt. Während ich verzweifelt eine Zigarette in meiner Tasche suchte, schaute ich aus dem Fenster und sah zu, wie Chris in der Dunkelheit verschwand. Er hatte recht, ich sollte nach Hause fahren und mich ausschlafen. Ich ertastete die Kippenschachtel in meiner Tasche, angelte eine Zigarette heraus und zündete sie an. Schon nach dem ersten Zug wusste ich, dass ich auch heute wieder kein Auge zutun und erst gegen Mittag völlig erschöpft ins Bett fallen würde.

*

Nicht lange, nachdem er ausgezogen war, rief Sven mich zum ersten Mal an. Er erzählte mir, dass er seine neue Stelle erst im September antreten konnte, dass er die freie Zeit, die ihm bis dahin blieb, in vollen Zügen genoss und dass er den Sex mit mir vermisste. Ich war überglücklich, dass er mich trotz der vielen

Kilometer, die nun zwischen uns lagen, nicht vergessen hatte, oder zumindest den Sex mit mir.

Dreistündige Telefonate standen von nun an auf der Tagesordnung und ich glaube, wir redeten in einer Woche so viel wie in den sechs Monaten nicht, die er noch mein Nachbar gewesen war.

Ich wusste, dass sich alles wieder ändern würde, sobald Sven anfing zu arbeiten, aber ich versuchte, nicht allzu oft dran zu denken, dass unsere »Beziehung« ein Verfallsdatum hatte. Die Vorstellung, irgendwann gar nichts mehr von ihm zu hören, war einfach zu brutal.

Sogar Mira staunte zunächst, als ich ihr erzählte, wie oft Sven und ich in letzter Zeit telefonierten.

»Siehst du, es ging ihm nämlich nicht nur um Sex! Sonst würde er mich ja wohl kaum jeden Tag anrufen«, behauptete ich stolz und glücklich.

»Schon mal über Telefonsex nachgedacht?«, fragte Mira scherzhaft, aber ich spürte, dass sie Sven und seiner plötzlichen platonischen Kontaktfreudigkeit misstraute. Ich wusste, dass sie sich Sorgen um mich machte, schließlich hatte sie mehr oder weniger live miterlebt, wie fertig ich gewesen war, nachdem Sven das Wohnheim verlassen hatte.

Ich verbrachte die Semesterferien im Haus meines Vaters, weil der seinen Urlaub mit seiner Freundin irgendwo in Italien verbringen wollte.

Er hatte mich mit den Worten verabschiedet: »Und mach keinen Blödsinn!« Mein Vater wusste längst, dass ich kein Unschuldsengel war. Schon als wir noch mit meiner Mutter unter einem Dach gewohnt hatten, hatte es regelmäßig Stress gegeben, weil ich die sturmfreien Wochenenden dazu genutzt hatte, um die Häuser zu ziehen. Leider war das nicht selten aufgeflogen.

Ich hatte brav genickt, mir meinen Teil gedacht und mich auf drei sonnige, entspannte Wochen gefreut.

Ich hoffte, dass Sven mich in dieser Zeit mal besuchen kam.

Auch wenn Sven und ich kein Paar waren, ertappte ich mich regelmäßig dabei, wie ich mir nachts im Bett vorstellte, er läge hinter mir und würde schützend seine Arme um mich legen. Seine Stimme am Telefon zu hören, war daher immer das Highlight des Tages.

Natürlich redeten wir am Telefon auch viel über Sex, beziehungsweise darüber, wie wir die Zeit in den Ferien nutzen konnten, um so viele verrückte Erfahrungen wie möglich zu machen.

»Ich will unbedingt mal 'nen Dreier ausprobieren!«, sagte Sven eines Abends am Telefon. Nachdem ich aus Erfahrung wusste, dass es nicht gerade leicht war, eine Frau zu finden, die zu so etwas bereit war, musste ich mir etwas anderes einfallen lassen.

Ich hatte erst vor Kurzem einen Bericht über ein Pärchen gesehen, das in den Swingerklub gegangen war, um seine Beziehung aufzupeppen. Nicht dass Sven und ich das nötig gehabt hätten, mal abgesehen davon, dass wir ja gar keine Beziehung hatten. Ich hatte einfach das Gefühl, dass ich mir etwas ganz Besonderes einfallen lassen musste, damit Svens Interesse an mir nicht abflaute. Aber leider reagierte er nicht so begeistert, wie ich gehofft hatte.

»Na ja, ich weiß nicht so recht. Da hängen doch nur vierzigjährige Weiber rum, die am Abend schon fünf Typen vor einem hatten. Das ist nichts für mich«, war seine niederschmetternde Antwort auf meinen Vorschlag.

»War ja auch nur so 'ne Idee. Eigentlich interessiert mich so was ja auch gar nicht«, schwindelte ich. Anschließend surfte ich den restlichen Abend im Internet, um mich über verschiedene Swingerklubs schlauzumachen.

Schließlich landete ich auf der Seite eines Klubs, der ungefähr eine Stunde Autofahrt von mir entfernt war. Ich stöberte im Gästebuch und stieß auf eine Nachricht, die meine Neugierde weckte.

Suche nette Frau zwischen 20 und 30, die Lust hat, mit mir einen Swingerklub zu besuchen. Bin selber Swingerklub-unerfahren und würde dieses Erlebnis gern mit jemandem teilen. Bitte melde dich bei Interesse bei der unten angegebenen E-Mail-Adresse.
Mike

Ich konnte mir schon vorstellen, warum Mike ungern alleine gehen wollte. Der Preis für Single-Herren lag bei fast hundert Euro, wogegen Paare schon ab dreißig Euro reindurften.

Obwohl Mike viele negative Rückmeldungen von Mitgliedern des Klubs bezüglich seiner Nachricht bekommen hatte, hielt ich es trotzdem für ein Zeichen, dass ich ausgerechnet in diesem Gästebuch gelandet war, und beschloss, diese Chance zu ergreifen.

Lieber Mike,
ich habe deine Nachricht im Gästebuch des Klubs »L'amour« gelesen und hätte Interesse daran, mit dir dorthin zu gehen. Es wäre auch das erste Mal für mich und ich fände es aufregend, dieses Abenteuer mit dir zu erleben.

Es dauerte nicht mal zwanzig Minuten, bis er antwortete.

Es würde mich sehr freuen, wenn wir zusammen ins L'amour gehen. Du bist übrigens die Einzige, die sich auf meine Nachricht hin gemeldet hat. Vielleicht fehlt den anderen der Mut? Wie auch immer – ich schicke dir ein Bild von mir mit und fände es schön, wenn du mir auch eins von dir schicken könntest, damit wir schon mal wissen, mit wem wir es zu tun haben. ☺

Es irritierte mich, dass ich die Einzige war, die mit Mike in den Klub gehen wollte. Ich hoffte bloß, das lag nicht an seinem Foto!

Eigentlich wusste ich aber jetzt schon, dass ein unattraktiver Mann allein mich nicht von meinem Vorhaben abbringen würde. Ich klickte auf *Datei öffnen* und die Spannung stieg ins Unermessliche, weil mein Computer ewig brauchte, um das Bild runterzuladen.

Als Mikes Bild schließlich auf dem Bildschirm erschien, wusste ich nicht so recht, wie ich ihn finden sollte. Er hatte eine kräftige Statur, wobei ich nicht erkannte, ob Mike muskulös oder einfach nur dick war.

Ich beschloss, es auf einen Versuch ankommen zu lassen. Eigentlich hatte ich die Entscheidung, mit Mike in den Klub zu gehen, ja ohnehin längst getroffen. Ich war mir nicht sicher, ob mein Vater das mit »Blödsinn« gemeint hatte. Auf jeden Fall war ich froh, dass er inzwischen in einem Wohnmobil gen Süden saß.

Es war natürlich ein Risiko, mit einem Wildfremden in den Swingerklub zu gehen, letztlich verließ ich mich aber auf den vertraueneinflößenden Satz auf der Internetseite des L'amour: *Alles kann, nichts muss!*

Ich hatte einfach das große Bedürfnis, herauszufinden, was ich wollte. Mich machte die Vorstellung, mit Mike in diesen Klub zu gehen, wahnsinnig an. Und das erste Mal überhaupt war es mir egal, was andere darüber dachten. Ich wollte nur noch tun, was mir gefiel.

*

Anscheinend hatte auch Chris in den Semesterferien Sehnsucht nach mir. Mehr noch: Er schlug am Telefon allen Ernstes vor, wir könnten zusammen in den Urlaub fahren! Nur wir zwei. Irgendwo in die Berge.

»Überleg's dir einfach!«, hatte er gesagt, ehe ich völlig verdattert auflegte.

Auch wenn ich wusste, wie absurd dieser Gedanke war, überlegte ich plötzlich, ob Chris vielleicht verliebt in mich war. Falls das stimmte, hatte er natürlich eine recht merkwürdige Art, das zu zeigen. Immerhin hatte er mich in den letzten Tagen vor den Ferien nicht gerade wie ein Mädchen behandelt, in das er unsterblich verliebt war. Aber vielleicht konnte Chris seine Gefühle einfach nicht so zeigen? Vielleicht war es bei ihm wie bei den Jungs im Kindergarten, die die kleinen Mädchen die ganze Zeit schubsten, obwohl sie heimlich in sie verliebt waren.

Was auch immer hinter Chris' Angebot steckte – meine Gefühle fuhren eindeutig Achterbahn, nachdem wir telefoniert hatten.

Chris ein paar Tage lang nur für mich zu haben und ihn dadurch besser kennenlernen zu können eröffnete ganz neue Möglichkeiten. Warum überlegte ich also noch?

So kam es, dass ich meine Großtante anrief, die ein Ferienhaus in Österreich hatte. Sie war überglücklich darüber, dass ich sie anrief, und versicherte mir immer wieder, dass sie mir ihr Haus mit Freuden für ein paar Tage überließ.

»Wie lange wollt ihr denn bleiben?«, fragte sie.

»Ungefähr drei Tage«, sagte ich. Länger dort zu bleiben, hätte ich etwas gewagt gefunden, ich hatte schließlich keine Ahnung, ob Chris und ich uns überhaupt verstehen würden, wenn wir so lange am Stück nur uns selbst überlassen waren.

»Prima, ich lasse alles für dich fertig machen«, sagte sie beschwingt.

»Vielen Dank«, erwiderte ich und verabschiedete mich.

Sofort simste ich Chris, dass ich ein Ferienhaus für uns klargemacht hatte, und bekam nur zwei Minuten später die Antwort. Er war einverstanden. Ich würde also tatsächlich mit Chris in den Urlaub fahren.

Immer noch etwas durcheinander, setzte ich mich mit einem Glas Cola auf den Balkon, um die letzte Sonne des Tages zu genießen. Ob ich mich mit Chris jemals so gut verstehen würde wie mit Sven? Und wenn ja, konnte er mir vielleicht dabei helfen, über Sven hinwegzukommen? Ich wollte gar nicht so genau darüber nachdenken, deshalb peppte ich meine Cola mit einem Schuss Wodka auf, steckte mir eine Zigarette an und wählte Svens Nummer.

*

Jeder Mensch hat eine zweite Chance verdient. Ich hatte schon Hunderte bekommen – und als Erik mich in dieser Nacht wieder anschrieb, beschloss ich, auch ihm eine zweite Chance zu geben. Nach dem Fiasko vom letzten Mal hätte ich nie im Leben erwartet, dass er sich noch mal bei mir melden würde, aber offensichtlich war seine Schamgrenze sehr niedrig.

Mir wäre in dieser Nacht sowieso jede Ablenkung recht gewesen, denn Sven hatte sich für den nächsten Tag angekündigt, und seitdem versuchte ich verzweifelt, die Stunden bis zu unserem Wiedersehen rumzukriegen.

Hoffentlich hat Erik inzwischen einen Sex-Workshop besucht und verwöhnt mich heute mit den abgefahrensten Praktiken, dachte ich etwas spöttisch.

Zunächst schien alles genauso zu laufen wie beim letzten Mal. Wir chatteten und erzählten uns, was es so Neues gab, beziehungsweise wen es in unserem Leben Neues gab.

Als wir feststellten, dass wir beide immer noch Single waren, beschlossen wir, diesen Umstand auszunutzen und uns zu treffen. Noch mehr Déjà-vu ging wirklich nicht.

Ich saß wieder am Schreibtisch meines Vaters, am selben Computer, um fast genau dieselbe Uhrzeit: vier Uhr nachts. Aber irgendwas hatte sich doch verändert, das merkte ich an Eriks Beharrlichkeit, mich treffen zu wollen. Irgendwas wollte er mir zeigen, und das machte mich neugierig. Diesmal traf ich Vorsorgemaßnahmen. Ich verabredete mit ihm, dass ich ihn wieder am Bahnhof abholen würde, wir danach aber an den See fahren würden, um dort ein bisschen »spazieren zu gehen«. Außerdem hielt ich noch an der Tankstelle und besorgte ein Päckchen Kondome in der Hoffnung, dass sein Schwanz diesmal mitspielte.

Andernfalls hätte ich mich zum zweiten Mal zum Affen gemacht, eine Person mehr auf meiner Ignorierliste im Chat und umsonst unglaubliche zehn Euro für drei Kondome ausgegeben.

Zum Glück war der Schock diesmal nicht ganz so groß, als ich Erik sah. Ich fand sogar, dass er ganz süß wirkte. Seine Haare fielen ihm ins Gesicht, er hatte ein neues Piercing in der Lippe und trug Jeans und einen dunkelblauen Pullover.

Er begrüßte mich mit einem Bussi auf den Mund und wir fuhren los in Richtung See. Es war eine unglaublich schöne Sommernacht, und wenn Erik und ich ein Pärchen gewesen wären, hätte alles richtig romantisch sein können.

Wir stellten das Auto am Rande eines Parks ab, der tagsüber immer von Jugendlichen belagert war, die nach der Schule noch ins Wasser springen wollten. Jetzt war der Park leer und es war ganz still.

Als wir aus dem Auto stiegen, kamen plötzlich Zweifel in mir hoch, ob es eine gute Idee war, kurz vor Svens Ankunft noch mit einem anderen zu schlafen. Doch ich schüttelte das ungute Gefühl sofort wieder ab. Immerhin war ja noch völlig unklar, ob es Eriks Schwanz überhaupt in meine Muschi schaffen würde.

Das Bild, das sich uns bot, als wir ans Ufer des Sees traten, sah aus wie einem romantischen Postkartenkalender entsprungen. Ich war fast ein bisschen stolz darauf, hier geboren worden zu sein.

Der Wind zog kühl unter meinen kurzen Rock. Da ich inzwischen aus Erfahrung wusste, wie praktisch es war, zu solchen

Verabredungen kein Höschen zu tragen, war mir ein bisschen frisch. Ich setzte mich auf eine Bank direkt am Ufer und fand diesen Ort fast zu schade für das, was ich geplant hatte.

Ich klopfte auf den Platz neben mir, Erik setzte sich hin und schmiegte sich ganz eng an mich. Er fuhr mit der Hand meinen Schenkel hinauf zum Saum meines Rocks, wartete eine Anstandssekunde ab und fasste mir zwischen die Beine. Als er bemerkte, dass ich nichts darunter hatte, grinste er mich an. »Du kleines Luder!«

Ich zog seinen Kopf zu mir und fing an, ihn zu küssen. Es war viel leidenschaftlicher als neulich und diesmal hatte ich keine Probleme damit, feucht zu werden. Ich spürte schon, wie meine Muschi anfing zu pochen und bereit war für mehr. Wenn er mich jetzt nicht gefickt hätte, wäre ich wirklich sauer gewesen. Ich hob meinen Rock etwas hoch und setzte mich auf ihn. Als ich meine Hüften an seiner Hose rieb, konnte ich fühlen, dass er auch bereit war. Ich hielt es keine Sekunde länger aus. Ich musste ihn haben. Ich musste ihn in mir spüren.

Ich knöpfte seine Hose auf und zog ein Kondom aus meinem BH, das ich vorsichtshalber schon mal dort deponiert hatte.

»Ach, lass doch, ohne ist es doch viel geiler!«

Das durfte doch nicht wahr sein! Da musste ich die Dinger schon selbst besorgen und dann wollte er sich nicht mal eins drüberziehen!

»Bitte lass uns jetzt nicht darüber diskutieren, ich mach's dir drauf und dann fickst du mich, okay?«

Ich riss die Packung auf und rollte es ihm innerhalb von Sekunden auf den Schwanz. Ich war richtig stolz auf mich, wie geschickt ich mich angestellt hatte. Aber das war wohl nicht der richtige Zeitpunkt, um ein Lob zu erhaschen.

Als er in mir war, konnte ich kaum glauben, dass es gerade Erik war, der mich fickte, denn es war der Hammer. Er legte so ein

Tempo vor, dass ich gar nicht bemerkte, wie ich mir auf der Holzbank meine Knie blutig schürfte. Es war mir auch egal. Es war der perfekte Moment: Der Mond schien auf uns herab, spiegelte sich im Wasser, der Park lag still und friedlich da und ich hatte einen riesigen Schwanz in mir. Leider fand mein Glücksrausch ein jähes Ende, denn Erik packte mich plötzlich und hielt mich fest.

»Ich kann durch Ficken alleine nicht kommen, würdest du mir einen blasen?« Es war eigentlich mehr ein Befehl als eine Frage, denn ehe ich antworten konnte, schob er mich von sich runter und versuchte, meinen Kopf an seinen Schwanz zu drücken. Irgendwie machte es mich an, dass er endlich wusste, wo es langging, und sich offenbar innerhalb von ein paar Wochen vom Jungen zum Mann entwickelt hatte. Ich streifte ihm das Kondom ab und nahm seinen Schwanz in den Mund.

Als Belohnung dafür, dass er mich diesmal so geil gefickt hatte, gab ich mir richtig Mühe und lutschte und leckte mit aller Kraft, was seine Wirkung nicht verfehlte. Ich spürte, wie sein Körper anfing zu zittern, und machte mich auf das Unvermeidliche gefasst.

Er spritzte mir in den Mund, und da es so viel Sperma auf einmal war, lief mir die warme Flüssigkeit übers Kinn. Entweder ich schluckte alles runter oder ich würde … Da war es schon zu spät. Ich würgte und erbrach direkt vor seinen Schuhen sein Sperma und meine Würde auf die Wiese.

»Ach du Scheiße!«, rief Erik geschockt.

Ich hielt mir die Hand vor den Mund und wir sahen uns einen Moment lang erschrocken an. Dann rannte ich zum Wasser und spülte mir den Mund aus. Ich blieb noch eine Weile am Ufer stehen und schaute den Mond an, der eben noch so romantisch gewesen war. Von der Romantik war nichts mehr übrig. Ich hatte immer noch einen bitteren Geschmack im Mund und fühlte mich dreckig.

Ich hatte es verdient, dass Sven mich immer so behandelt hatte, als wäre ich es nicht wert, geliebt zu werden. Ich hatte mich in eine dreckige Hure verwandelt – oder vielleicht war ich auch schon immer eine gewesen.

Wie hatte ich nur glauben können, dass ich über Sven hinwegkommen würde, wenn ich mit jedem schlief, der einigermaßen fickbar aussah? Ich bemerkte, dass es langsam schon wieder hell wurde, was bedeutete, dass ein neuer Tag anfing. Die Nacht und ich waren definitiv am Ende.

Nach einer Weile gesellte sich Erik zu mir und strich mir sanft über den Rücken. »Alles okay mit dir?«, fragte er ernsthaft besorgt.

»Ich würde jetzt gerne nach Hause fahren.« Er nickte.

Wir unterhielten uns auf dem Weg zurück zum Auto nicht, viel zu sagen gab es zu dieser Geschichte auch nicht mehr. Vermutlich würde ich ihn nicht wiedersehen.

Wir fuhren schweigend zum Bahnhof zurück. Zum Abschied gab er mir einen Kuss auf die Wange. »Mach's gut, Maria!« Das sprach Bände.

»Schönes Leben wünsch ich dir«, flüsterte ich ihm hinterher, als er schon ausgestiegen war.

Ich zündete mir eine Zigarette an und sog den Rauch tief ein. Morgen würde Sven wieder bei mir sein, ich würde seinen Schwanz lutschen und so tun, als wäre nichts gewesen.

Ja, das konnte ich mittlerweile sehr gut. Einfach immer so tun, als wäre nichts gewesen. Lediglich meine geschwollenen Knie würden morgen noch daran erinnern, was heute Nacht passiert war.

*

Als ich aufwachte, blendete mich die Sonne, und mein Nacken war steif. Mein Buch lag immer noch aufgeklappt auf meinem

Schoß. Ich brauchte eine Weile, bis ich es schaffte, mich aus dem Klappstuhl zu erheben. Offensichtlich war ich letzte Nacht bei dem Versuch zu lesen auf dem Balkon eingeschlafen.

Ein Blick auf die Uhr verriet mir, dass es bereits nach halb zwölf war, und als ich wieder einigermaßen klar denken konnte, fiel mir auf, dass Sven noch nicht wie angekündigt da war.

Ich war nach meiner Heimkehr von meinem missglückten Date mit Erik so aufgewühlt gewesen, dass ich kein Auge zubekommen hatte, und irgendwann hatte ich beschlossen, es aufzugeben und auf dem Balkon in der Morgensonne zu lesen. Anscheinend hatte mich die Müdigkeit am Ende doch übermannt. Ich hatte schon mindestens vier Stunden schlafend in der Sonne gelegen. Ich fühlte mich schlapp und mein Körper war aufgeheizt. Aber wo war Sven? Ich schaute auf mein Handy und sah, dass ich drei Anrufe in Abwesenheit und eine neue Nachricht hatte.

Sorry, ich konnte nicht eher losfahren, weil ich letzte Nacht ein bisschen zu viel gefeiert habe. Aber so in drei Stunden müsste ich ungefähr da sein. LG, Sven

Die SMS hatte er kurz nach neun abgeschickt. Das bedeutete, dass er jede Sekunde hier auftauchen konnte. Panisch stürzte ich vom Balkon in die Wohnung, um mich zumindest noch ein bisschen frisch zu machen, bevor es an der Tür klingelte.

Gerade als ich mich mit Deo einsprühen wollte, hörte ich ein Motorengeräusch vor der Haustür. Ich ließ alles stehen und liegen und stürmte zur Tür. Svens roter BMW parkte gerade vor unserer Garage ein. Ich sah zu, wie Sven aus dem Wagen stieg, und wollte ihn nur noch in meine Arme schließen und ihn nie wieder wegfahren lassen. In meinen Träumen blieb er für immer hier und wir lagen jeden Tag am See und gingen baden und der Sommer ging niemals zu Ende.

»Maria, träumst du schon wieder?«, brachte Sven mich in die Realität zurück.

»Ähm, nein, ich freu mich nur, dass du da bist«, sagte ich und schlang meine Arme um ihn. Unsere Blicke trafen sich, er hob mich hoch und trug mich in die Wohnung. Er warf seine Tasche ins Wohnzimmer und nur zehn Sekunden später kniete ich auch schon auf dem Teppich meines Vaters vor dem Esstisch, Sven zog mir meinen Rock hoch und öffnete den Reißverschluss seiner Jeans.

Ich konnte es kaum erwarten, wieder mit ihm vereint zu sein, und sehnte mich förmlich danach, seinen Penis endlich wieder in mir aufzunehmen.

Mit völliger Hingabe ließ ich mich von ihm ficken, bis er in mir abspritzte. Dieser Moment war einfach perfekt. Genau in diesem Moment konnte ich die Verbindung zwischen Sven und mir spüren. Danach tat er, was er immer tat: Er wandte sich von mir ab, machte seinen Reißverschluss wieder zu und half mir auf.

»Meinst du, ich könnte noch kurz unter die Dusche springen?«, fragte er.

»Na klar, kein Problem. Handtücher liegen im Schrank«, erklärte ich benommen.

Während ich ihm zusah, wie er im Badezimmer verschwand, piepste mein Handy. Schon wieder eine neue Nachricht.

Hey Süße! Hör endlich auf zu ficken und beweg deinen geilen Arsch hierher! Wir sind schon auf der Party. Komm doch auch noch. Mira

Natürlich! Die Karibik-Party! Die hatte ich vollkommen vergessen. Mira und ich hatten uns schon vor einer Woche dazu verabredet. Diese Party fand jedes Jahr im Juli statt und war das Highlight in dieser Gegend. Direkt am See versammelten sich ab mittags Leute, tanzten, kifften und baggerten. Das durfte ich auf keinen Fall verpassen, zumal ich ja auch nicht so oft mit Mira zusammen sein konnte. Jetzt musste ich nur noch Sven überreden mitzukommen.

Ich wartete, bis er aus dem Bad kam, und belagerte ihn sofort. »Kommst du mit mir auf die Karibik-Party? Ich wollte mich dort mit Mira treffen und ich fänd's total schön, wenn du sie mal kennenlernen würdest.«

»Ja, kein Problem. Wann geht's los?«, fragte er nur. Ich strahlte ihn an.

*

Als wir am späten Nachmittag auf der Party ankamen, waren schon alle dort versammelt, und Mira stürmte auf uns zu.

»Hi, du musst Sven sein!«, stellte sie nicht ohne ein Grinsen fest.

»Allerdings«, gab Sven zurück.

Ich hatte das Gefühl, dass die beiden sich sofort zueinander hingezogen fühlten. Zumindest verstanden sie sich sehr gut und wir tranken die nächsten zwei Stunden einen Mix aus Wodka, Bacardi und Cola. Dank meines Sonnenbads von heute Mittag schlug der Alkohol an wie schon lange nicht mehr. Dauernd legte ich meinen Arm um Sven, um ihm nahezukommen, doch in den meisten Fällen ignorierte er es oder schubste mich weg.

»Hey, lass uns doch mal irgendwohin gehen, wo uns keiner sehen kann«, versuchte ich, Sven anzumachen.

»Ich hab 'ne bessere Idee. Wir gehen jetzt nach Hause. Dort hab ich nämlich noch eine Überraschung für dich«, flüsterte er mir ins Ohr. Wir rappelten uns auf und fingen an, uns von den Leuten zu verabschieden.

»Kann ich vielleicht heute Nacht auch bei dir schlafen, Maria?«, rief uns Mira hinterher. Ich verstand zwar noch nicht so ganz, was sie damit bezwecken wollte, aber da ich zu fertig war, um zu diskutieren, sagte ich kurzerhand Ja. Torkelnd liefen wir los und kicherten dabei, was das Zeug hielt.

Als wir zu Hause ankamen, nahm Mira mich beiseite und flüsterte mir zu: »Wie wär's, sollen wir jetzt endlich mal das tun, was wir schon lange mal ausprobieren wollten? Ich wäre bereit!« Sie lachte mich an.

»Ist das dein Ernst?«, fragte ich verwirrt.

»Natürlich nur, wenn du das willst. Aber wann haben wir schon mal sonst die Gelegenheit dazu, und wir wollten doch schon immer mal gemeinsam mit einem Typen schlafen.«

Ich dachte über ihre Worte nach und daran, wie oft wir uns schon ausgemalt hatten, gemeinsam einen Typen aufzureißen und zu verführen.

Der vernünftige Teil von mir wusste, dass nichts Gutes dabei herauskommen konnte, aber der betrunkene Teil war leider zu geil, um dieses Angebot auszuschlagen. Also hörte ich mich nur noch sagen: »Einverstanden. Aber was ist eigentlich mit deinem Freund?«

»Ach, wenn 'ne Frau dabei ist, ist es doch kein Betrügen, oder?«, redete sie sich die Sache schön.

»Wenn du meinst ...«

»Mädels, hört mal auf zu flüstern, ich hab eine Überraschung für euch«, sagte Sven und schob uns nach draußen auf den Balkon. »Wartet hier«, bat er uns. Nach einer Minute kam er wieder raus und zauberte einen Joint hinter seinem Rücken hervor.

»Oh ja, geil!«, kreischten Mira und ich gleichzeitig los wie kleine Kinder am Heiligabend.

»Ist mein kleines Gastgeschenk.«

»Oh Mann, du bist echt der Beste. Ich schätze, wir haben dann später auch noch ein Geschenk für dich, oder, Mira?«

»Klar, wird dir gefallen!«, stimmte sie mir zu.

Nachdem Sven drei Züge genommen hatte, reichte er die Tüte an Mira weiter, Mira zog und gab mir den Joint. Das Zeug haute mich schier um. In Kombination mit meinem Schlafentzug, dem Mittagsschlaf in der Sonne und dem ganzen Alkohol hätte mich das Zeug vermutlich auch leicht umbringen können, aber in diesem Moment bewirkte es Wunder. Ich fühlte mich vollkommen frei, fast als schwebte ich außerhalb meines Körpers.

Der Drang, endlich aktiv zu werden, wurde beinah übermächtig, und so zog ich meinen BH unter meinem T-Shirt aus und legte ihn auf den Tisch. Die Nachtluft war kühl, meine Nippel wurden hart und waren unter dem T-Shirt gut zu sehen. Ich genoss Svens Blick, der auf meinen Brüsten ruhte.

»Jetzt bist du dran, Süße«, sagte ich zu Mira und hoffte, sie würde den nächsten Schritt tun. Sie stand grinsend von ihrem Stuhl auf und fasste sich unter den Rock. Mit den Fingerspitzen zog sie langsam ihr Höschen runter und legte es neben meinen BH. Als sie sich wieder hinsetzte, winkelte sie ihre Beine an, sodass wir ihre Muschi sehen konnten.

Ich zog mein T-Shirt aus, ohne den Blick von Miras Muschi abzuwenden. Ich konnte hören, wie Sven den Reißverschluss seiner Hose an diesem Tag zum zweiten Mal öffnete und seinen Schwanz in die Hand nahm.

Ich beugte mich zu Mira rüber und ging vor ihr auf die Knie. Ich studierte ihre Muschi ganz genau und prägte mir jedes Detail ein. Es war das erste Mal, dass ich ein weibliches Geschlechtsteil von Nahem sah. Es faszinierte mich und stieß mich gleichzeitig ab. Allerdings muss ich zugeben, dass ich Mira schon immer anziehend fand. Ihre wunderschönen langen Beine und ihre großen Brüste, die sich meistens deutlich unter ihrem T-Shirt abzeichneten, ließen nicht nur Männerherzen höherschlagen.

»Los, leck sie!«, sagte Sven. Ich schaute Mira fragend an, die mir mit einem dezenten Nicken zu verstehen gab, dass es für sie okay war. Noch nie zuvor hatte ich ein Mädchen befriedigt und deshalb fuhr ich zunächst zaghaft mit meiner Zunge an ihren Schamlippen entlang. Irgendwann gefiel mir das so gut, dass ich anfing, wie wild daran zu saugen, während Mira lustvoll stöhnte. Ich packte sie am Arsch und schob sie ganz dicht an meine Lippen heran.

Ich hörte, wie Sven sich uns langsam näherte. Als er direkt hinter mir stand, spürte ich plötzlich einen Finger in meiner Muschi. Er bewegte ihn in mir hin und her, dann zog er ihn wieder raus und steckte ihn in meinen Arsch.

»Beug dich weiter vor!«, sagte er. Ich leckte immer noch fleißig an Miras Muschi, während er versuchte, seinen Schwanz in meinen Arsch zu stecken. Als ich durch den Druck laut aufstöhnte, sprang Mira plötzlich auf.

»Ich kann das nicht, das ist einfach nicht richtig.« Sie ging wieder in die Wohnung, während Sven richtig tief in mich eindrang.

»Lass mich bitte los. Ich will zu ihr«, bat ich ihn, doch Sven drückte mich noch fester an sich und steckte zusätzlich noch seine Finger in meinen Mund, damit ich nicht reden konnte. Ich riss den Kopf herum und schrie ihn an: »Hör auf damit!« Er zog seinen Schwanz aus mir heraus, ich stand auf und lief ins Wohnzimmer. Mira saß weinend am Tisch. Als sie mich kommen hörte, blickte sie auf.

»Es tut mir so leid, ich hätte das nicht tun sollen. Ich weiß doch, dass du in ihn verliebt bist, und ich habe einen Freund. Diese Idee war überhaupt nicht gut«, schluchzte sie.

»Ist schon gut, mein Schatz. Die Hauptsache ist doch, dass zwischen uns alles okay ist, oder?«

Sie lächelte mich an und nahm mich in den Arm. »Aber weißt du, ich dachte immer ...«, setzte Mira an.

»Was denn?«, wollte ich wissen.

»Keine Ahnung. Ich hab irgendwie vergessen, was ich sagen wollte.« Wir sahen uns an und prusteten los. Erst dachte ich, wir hätten den Verstand verloren, aber dann fiel mir wieder ein, dass das nur die Wirkung vom Gras war.

»Na, euch scheint es ja wieder gut zu gehen, oder?«, fragte Sven.

»Ja, aber wir sollten jetzt dringend ins Bett gehen«, sagte ich, nachdem ich mich als Erste wieder gefangen hatte.

Mira schlief in meinem Bett, Sven und ich legten uns ins Bett meines Vaters. Mir war schlecht, meine Laune war schlecht und ich wollte nur noch schlafen. Zwölf Stunden durchschlafen. Als ich die Augen zumachte, drehte sich alles, doch zum Glück fiel ich sofort in einen tiefen traumlosen Schlaf.

*

Der Wecker auf dem Nachttisch meines Vaters zeigte 6:02 Uhr, als ich die Augen öffnete. Warum genau ich aufgewacht war, wusste ich nicht. Alles um mich herum drehte sich und schien zu wackeln. Mein Kopf fühlte sich an, als würde er jeden Moment explodieren, in meinem Magen rumorte es bedrohlich.

Erst jetzt bemerkte ich Sven, der hinter mir lag und seinen Körper stöhnend an meinen drückte. Nach und nach konnte ich klarer sehen und verstand endlich, dass Sven der Grund für das Geschaukel war. Er schien sich schon länger an mir zu schaffen zu machen.

Ich brauchte dringend einen Eimer, bevor ich mich im Bett meines Vaters übergab.

»Mir geht's überhaupt nicht gut«, stammelte ich.

»Pst, ich bin gleich fertig«, sagte er bloß. Ich versuchte vergeblich, von ihm wegzurobben. Mir fehlte einfach die Kraft. Ich war hundemüde und mein Kopf tat weh. Sven zog meinen Arsch zu sich ran.

»Sven, bitte, mir ist total schlecht«, flehte ich ihn an. Doch er zog mich nur noch fester an sich heran und schien sich auch noch an meiner Wehrlosigkeit aufzugeilen. Dann rammte er mir seinen Penis in den Arsch und ich hoffte einfach nur noch, dass er bald fertig sein würde.

»Darf ich es dir einfach reinspritzen?«, hörte ich Sven fragen, wobei es sich wohl eher um eine rhetorische Frage gehandelt hatte, denn schon kurz darauf breitete sich seine Samenflüssigkeit in mir aus.

Als er endlich von mir abließ, rollte ich mich dankbar zur Seite, um weiterzuschlafen. Doch da war es zu spät. Der ganze Alkohol kam wieder hoch. Leider schaffte ich es nicht mehr bis zum Klo und so landete die ganze Suppe auf dem Teppich vor dem Bett.

Ich ließ mich erschöpft ins Kissen sinken. Mein Arsch brannte, ich spürte, wie Svens Sperma langsam wieder herausfloss, an meinem Mund klebte ein Rest Erbrochenes. Was Sven machte, nahm ich nicht mal mehr wahr. Dann schlief ich ein.

*

»Maria, du musst aufwachen! Komm schon, wach auf! Maria, bitte!« Irgendjemand rüttelte an meiner Schulter. Ich versuchte, mich zu orientieren, ich wusste nicht mal, wo ich war.

»Maria, jetzt mach schon! Du musst aus dem Bett raus!« Irgendwann erkannte ich Svens Stimme.

»Was ist denn los?«, murmelte ich verschlafen, doch dann merkte ich selber, was los war: Das Bett meines Vaters war klitschnass. Erschrocken fuhr ich hoch. »Was ist denn hier passiert?«

»Keine Ahnung, hast du vielleicht heut Nacht das Fenster offen gelassen?«, fragte Sven.

»Ich weiß nicht mehr so genau«, antwortete ich wahrheitsgemäß, denn die Erinnerung an letzte Nacht war total verschwommen. Eines stand definitiv fest: Das Bett meines Vaters stand unter Wasser und das war eine Vollkatastrophe. Offenbar hatte es in der Nacht stark geregnet und keiner von uns hatte es mitbekommen.

»So eine Scheiße!«, schrie ich hysterisch. Wie sollte ich dieses Desaster meinem Vater erklären? Mindestens genauso schlimm war, dass ich mich fühlte, als hätte ich die ganze Nacht in einem Eisschrank verbracht. Ich hatte wirklich Angst, dass ich mir eine Lungenentzündung eingefangen hatte.

Nachdem wir Handtücher auf das Bett gelegt hatten, beschlossen wir, erst mal zu frühstücken. Mira hatte bereits Kaffee gekocht und den Tisch gedeckt. Ich sah ihr an, dass sie auch keine ruhige Nacht gehabt hatte. Ob Sven wohl auch bei ihr einen Versuch gestartet hatte? Eher unwahrscheinlich.

Viel zu sagen hätten wir uns am Frühstückstisch nicht, dafür schenkten wir uns ab und zu ein paar zweideutige Blicke.

Nach dem Frühstück hatte Mira es ziemlich eilig, ich brachte sie noch zur Tür. Plötzlich sah sie mich ganz besorgt an und flüsterte mir ins Ohr: »Süße, bitte schick den Typen heute noch weg. Er hat mir heute Morgen erzählt, dass er nicht in dich verliebt ist und nicht genau weiß, wie er dir das endlich verständlich machen soll.«

»Warum sagst du mir das jetzt?« Ich starrte Mira ungläubig und verletzt an.

»Es tut mir leid, aber ich finde, du solltest das wissen.« Sie drückte mich fest zum Abschied und stieg ins Auto.

Obwohl Sven kein Wort mehr über die letzte Nacht verlor, konnte ich deutlich spüren, dass sie auch bei ihm Spuren hinterlassen hatte. Wir schafften es tatsächlich, den Tag rumzubringen, ohne uns ein einziges Mal anzufassen oder anzusehen.

Ich wusste noch nicht genau, ob die letzte Nacht und ihre Folgen mein Untergang oder meine Rettung waren, aber als

Sven noch am selben Abend seine Sachen packte und wieder abreiste, hielt ich ihn nicht mehr auf. Zwar war ich unglücklich darüber, dass er fuhr, aber dieses eine Mal war mein Kopf stärker und ich wusste, dass ich anfangen musste, auf ihn zu hören. Die Beziehung zu Sven hatte mir nichts als Leid, Schmerzen und Frustration gebracht und nun stand ich vor den Trümmern meiner monatelangen einseitigen Verliebtheit. Es fühlte sich befreiend und gleichzeitig wahnsinnig ermüdend an.

*

Es war höchste Zeit, mich endlich bei Mike zu melden. Ich wählte seine Nummer und zögerte einen Moment. Ich war nervös und wusste gar nicht richtig, was ich ihm sagen sollte.

Nur eines wusste ich nach allem, was in letzter Zeit passiert war: was ich wollte. Und ich würde nicht mehr länger zögern, es mir zu holen.

»Hallo?«, meldete sich eine männliche Stimme.

»Mike? Hier ist Maria. Du weißt schon, wir haben uns doch neulich geschrieben.« Einen Moment war es still am anderen Ende der Leitung.

»Ja, klar, Maria. Wie geht's dir?«

»Ganz gut, ich wollte mal fragen, ob dein Angebot noch steht, mit mir in den Klub zu gehen.« Obwohl ich seine Stimme recht sympathisch fand, wurde mir doch etwas flau im Magen. Was, wenn er ein Serienkiller war, der sich seine Opfer übers Internet schnappte?

Was war aber, wenn ich einfach zu viele Filme gesehen hatte?

»Klar steht mein Angebot noch. Ich würde mich freuen.« Nach einer kleinen Pause fügte er hinzu: »Aber da ist noch eine Sache, die ich klarstellen will. Ich hab eine Freundin, deshalb geht es mir wirklich nur um Sex.«

Ein Lächeln umspielte meine Mundwinkel. »Kein Problem. Ich suche im Moment keine Beziehung«, versprach ich ihm.

*

Dann war es endlich so weit. Ich stand kurz davor, alle Hemmungen über Bord zu werfen, die ganze blöde Geschichte mit Sven zu vergessen und mich ganz neu zu erfinden. Und Mike sollte mir dabei helfen. Nachdem ich mit Mike am Telefon über unsere Vorstellungen von diesem Abend gesprochen hatte, war ich zuversichtlich gewesen, dass das alles eine gute Idee war. Aber je länger ich am verabredeten Treffpunkt auf Mike wartete, umso stärker wurden meine Zweifel an meinem scheinbar lückenlosen Plan.

Eigentlich gefiel Mike mir optisch ja gar nicht, zumindest war sein Foto nicht sehr ansprechend gewesen, allerdings hatte er sich am Telefon sehr nett angehört.

Mir gingen so viele Gedanken auf einmal durch den Kopf, aber vor allem die Frage, ob es jemals einen Weg zurück geben konnte, wenn man bestimmte Grenzen erst mal überschritten hatte. Doch Grübeln half nichts, ich musste es herausfinden. Meine Neugier und meine Abenteuerlust waren stärker als die Angst.

Ich musste herausfinden, ob ich sexuell wirklich so offen war, wie ich immer so gerne behauptete, oder ob das alles nur Show gewesen war, um mich emotional abzukapseln. Sicherlich war ein Swingerklub nicht unbedingt der passende Ort, um sich selbst zu finden, vor allem natürlich wenn man sich wie ich vollkommen auf einen fremden Mann verlassen musste.

Als ich nervös in meiner Tasche nach meinem Handy kramte, fiel mir auf, dass meine Hände zitterten. Keine neuen Nachrichten. Wo blieb Mike nur? Hatte er vielleicht kalte Füße bekommen oder mein Foto auch nicht gut gefunden und versetzte mich jetzt?

Es war ein großes Risiko, das ich einging, aber ich brauchte diesen Adrenalinkick wie eine Süchtige. Ich sehnte mich nach diesem Nervenkitzel, um den ganzen Enttäuschungen ein neues, ebenso intensives Gefühl entgegenzusetzen.

Plötzlich hörte ich eine Stimme hinter mir meinen Namen rufen. Als ich mich umdrehte, sah ich, dass ein Wagen auf der anderen Straßenseite angehalten hatte, in dem jemand wild mit den Armen wedelte.

Das war Mike. Ich erkannte ihn sofort, denn er sah ganz genauso aus wie auf dem Foto, das er mir geschickt hatte. Ich ging über die Straße, drehte mich noch einmal um, ob mich jemand sah, und stieg in sein Auto.

Als ich Mike am Steuer sitzen sah, wurde mir klar, dass ich mir die Sache von Anfang an nur schöngeredet hatte. Was ich an Mike für Muskelmasse hatte halten wollen, waren in Wirklichkeit nur Fettpölsterchen. Alles in allem konnte man ihn getrost als das Gegenteil meines Beuteschemas bezeichnen.

Sein Gesicht tat sich offenbar sehr schwer damit, ein Lächeln zu produzieren, was dazu führte, dass ich erst mal stumm neben ihm saß und nicht die richtigen Worte fand.

»Hi, ich bin Maria«, brachte ich mühsam hervor. Doch statt einer Begrüßung landete seine Hand auch schon auf meinem Schenkel.

Leider wusste ich nicht genau, wo sich der Klub L'amour befand, deshalb blieb mir nichts anderes übrig, als zu hoffen, dass Mike den Weg kannte und vor allem: dass er nicht irgendwo anders hinfuhr. Mike sah zwar recht harmlos aus, aber trotzdem musste ich alle Eventualitäten in Betracht ziehen.

Ich wollte Mike gerade fragen, wie weit es noch war, als wir in eine breite Einfahrt einbogen, die zu einer großen Villa führte. Sie lag völlig einsam und verlassen auf einem kleinen Hügel und es hätte nicht mal ein Schild gebraucht, um zu wissen, dass es sich bei diesem Etablissement um einen Swingerklub handelte. Ich war beeindruckt und verschreckt zugleich, als wir die Einfahrt hinauffuhren. Wir waren der erste Wagen auf dem Parkplatz. Ich sah auf die Uhr. Es war Viertel vor acht. Anscheinend waren wir für einen Besuch im Swingerklub etwas zu früh dran.

Mike hatte immer noch kein Wort gesagt, was mir allmählich ein bisschen unheimlich war, darum startete ich einen neuen Versuch, ihn in ein Gespräch zu verwickeln.

»Rauchst du?«, fragte ich, zog meine Zigarettenschachtel aus der Tasche und hielt sie ihm hin.

»Ja, danke«, antwortete er und schien sichtlich erleichtert darüber, dass ich ebenfalls Raucherin war.

Wir mussten vor der Tür warten, bis der Klub aufmachte, und währenddessen erfuhr ich immerhin, dass Mike BWL studiert hatte und nun in einer Firma als Controller arbeitete. Er betonte immer wieder, wie sehr er seinen Job mochte, doch es frustrierte ihn, dass es in seiner Firma kaum Aufstiegschancen gab. Was ich beruflich machte, fragte er nicht.

Als es acht Uhr war, klingelten wir an der Tür. Es dauerte eine Weile, bis uns ein sehr schmächtiger Mann in viel zu engen Radlerhosen und engem Top die Tür öffnete. Schublade »schwul« auf, Mann in engen Radlerhosen rein, Schublade zu. Allerdings hatte ich Zweifel, dass es in einem Swingerklub überhaupt eine Rolle spielte, ob man heterosexuell oder homosexuell war, wo man herkam oder wie gut man ausgestattet war. Swingerklubs hatte ich mir immer als Oase für Individuen vorgestellt, die einfach alle gerne Sex hatten. Der Mann in Radlerhosen bat uns herein.

»Das ist euer erster Besuch, oder?«, flüsterte er mir mit einem wissenden Zwinkern zu. Ich nickte und lächelte ihn an. »Kein Problem, du wirst dich bestimmt gleich wie zu Hause fühlen. Und denk immer daran: Alles kann, nichts muss. Wenn jemand etwas tut, was du nicht willst, dann rufst du mich, okay? Ich bin übrigens Ralf.« Auf so viel Verständnis zu stoßen, hatte ich gar nicht erwartet und war positiv überrascht.

Ralf übergab uns einen Schlüssel für die Umkleidekabinen und erklärte: »Hier laufen eigentlich alle in Unterwäsche rum, also wäre es schön, wenn ihr euch da ein bisschen anpassen könntet.«

Etwas mulmig war mir dabei schon, aber Mike stand zwei Sekunden nach Schlüsselübergabe halb nackt da, sodass ich nicht mehr kneifen konnte. Als ich mir diesen Mann ansah, dessen Körper mir vollkommen fremd war, dem ich aber in Kürze erlauben würde, meinen Körper überall zu streicheln und zu küssen, bekam ich einen kleinen Panikanfall.

Als ob Mike meine Gedanken gelesen hätte, warf er mir das erste Mal an diesem Abend ein Lächeln zu. Es sah vertrauenswürdig genug aus, dass ich zumindest bereit war, mir das alles hier mal genauer anzusehen.

Ralf bot uns eine kleine Hausführung an, die wir gern in Anspruch nahmen. Wir begannen im obersten Stockwerk, wo sich eindeutig die SM-Abteilung befand. Ich kam mir vor wie beim Dreh eines sehr schmutzigen Pornovideos.

Alle Fenster waren mit Brettern zugenagelt, die einzige Lichtquelle waren Neonröhren, die den Raum in kaltes, bläuliches Licht tauchten. In Zimmer Nummer 1 stand ein Folterstuhl, der an beiden Armlehnen mit Ketten ausgestattet war. Der schwarze Teppich und die Tapete in Flammenoptik vervollkommneten das Bild. Allein der Anblick dieses Zimmers löste Schmerzen in mir aus.

Im Zimmer nebenan war ein Käfig aufgestellt, der von allen Seiten einsehbar war.

»Wenn jemand Lust auf Zuschauer hat, ist er hier definitiv richtig«, erklärte Ralf. Alles in allem war dies ein Territorium, das ich definitiv kein zweites Mal betreten wollte. Mir war es viel wichtiger, dass Mike und ich uns erst mal liebevoll miteinander beschäftigten, damit ich ihm auch wirklich Vertrauen entgegenbringen konnte. Ich hatte den Eindruck, dass das hätte schwierig werden können, wenn er mich schon beim ersten Mal auspeitschte.

Beim nächsten Zimmer wusste ich sofort, dass ich dort Sex haben würde. Ich war mir nicht sicher, warum ich diesen Gedanken hatte, aber irgendwie verkörperte dieser Raum genau die richtige Mischung aus Perversion und Erotik. Man musste wohl nicht sehr scharfsinnig sein, um zu erkennen, dass er dem Arztzimmer eines Gynäkologen nachempfunden war. In der Mitte stand ein Gynäkologenstuhl und auf der rechten Seite die Arztliege.

An den Wänden hingen lauter Poster, auf denen die weibliche Anatomie abgebildet war, doch mein Blick blieb an einem Plakat hängen, das die Bildunterschrift »Erster Besuch beim Frauenarzt« trug. Darauf zu sehen war eine junge Frau, die sich auf dem Untersuchungsstuhl rekelte. Anscheinend hatte man hier eine gesunde Portion Selbstironie.

Im ersten Stock befanden sich Zimmer, in denen man wohl die romantische Seite des Swingens erleben sollte. Überall lagen Rosenblätter, kuschelige Decken, Tigerfelle und Herzkissen verstreut. In jedem Zimmer stand ein riesiges Bett. Eigenartigerweise fand ich dieses Szenario verstörender als die SM-Abteilung.

Diese Räume waren für mich pure Heuchelei. Wem wollte man denn weismachen, dass Swingen etwas mit Romantik zu tun hatte? Welches Paar, das sich wirklich liebte, würde sich denn ausgerechnet auf einem Bett betrügen, das mit Rosenblättern bedeckt war?

Mir wurde ganz schwindlig von den Eindrücken dieses Stockwerks. Dann kam mir der Gedanke, dass ich nun frei und die monatelange Abhängigkeit von Sven vorbei war. Das war ein gutes Gefühl und ich verspürte eine unbändige Lust, diese Freiheit heute Abend auszuleben.

Im Erdgeschoss befand sich der »offizielle« Treffpunkt für die Gäste des Klubs. Dort gab es eine Bar sowie ein riesiges Büfett, das im Preis inbegriffen war, viele Tische mit Sofas – natürlich in Knallrot – und einen Garten. In diesen schleppte ich Mike, nachdem ich mir an der Bar eine Cola geholt hatte. Immer schön nüchtern bleiben, damit ich alles unter Kontrolle behalte, ermahnte ich mich. Außerdem hatte ich heute Nacht ja noch eine lange Rückfahrt vor mir.

Ich zündete mir eine Zigarette an und sog den Rauch tief ein. Das musste ich erst mal alles sacken lassen. Zum Glück hatte Mike es wohl auch nicht so eilig mit dem Sex, daher hatte ich einen Moment für mich, um mich auf das Kommende einzustellen.

Nach und nach füllte sich der Klub und mit der Zeit wurde ich immer lockerer. Ich fand sogar richtig Gefallen an der Situation. Ich unterhielt mich mit den unterschiedlichsten Leuten über ihre sexuellen Vorlieben, Erfahrungen und über Grenzerfahrungen, die sie zu zweit oder mit mehreren geteilt hatten. Diese Geschichten faszinierten, ja fesselten mich geradezu. So etwas wie diesen Abend hatte ich noch nie erlebt. Das erste Mal in meinem Leben schaute mich niemand komisch an, wenn ich offen über Sex redete, keiner verurteilte mich für meine Erfahrungen, Sehnsüchte und die Männer, die ich schon gehabt hatte. Es war unglaublich.

Ich genoss es sehr, einem Pärchen in den Vierzigern zuzuhören. Die Frau erzählte gerade, wie sie und ihr Mann im letzten Sommer mit einem befreundeten Ehepaar eine Bootstour gemacht und mitten auf hoher See die Partner getauscht hatten. Offenbar spielte für sie Eifersucht überhaupt keine Rolle, weil sie Sex strikt von Liebe trennten. Ich war mir noch nicht sicher, ob ich sie um ihre offene Beziehung beneiden oder sie bemitleiden sollte.

Irgendwann beugte sich Mike zu mir rüber. »Sollen wir uns noch mal ein bisschen umschauen?«, flüsterte er mir ins Ohr. Ich nickte und begriff natürlich sofort, was er vorhatte.

»Auf was hättest du denn Lust?«, fragte er mich, als wir vom Garten wieder in den Barbereich kamen. Ich zögerte einen Moment, wusste aber, dass jetzt nicht der richtige Zeitpunkt für Prüderie war. Ich nahm seine Hand und flüsterte ihm zu: »Komm mit.«

Ich führte Mike in das Arztzimmer, das mich von Anfang an fasziniert hatte, und sah ihn fragend an, weil ich mir nicht sicher war, ob ich damit auch eine seiner Fantasien getroffen hatte. Offensichtlich hatte mein Instinkt mich aber nicht getäuscht, denn Mike gab mir einen Kuss auf die Wange. Ich versuchte, nicht daran zu denken, dass uns hier jeder beobachten konnte, sondern konzentrierte mich auf Mike und die Dinge, die als Nächstes passieren würden.

Ich setzte mich auf den Rand der Liege und ließ die Füße baumeln. Ich klopfte mit der Hand neben mich, Mike kam zu mir herüber und fing ohne Vorwarnung an, mich zu küssen. Ich war etwas irritiert, da ich damit gerechnet hatte, dass er mich zuerst einmal ansehen und streicheln wollte. Er steckte mir seine Zunge tief in den Hals und ich musste ihn die ganze Zeit ein bisschen von mir wegdrücken, damit ich nicht erstickte. Es war einer dieser Küsse, von denen ich sofort trocken im Schritt wurde. Die ganze lüsterne Stimmung, in die ich mich durch die Gespräche mit den anderen selber gebracht hatte, war wie weggeblasen. Ich stieß Mike weg, was er aber keineswegs als Zurückweisung empfand.

Er packte mich und drückte mich mit dem Rücken auf die Liege. Ich hätte nie gedacht, dass er so stark sein würde, und irgendwie brachte mich das wieder auf Kurs. Dass er es als selbstverständlich ansah, mich hier ficken zu dürfen, nur er ganz allein, machte mich richtig an.

Er streifte mir mein Höschen herunter und strich mir dabei über die Innenseite meines Schenkels bis hinunter zum Fuß. Er legte mein Höschen beiseite und ich öffnete einladend meine Beine, um ihn alles machen zu lassen, was er wollte.

Mit einem Mal war er wesentlich zurückhaltender und betrachtete mich und meine gespreizten Beine erst eine Weile, bevor er mit seiner Zunge langsam über meinen Venushügel leckte. Er ging sehr behutsam vor, wurde jedoch durch mein Stöhnen immer selbstbewusster und fing an, seine Zunge erst um meine Muschi und dann darin kreisen zu lassen. Ich spürte, dass ich immer feuchter wurde und kurz vor einem Orgasmus stand.

Ich merkte, wie ich anfing zu zittern, wie alles um mich herum verschwand und ich in meine eigene Welt eintauchte. In diesem Moment war alles vollkommen in Ordnung und ich gab mich ihm völlig hin. Als ich nach einer gefühlten Ewigkeit wieder zur Besinnung kam und mein Körper sich wieder entspannte, nahm ich seinen Kopf in meine Hände und zog ihn wieder hoch. Fast schon routiniert legte er sich auf die Liege und brachte sich in Stellung.

Natürlich wollte er, dass ich mich revanchierte. Das war nur fair, vor allem, weil er sich sehr viel Mühe gegeben hatte. Leider fand ich den Gedanken nicht sehr geil, seinen Schwanz in den Mund zu nehmen, da er mich einfach nicht sonderlich anmachte. Aber ich wollte mich nicht so anstellen und wie eine Zicke dastehen, also zog ich ihm ein Kondom über den Schwanz und fing an, vorsichtig daran zu lecken.

Es war das erste Mal, dass ich einem Typen mit Kondom einen blies und es war widerlich. Es schmeckte nach Latex und die ganze Sache turnte mich so ab, dass ich nur hoffen konnte, dass er dabei nicht auch noch kommen wollte.

Ich schmiedete den Plan, ihn erst mal ein bisschen mit der Zunge zu verwöhnen und ihn dann heiß auf meine Muschi zu machen. Da konnte er bestimmt nicht widerstehen.

Konnte er offenbar doch, denn immer wenn ich den Kopf hob, war seine Hand schon in der Nähe, um ihn wieder runterzudrücken. Ich lutschte also weiter an seinem gut gebauten Penis und freute mich auf den Sex, der hoffentlich genauso gut werden würde. Ich wollte so gern seinen Schwanz in mir spüren, dass meine Muschi schon anfing, wie wild zu pochen. Ich hielt es einfach nicht mehr aus.

»Komm, fick mich auf dem Stuhl«, sagte ich und zog ihn von der Liege runter. Wir liefen zum Stuhl und ich setzte mich hinein. Aber die Sache war leider nicht so einfach wie gedacht. Die Höhe war noch nicht richtig eingestellt, und so mussten wir noch fast eine Minute damit zubringen, den Stuhl fickbereit zu machen. Als wir fertig waren, legte ich meine Füße in die dafür angebrachten Stützen, sodass sein Schwanz meine Muschi berührte und er problemlos in mich eindringen konnte. Jetzt war er nicht mehr so zimperlich, sondern legte gleich richtig los. Es fühlte sich gut an und der zweite Orgasmus des Abends stand kurz bevor.

Während er immer wieder fest und tief in mich reinstieß, streichelte er meine Brüste und meinen Bauch. Ich hatte das Gefühl, ihm völlig ausgeliefert und untergeben zu sein. Er hatte mich in seiner Gewalt und ich genoss es, mich einfach fallen und ficken zu lassen. Er zog mich näher an sich heran, stieß noch einmal richtig hart zu und hielt inne, dann fing er laut an zu stöhnen und ich spürte, wie er kam.

Mike ließ von mir ab und schmiss das Kondom in den dafür vorgesehenen Mülleimer.

»Ich brauch jetzt erst mal 'ne Kippe«, sagte er und wischte sich den Schweiß von der Stirn. Ich hatte gar nicht so richtig mitbekommen, wie sehr er sich abgerackert hatte.

»Du sprichst mir aus der Seele«, antwortete ich, stand auf und zog mir mein Höschen an. Ich lächelte, als er mir ganz gentlemanlike die Tür aufhielt. Doch das Lächeln verging mir. Im Nachbarzimmer saß ein Mann, und ich war mir ziemlich sicher, dass er Mike und mir beim Ficken zugehört hatte. Ich sah es an seinem Blick.

»Guten Tag«, sagte ich, vielleicht etwas zu förmlich.

»Na, lebt der Stuhl noch?«, fragte er mich und zwinkerte mir zu. Das war mir so peinlich, dass ich am liebsten im Erdboden versunken wäre. Ich hatte mich so gehen lassen und total vergessen, dass wir nicht allein in diesem Haus waren. Jetzt war ich vollkommen verwirrt und wusste nicht, was ich sagen sollte.

»Hättet ihr vielleicht Lust, später mit mir zusammen 'ne Runde zu vögeln?«, fragte er mich und Mike. Der Mann war bestimmt schon fast siebzig. Was mich noch mehr entsetzte, war der riesige Ständer, der sich unter seiner roten Dreieckshose abzeichnete.

Ich konnte förmlich spüren, wie die Übelkeit in mir hochstieg, und plötzlich wollte ich nur noch ganz schnell weg von hier.

»Tut mir leid, ich bin gerade völlig ausgepowert ... vielleicht später ... ich weiß nicht ... mal sehen ... ich muss jetzt runter«, stammelte ich und sah Mike Hilfe suchend an.

»Nein, danke, wir wollen heute lieber für uns sein«, antwortete Mike bestimmt. Das hätte ich ihm gar nicht zugetraut und ich war ihm zutiefst dankbar, dass er uns aus dieser unangenehmen Situation manövriert hatte.

Bevor wir wieder zurück in den Garten gingen, um eine zu rauchen, genehmigten wir uns noch eine kurze Dusche. Während mir das Wasser über den Körper lief, dachte ich darüber nach, wie sehr ich mich in den letzten Wochen und Monaten verändert hatte, und dass ich mir früher nie zugetraut hätte, in einen Klub wie diesen zu gehen. Leider war ich mir noch nicht im Klaren darüber, ob ich darauf stolz sein oder mich dafür schämen sollte. Nur eines war klar: Ich würde vorerst niemandem davon erzählen. Auch nicht Mira. Nachdem sie so krass auf unseren Fast-Dreier reagiert hatte, wusste ich nicht, wie sie ein Experiment wie dieses hier aufnehmen würde.

Als ich mir meine zweite Cola an der Bar holen wollte, kam ich mit dem Besitzer des Klubs ins Gespräch. Ich erzählte ihm, dass mir die Atmosphäre hier gefiel und dass ich die Leute sehr nett fand.

»Weißt du, ich liebe diesen Job«, schwärmte er. »Ich finde, es ist sehr gesund, seine Sexualität genau so auszuleben, wie man es möchte. Zum Glück sind meine Frau und ich uns darüber einig, dass man nicht alles von einem Menschen erwarten kann und dass es deshalb auch vollkommen in Ordnung ist, sich andere Möglichkeiten offenzuhalten.«

Es war interessant, ihm zuzuhören, und was er sagte, machte ja auch irgendwie Sinn. Aber wollte ich das auch? Eine offene Beziehung? Wollte ich jemand sein, der seinem Partner nicht genug war? Sollte man sich dann nicht eher fragen, warum man dem anderen nicht genügte?

Ich lief wieder in den Garten hinaus und traf leider auch wieder auf meinen alten Freund in der roten Dreieckshose. Um nicht mit ihm sprechen zu müssen, setzte ich mich neben einen anderen älteren Herrn, der gegenüber von Mike saß. Er lächelte mich an und streckte mir seine Hand entgegen.

»Hallo, schöne Frau. Ich bin Hugo«, sagte er und küsste dabei meinen Handrücken. »Du bist das erste Mal hier?« War das so offensichtlich, oder warum fragte mich das jeder?

»Ja, genau.«

»Wie alt bist du denn, Mädchen?«, wollte er wissen.

»Einundzwanzig«, antwortete ich mit Nachdruck, um ihm damit zu signalisieren, dass er nicht weiter zu baggern brauchte.

»Wow, du bist aber sexuell schon sehr offen für dein Alter. Ich habe eine Tochter, die fast so alt ist wie du«, erwiderte er und grinste.

Nicht dass es mich sonderlich überraschte, in einem Swingerklub Perverse wie Hugo zu treffen, aber in meiner Naivität hatte ich immer noch gehofft, dass bestimmte gesellschaftliche Normen auch an einem Ort wie diesem eingehalten würden. So konnte man sich täuschen.

Und als ob er meine Gedanken gelesen hätte, sagte er zu mir: »Ach, Mädchen, als ich so alt war wie du, fand ich Swingen auch noch aufregend. Mittlerweile schau ich Tierpornos, wenn ich einen richtigen Kick brauche.«

Er trank einen Schluck von seinem Bier und ich fragte mich, ob ich auch mal so enden würde, wenn ich mein Leben so weiterführte wie jetzt. War es das, worauf alles hinauslief? Man überschritt immer mehr Grenzen, bis das Einzige, was einen noch stimulieren konnte, Tierpornos waren?

Ich beschloss, dass ich das nicht zulassen und Gespräche wie diese nie mehr führen würde. Ich musste mein Leben wieder in den Griff kriegen. Das alles hier war eine wertvolle Erfahrung gewesen, die Spaß gemacht hatte, darum war es umso wichtiger, diesen Abend bald zu beenden, ehe die Stimmung kippte.

Nach etwa einer halben Stunde schien Mike wieder bereit zu sein. »Ich hab gesehen, dass sie dort hinten Zelte aufgebaut haben. Wie wär's?«

Ich folgte ihm ein paar Schritte hinters Haus und sah, dass dort jede Menge Zelte standen und Heuballen aufgetürmt waren. Das hatte definitiv etwas von Reiterferien – was der Sache ja auch ziemlich nahe kam. Wir suchten uns eines der Zelte aus und legten uns auf die Luftmatratze. Es war sehr heiß, und da Mike den Reißverschluss vom Zelt zugemacht hatte, staute sich die Luft und ich fing augenblicklich an zu schwitzen.

Ich zog mein Höschen wieder aus und schnappte mir ein Kondom. Ich schaffte es, es ihm schnell drüberzuziehen, schwang meine Beine um seine Hüften und führte seinen Penis in mich ein. Langsam bewegte ich mich vor und zurück, wobei ich immer mehr ins Schwitzen geriet und nach kurzer Zeit eine Pause einlegen musste, weil mein Kreislauf nicht mehr mitspielte.

Offenbar hatte Mike aber keine Lust zu warten. Er hob mich hoch, legte mich neben sich auf die Seite und drang von hinten in mich ein. Dann bumste er mich richtig durch.

»Ist anal auch okay?«, fragte er.

»Ja, klar, mach ruhig«, sagte ich. Ich war mir nicht sicher, ob das stimmte, aber ich hatte das Gefühl, es könnte mir gerade gefallen. Komischerweise funktionierte es ganz schnell und er fickte mich in den Arsch. Einen Orgasmus konnte ich heute nicht mehr bekommen, das war mir bald klar. Zu oft musste ich während des Sex daran denken, dass der alte Mann uns zugehört hatte, und ich hatte Angst, dass er jetzt direkt neben dem Zelt stand und sich einen runterholte.

Nachdem Mike abgespritzt hatte, wollte ich so schnell wie möglich aus dem Anti-Sauerstoffzelt raus. Ich zog mein Höschen an, riss den Reißverschluss auf und schnappte nach Luft. Natürlich hatten sich ein paar Leute um unser Zelt versammelt und ich wollte gar nicht wissen, wie viele von denen sich selber angefasst hatten, während sie Mike und mir beim Ficken zugehört hatten. Ich brauchte erst mal dringend was zu trinken.

An der Bar traf ich wieder auf Hugo, der die ganze Zeit nur auf mich gewartet zu haben schien. Er strahlte bis über beide Ohren, als er mich sah. Kaum stand ich neben ihm am Tresen, konnte er seine Hände nicht mehr bei sich behalten. Deshalb war ich die ganze Zeit nur damit beschäftigt, seine Finger von meinem Arsch und meinen Titten zu nehmen. Mike unterhielt sich derweil mit einer sexy Blondine.

Ich hatte bis zu diesem Augenblick gar nicht darüber nachgedacht, dass er ja theoretisch auch mit einer anderen schlafen könnte, und was sollte ich dagegen machen? Ich hoffte im Stillen, er würde es nicht tun.

»Ich würde dich sehr gerne mal streicheln. Es geht mir gar nicht um Sex, ich fände es nur schön, wenn du dich einfach hinlegen würdest und ich deinen Körper berühren könnte«, säuselte Hugo mir ins Ohr. Alleine bei dem Gedanken daran bekam ich Gänsehaut.

Aber er war so aufdringlich und ich wusste nicht so richtig, was ich tun sollte. »Heute Abend kann ich nicht mehr. Es ist mein erstes Mal hier und ich hatte schon Sex mit meinem Begleiter, das reicht mir fürs Erste«, erwiderte ich. Ich war ganz zufrieden mit dieser Antwort.

»Kann ich dann wenigstens deine Nummer haben?«, fragte Hugo flehend.

Ich weiß nicht, woran es lag, ob es die perverse Energie im Raum war oder dass Mike sich mit einer anderen unterhielt, jedenfalls war ich für eine Millisekunde davon überzeugt, es wäre gar keine schlechte Idee, mal mit Hugo essen zu gehen. Dass das sogar eine verdammt schlechte Idee gewesen war, wurde mir allerdings erst im Nachhinein bewusst.

Ich gab ihm also meine Nummer und sagte, ich müsse jetzt gehen. Ich lief hinüber zu Mike, woraufhin die Blondine sich mit einem Lächeln verabschiedete. »Können wir jetzt bitte gehen? Ich fühl mich hier nicht mehr sehr wohl. Tut mir leid«, sagte ich und sah ihn bittend an.

»Okay, kein Problem.« Ich war total erleichtert, dass er es mir nicht schwermachte.

Dann ging alles recht schnell. Wir bezahlten, zogen uns wieder an, verabschiedeten uns und ehe ich mich versah, zog ich die Haustür hinter mir zu und sog die frische Nachtluft ein.

Wie schon auf der Herfahrt redete Mike auch auf dem Weg zurück nicht viel, aber wir schienen uns zumindest einig darüber zu sein, dass uns der Abend sehr gut gefallen hatte.

Er fuhr mich zu dem Parkplatz, auf dem mein eigenes Auto stand, und versuchte, mich zum Abschied zu küssen. Ich hatte aber wirklich genug für diesen Abend und wies ihn zurück. »Vielen Dank für den schönen Abend«, sagte ich stattdessen. »Es war wirklich toll. Wir bleiben in Kontakt, ja?« Ohne eine Antwort abzuwarten, stieg ich aus dem Auto. Ich sah ihm hinterher, als er vom Parkplatz fuhr, dann fuhr ich los.

Zwei Minuten, nachdem ich wieder zu Hause angekommen war, bekam ich eine SMS von Hugo.

Hallo Maria! Wie sehr freue ich mich auf dich!!! In Gedanken an deine Schönheit werde ich mich anwichsen und von dir träumen … Schlafe gut, mein wahr gewordener Traum! Wir haben noch viel vor … Fühl dich ganz lieb gedrückt. Hugo

In dieser Nacht träumte ich, dass ich auf Knien vor ungefähr zehn alten nackten Männern herumkroch und sie mir nacheinander ins Gesicht wichsten. Dann kam Mike in den Raum und schickte die Männer weg, um mit mir ungestört zu sein. Er vögelte mich in jeder erdenklichen Position, sodass der Traum erst vorbei war, als der Morgen dämmerte.

*

Es war der absolute Horror, als mein Wecker am nächsten Tag um halb neun klingelte. Ich hätte ihn an die Wand schlagen können. Ich war erst um vier Uhr ins Bett gekommen und wäre bestimmt noch bis mindestens zwölf Uhr liegen geblieben, wäre heute nicht der Tag gewesen, an dem ich mit Chris nach Österreich fahren wollte. Ich quälte mich also aus dem Bett und bekam prompt eine SMS von Chris.

Na, bist du schon unterwegs?

Unterwegs ins Bad vielleicht, dachte ich bloß. Und selbst das war schon eine große Herausforderung.

Ich schrieb ihm, dass ich noch etwas Zeit bräuchte, um mich fertig zu machen, und tat, was ich konnte, um halbwegs akzeptabel auszusehen.

Nach einer Dusche und meiner Morgenzigarette ging es mir schon wieder besser. Mein Körper jedenfalls schien wieder zu funktionieren. Bis halb zwölf hatte ich es sogar geschafft, meine Sachen zusammenzupacken, sie ins Auto zu laden und mich auf den Weg zu machen.

»Ich hoffe, ihr nutzt den heißesten Tag des Jahres«, tönte es aus den Lautsprechern meines Autoradios.

Die Hitze war wirklich kaum auszuhalten. Der vorherige Abend hatte mir doch mehr zugesetzt, als ich gedacht hatte. Ich war immer noch ein bisschen durcheinander. Aber ich musste mich zusammenreißen, wenn ich vor Chris nicht total blöd dastehen wollte.

Leider hatte ich mich zwei Stunden später in den größten Stau eingefädelt, den ich je miterlebt hatte. Es ging nichts mehr voran, weil offenbar ein LKW umgekippt war.

»Ich hoffe, ihr nutzt den heißesten Tag des Jahres!«, verhöhnte mich der Radiomoderator schon wieder. Hatte der denn keinen anderen Spruch auf Lager?

»Ja, du mich auch!«, schimpfte ich. Während ich versuchte, mich wieder ein bisschen zu beruhigen, piepste mein Handy. Eine SMS von Chris. Bestimmt wollte er wissen, wann ich endlich kam.

Dass die Autobahn wegen eines Unfalls gesperrt ist, hast du aber schon gehört, oder?

Na vielen Dank! Wenn ich diese Information zwei Stunden früher bekommen hätte, hätte sie mir vielleicht sogar noch was genützt. So blieb mir keine andere Wahl, als bis zur nächsten Ausfahrt im Schneckentempo dahinzukriechen und danach auf der Landstraße weiterzuschleichen.

Als ich nach gefühlten zehn Stunden endlich an dem schönen Badesee in Österreich ankam, erwartete Chris mich bereits sehnsüchtig. Meine Nerven waren ziemlich angespannt, doch ich freute mich auf ein schönes Wochenende mit ihm, an dem wir uns ja vielleicht auch ein bisschen besser kennenlernen würden.

Chris stieg aus dem Wasser, ich ließ mich neben seinem Badetuch nieder und beobachtete, wie er nass und nur in Badeshorts auf mich zukam. Sofort hatte ich wieder gute Laune. Die letzten Sonnenstrahlen des Tages fielen auf die Wiese und ich rauchte die erste Zigarette seit Stunden. Dass Chris Nichtraucher war, störte mich in diesem Moment überhaupt nicht.

Die Atmosphäre zwischen uns war sehr angenehm und überhaupt nicht angespannt, wie ich zuerst befürchtet hatte. Chris schien in Urlaubsstimmung zu sein. Er schlug vor, noch etwas zu essen einzukaufen und danach erst mal die Ferienwohnung zu begutachten.

Beim Einkaufen stellten wir fest, dass wir gar nicht so wenig gemeinsam hatten, wie wir dachten. Wir teilten die Vorliebe für Süßes und waren uns auch bei allem anderen sehr schnell einig. So brauchten wir insgesamt nur eine halbe Stunde, bis wir an dem Haus meiner Großtante ankamen.

Es sah genau so aus, wie ich es aus meinen Kindertagen in Erinnerung hatte. Ich war früher öfter mit meinem Vater hier gewesen, vor allem um die Weihnachtszeit. Der einzige Unterschied zu früher war also, dass heute kein Schnee lag und ich im T-Shirt vorm Haus stand.

»Wie wär's, wenn wir heute Abend essen gehen und auf den Urlaub anstoßen?«, fragte ich und wurde mit Zustimmung für meine Idee belohnt.

Da das nächste Restaurant ganz in der Nähe war, entschieden wir, zu Fuß zu gehen. Nach zehn Minuten waren wir da und nahmen auf der Terrasse Platz. Die Kellnerin kam und brachte uns die Karte.

Der Abend hätte wirklich romantisch sein können, hätte ich nicht an Chris' Körperhaltung gemerkt, dass er sich plötzlich unwohl fühlte.

Vermutlich fragte er sich gerade, ob es eine gute Idee gewesen war, mit mir in den Urlaub zu fahren.

»Ich liebe dieses Restaurant. Mein Vater war früher oft mit uns hier, als wir noch kleiner waren«, erzählte ich ihm.

»Ja, es ist wirklich schön. Und ich bin sehr froh, dass du mit mir hier bist«, antwortete er. Wir sahen uns einen Moment lang in die Augen, bevor er wieder die Karte studierte.

Wir bestellten beide das Tagesgericht und zum Nachtisch eine Portion gemischtes Eis. Der Abend war perfekt und so langsam kam bei uns beiden die Lust auf einen anderen Nachtisch auf. Wieder im Ferienhaus angekommen, fielen wir sofort übereinander her.

»Dein Körper hat mir so gefehlt«, hauchte Chris mir ins Ohr. »Ich musste ständig an ihn denken.« Ich schmolz dahin und ließ meine Klamotten überall im Zimmer fallen, nur um mich ihm völlig hinzugeben.

Der Sex war an diesem Abend total intim und ich war überrascht darüber, wie sehr Chris mir das Gefühl gab, wichtig für ihn zu sein. Der Abend war vollkommen. Mehr hätte ich mir nicht wünschen können.

Nachdem wir es in vier verschiedenen Stellungen gemacht hatten, fielen wir erschöpft nebeneinander aufs Bett und gaben uns einen langen Gutenachtkuss.

*

Wir tranken Kakao und Orangensaft bei unserem zweiten und somit schon letzten gemeinsamen Frühstück. Es war ungefähr elf Uhr vormittags und nach zwei Nächten voller Sex und erholsamem Schlaf fühlte ich mich so ausgeglichen wie lange nicht mehr.

Chris und ich hatten gestern einen wunderschönen Abend verbracht. Wir hatten zusammen gekocht und uns danach gemeinsam den Sternenhimmel angesehen. Er hatte mir ein paar Sternbilder gezeigt, während mich viel mehr faszinierte, wie vertraut Chris und ich uns in dieser Nacht waren. Es kam mir so vor, als hätte er sich mir zum ersten Mal wirklich offenbart.

An diesem Morgen aber saßen wir uns wieder gegenüber wie zwei Fremde, deren Lebenswege sich nur zufällig gekreuzt hatten und die nun wieder auseinandergingen. Ohne viele Worte, ohne Versprechungen.

Es wäre nicht das erste Mal gewesen, dass ich jemandem nahe gekommen war, der sich dann einfach aus dem Staub machte. Das machte die Situation für mich aber auch nicht leichter. Im Gegenteil: Ich hatte das Gefühl, diese Abschiede wurden jedes Mal härter.

»Was hast du heute noch vor?«, wollte Chris wissen. Er blickte dabei nicht mal von seinem Marmeladenbrötchen auf.

»Keine Ahnung. Bei dem Wetter gibt's ja nicht so viele Möglichkeiten«, erwiderte ich und sah auf die regennasse Terrasse, die gestern noch in Sonnenlicht getaucht gewesen war.

»Wir können ja auch schon heute Mittag nach Hause fahren«, schlug er vor.

»Wenn du meinst.« Ich fischte mir noch einen Toast aus der Plastikverpackung und beschmierte ihn mit Butter und Erdbeermarmelade, obwohl ich die eigentlich gar nicht mochte.

Nach dem Frühstück räumten wir zusammen den Tisch ab, dann sah ich Chris beim Packen zu. Er machte das sehr gewissenhaft. Sorgfältig legte er seine T-Shirts zusammen und verstaute sie neben der akkurat gefalteten Jeans im Koffer. Plötzlich machte mir der Gedanke, dass ich bald alleine in diesem Haus sein würde, schreckliche Angst.

In den letzten drei Tagen hatte ich mich hier wohl und geborgen und an die frühen Tage meiner Kindheit erinnert gefühlt – an die schönen Tage – und keinen Gedanken an Abreise oder Abschied verschwendet.

Die Sitzbank in dem kleinen Erker, auf der ich gestern noch gesessen und gelesen hatte, machte mich plötzlich traurig. Wie schnell Idylle in Einsamkeit umschlagen kann, jagte mir einen Schauer über den Rücken.

»Brauchst du noch irgendwas, bevor ich fahre?«, fragte Chris. Dass du hier bleibst und wir für immer die Idylle genießen können, ohne jemals wieder einsam sein zu müssen, dachte ich bei mir.

»Nein, passt schon«, sagte ich stattdessen. »Ich werde dann auch bald aufbrechen.« Um nichts auf der Welt wollte ich noch länger alleine in diesem Haus bleiben, zwischen den ganzen ausgestopften Tierköpfen. Die Hirsche hatte der Mann meiner Tante selber geschossen.

Tagsüber waren es einfach nur Tierköpfe, nachts verwandelten sich die toten Hirsche an der Wand in gruselige Kreaturen, die einen aus leblosen schwarzen Augen anstarrten. Schon als kleines Mädchen hatte ich mich vor den Hirschen gefürchtet, sobald es dunkel wurde. Und auch jetzt sehnte ich mich nach einem Ort, an dem es keine toten Tiere gab.

»Kommst du noch mit zum Auto?«, riss Chris mich aus den Gedanken.

»Was? Ähm … ach so, ja klar!«, stotterte ich und nahm ihm seinen Rucksack ab. Langsam gingen wir zum Parkplatz, der auf einer kleinen Anhöhe neben dem Haus lag.

»Es waren wirklich schöne Tage, Maria«, sagte Chris. Ich versuchte in seinem Blick etwas zu entdecken, das nach Verbindlichkeit aussah oder zumindest darauf schließen ließ, dass wir uns bald wiedersehen würden, aber Chris blieb förmlich und legte etwas ungeschickt seinen Arm um mich, um sich zu verabschieden.

»Wir sehen uns in Köln?«, fragte ich etwas verunsichert.

»Klar!«, rief Chris strahlend. Dann ließ er sich auf den Fahrersitz fallen, knallte die Autotür zu und fuhr weg.

Um nicht weiter darüber nachdenken zu müssen, fing ich an, meine Sachen in die Tasche zu stopfen. Es war mir egal, ob meine Klamotten dabei zerknautschten. Ich wollte einfach nur schnell fertig werden.

Bereits eine Viertelstunde später saß ich abfahrbereit im Auto und startete den Motor. Mit der Hoffnung auf freie Straßen und der Angst, was mich in meiner kleinen Einzimmerkellerwohnung erwartete, fuhr ich los.

*

Als ich zu Hause ankam, checkte ich zuerst meine E-Mails. Ich hatte auch eine Mail von Mike. Wir hatten seit dem Abend im Swingerklub keinen Kontakt mehr gehabt und ich hätte es auch dabei belassen wollen. Etwas nervös öffnete ich seine Nachricht.

Liebe Maria,
ich fand den Abend mit dir wunderschön und es hat mir richtig Spaß gemacht. Ich finde es toll, dass wir beide auf einer Wellenlänge

sind, und ich könnte mir vorstellen, mich öfter mit dir zu treffen. Deshalb wollte ich dich fragen, ob du Lust hättest, mit mir so eine Art Sexbeziehung aufzubauen. Natürlich wäre es eine rein körperliche Beziehung, denn wie du weißt, habe ich eine Freundin, die ich auch behalten möchte.
Du kannst es dir ja mal durch den Kopf gehen lassen und mir dann deine Meinung dazu schreiben.
Mike

Ich beschloss, ein Exempel an ihm zu statuieren und es bei meiner Antwort mal mit der Wahrheit zu versuchen.

Lieber Mike,
es tut mir leid, dir das schreiben zu müssen, aber ich muss dein Angebot ablehnen. Es liegt nicht an dir, der Abend im L'amour hat mir auch richtig viel Spaß gemacht. Es ist nur so, dass ich gerade erst eine Sexbeziehung beendet und eine zweite am Laufen habe. Was die aktuelle Geschichte betrifft, befinde ich mich im Moment gefühlsmäßig in einer ziemlich unangenehmen Grauzone. Das würde ich gern erst mal in den Griff bekommen.
Ich wünsche dir alles Gute und vor allem: viel guten Sex!
Maria

*

Ich war gerade volljährig geworden und wollte alle Freiheiten genießen, die das Erwachsenendasein so mit sich brachte. Legal harten Alkohol trinken, rauchen und so lange wegbleiben, wie ich wollte. Letzteres eröffnete mir ungeahnte Möglichkeiten, da ich dadurch auch wesentlich ältere Typen kennenlernte. Einer von ihnen war Phil. Er war einer dieser klassischen Schönlinge: schwarze Lockenmähne, unwiderstehliche grüne Augen. Schon ein Blick von ihm genügte und ich schmolz dahin. Er war um einiges größer als ich, was mir an sich schon Respekt einflößte, und dazu war er auch noch richtig muskulös. Genau so hatte ich mir damals meinen absoluten Traummann vorgestellt.

Wir lernten uns in einem Klub an der Bar kennen. Ich bestellte mir meine dritte Bacardi-Cola und schüttete ihm die Hälfte davon über sein T-Shirt.

»Hey, pass doch auf!«, schrie er mich an.

»Oh Gott, es tut mir so leid! Warte, ich hol dir 'ne Serviette«, versuchte ich, ihn zu besänftigten, und half ihm, sein Shirt zu trocknen.

»Sag mal, bist du nicht das Mädchen, das hier letztes Wochenende so aufreizend getanzt hat? Du bist mir schon öfter aufgefallen.« Mit diesem Satz kamen wir nach dem holprigen Anfang ins Gespräch und ich erfuhr, dass Phil momentan keinen Job hatte, aber wahnsinnig motiviert war, einen zu finden. Zum Glück war ich zu berauscht von seiner Optik, sonst hätte ich die Sache vermutlich schon in diesem Moment abbrechen müssen.

Eine gute Stunde später knutschten wir im Gang vor den Toiletten wild herum. Ich fand ihn so heiß, dass ich ihn fragte, ob ich mit zu ihm kommen könnte. Allein die Vorstellung, mit ihm Sex zu haben, machte mich total an.

»Wow, also du fackelst ja echt nicht lange«, freute er sich und küsste als Antwort zärtlich meinen Hals. Dann ging alles ganz schnell: Er nahm meine Hand, wir gingen zu seinem Auto und fuhren los.

Wir waren gerade zur Tür reingekommen, da knöpfte er mir schon die Jeans auf und zog sie mir samt Höschen herunter. Dann gingen wir ins Schlafzimmer und zogen unsere restlichen Klamotten aus. Er fragte gar nicht erst, was ich wollte, sondern nahm es sich einfach, wie es sich in meinen Augen für einen richtigen Mann gehörte.

Er fing an, mit drei oder vier Fingern meine Muschi zu massieren, und dehnte sie dabei ein wenig auseinander. Da ich schon mehr als feucht war, fiel es ihm nicht schwer, seine Finger in mich hineingleiten zu lassen und meinen Mösensaft dazu zu benutzen, mein Arschloch einzureiben, um seinen Daumen einzuführen.

Ich stöhnte auf, was Phil ganz wild zu machen schien, denn er beugte sich gierig herunter und fing an, mich zu lecken. Ich ließ mich eine Weile von seiner Zunge verwöhnen, bis ich das Gefühl hatte, mich revanchieren zu müssen. Also setzte ich mich mit gespreizten Beinen auf ihn und bewegte mich langsam nach vorne. Er packte mich am Arsch und unterstützte mich in meinen Bewegungen. In seinen Armen fühlte ich mich nur noch wie eine Muschi, wie ein feuchtes Loch, das er benutzte, um sich zu befriedigen.

Als hätte er meine Gedanken gelesen, packte er mich und warf mich auf den Rücken. Ich spreizte meine Schenkel, damit er meine Muschi gut sehen konnte. Unter seinen gierigen Blicken fing sie an zu pochen und wurde heiß. Dann nahm er meine Beine und legte sie sich auf die Schultern. Er fickte mich hart und schnell und tief und ich kam so intensiv wie noch nie zuvor in meinem bisherigen Sexleben. An Phils Stöhnen erkannte ich, dass er auch bald so weit war, doch als sein Schwanz anfing zu zucken, zog er ihn raus und spritzte zwischen meinen Beinen hindurch direkt in mein Gesicht. Ich leckte mir seinen Saft von der Wange und vom Kinn.

Dann kuschelten wir uns beide unter die Decke und schliefen bald ein. Für mich war es der perfekte Abend gewesen.

Am nächsten Morgen erwachte ich mit einem leichten Kater, aber ich fühlte mich dennoch unglaublich erholt und befriedigt. Wir verabschiedeten uns schnell voneinander und wussten beide, dass kein Paar aus uns werden würde.

Doch der Sex wollte mir einfach nicht mehr aus dem Kopf gehen. Deshalb verabredete ich mich wieder mit ihm und irgendwann trafen wir uns einmal die Woche. Mal bei ihm und mal bei mir, wenn mein Vater nicht da war. Er war der erste Mann, der mich in den Arsch ficken durfte und der es schaffte, mir die ganze Hand in die Muschi zu stecken, weil nur er mich so feucht werden ließ.

Eines Tages jedoch sah ich Phil in der Stadt mit einer anderen. Die beiden hielten Händchen und turtelten und knutschten wie zwei frisch Verliebte. Mir wurde schlecht bei dem Anblick und all meine schönen Illusionen zerplatzten wie eine Seifenblase. Ich stand wie angewurzelt da und konnte nicht glauben, dass er mich fickte, obwohl er in ein anderes Mädchen verknallt war.

Die ganze Zeit über hatte ich mir eingeredet, dass ich unabhängig war und kein Problem damit hatte, mit einem Typen zu vögeln, der nicht mein Freund war. Dass er jedoch der Freund einer anderen war, damit konnte ich nicht umgehen. Ich war nur die Tussi, mit der er seine Freundin betrog. Und vielleicht war ich ja noch nicht mal die einzige gewesen.

Ich hätte es ahnen müssen: Sex ohne Bindung war verführerisch süß, aufregend und leicht, bis einem wieder einfiel, dass man sich eigentlich nichts sehnlicher wünschte, als sich zu binden.

August

Filmreife Abfuhr

Ich hatte eine Kamera vor dem Bett aufgestellt und klickte auf *Start*.

»Das ist jetzt nur für dich, Chris!«, eröffnete ich meine erste pornografische Darbietung.

Fast schüchtern streifte ich mir den seidenen Morgenmantel, den ich mir extra für dieses Event besorgt hatte, von den Schultern, und er fiel lautlos zu Boden. Ich trug nichts darunter. Dann setzte ich mich auf die Bettkante und legte mich mit langsamen, geschmeidigen Bewegungen auf den Rücken.

Aus meiner Nachttischschublade angelte ich mir meinen alten rosafarbenen Freund, der mir schon in so mancher einsamen Stunde Trost gespendet hatte.

Ich lutschte an der Spitze des Vibrators, um ihn anzufeuchten und für mehr bereit zu machen. Mit der freien Hand streichelte ich mir über die Brüste und kreiste vorsichtig mit den Fingerspitzen über meine steifen Nippel. Dabei lutschte ich weiter genüsslich an dem Plastikding, als wäre es ein echter Schwanz.

Dass die Kamera das alles festhielt, hatte ich zu diesem Zeitpunkt schon fast wieder vergessen.

Die Vorstellung, dass Chris das Ganze mit seinem Schwanz in der Hand beobachten würde, steigerte meine Geilheit ins Unermessliche und ich war hoch motiviert, Chris richtig was zu bieten. Ich stellte mir vor, wie er sich danach sehnte, meinen Körper mit seinen eigenen Händen zu berühren, und wie er mir alles geben würde, was ich nun mir selber gab, wenn wir uns wiedersahen.

Ich hatte die Kamera so in Position gebracht, dass Chris einen perfekten Blick auf meinen Körper – und meine frisch rasierte Muschi – hatte. Nur noch ein schmaler Streifen dunkelbrauner Locken bedeckte meinen Venushügel. Sven hatte diese Härchen immer Pornostreifen genannt.

Ich fuhr mir mit dem Vibrator sanft über meine Schamlippen, bevor ich sie zart auseinanderdrückte, um ihn hineingleiten zu lassen. Ich stellte mir vor, dass Chris sich auf mir rieb, als ich härter zustieß.

Ich zog den Vibrator wieder heraus und strich das mit meinem Saft überzogene vibrierende Spielzeug über meinen Bauch, sodass der Saft nun an mir klebte. Ich überlegte einen Moment lang, wie es weitergehen könnte, folgte meiner Intuition und legte mich auf den Bauch. Ich schob mir ein Kissen unter, damit ich etwas höher lag und Chris alles von mir sehen konnte.

Ich zog meine Pobacken auseinander und umkreiste mit den Fingerspitzen meinen Anus. Ich ahnte allerdings schon, dass mein Plan ohne Hilfsmittel nicht funktionieren würde, darum griff ich erneut in die Schublade, zog eine Tube Gleitgel heraus und rieb meinen Hintern ein.

Wie erhofft flutschte der Vibrator in mich hinein und bewegte sich von alleine hin und her. Dann holte ich meinen Dildo hervor, um meine Muschi damit zu verwöhnen.

Es war nicht gerade einfach, den Rhythmus zu halten und beide Spielzeuge gleichzeitig zu benutzen, aber es lohnte sich. Ich war so geil, dass ich schon ins Schwitzen kam.

Nachdem ich heftig gekommen war und dies auch deutlich stöhnend zum Ausdruck gebracht hatte, ließ ich beide Freunde wieder in der Schublade verschwinden und stand vom Bett auf. Ich schlüpfte wieder in meinen Morgenmantel und schaltete die Kamera aus. Die Sache hatte besser funktioniert, als ich mir zugetraut hätte, und als ich mir das Resultat später auf dem Computer anschaute, konnte ich mir ein stolzes Lächeln nicht verkneifen. Das würde Chris auf jeden Fall gefallen!

*

Als ich Mira davon erzählte, dass Chris und ich immer öfter und immer härteren Sex hatten, behauptete sie, ich sei lernresistent. Ihrer Meinung nach verhielt ich mich Chris gegenüber genauso wie vor ein paar Wochen noch gegenüber Sven. Ich fand, sie übertrieb. Chris war ganz und gar nicht wie Sven und er behandelte mich auch nicht so. Ja, wahrscheinlich hatte ich in unseren Urlaub mehr hineininterpretiert als er, aber das hieß noch gar nichts. Man musste der Sache doch wenigstens mal eine faire Chance geben. Außerdem würde es diesmal mit Sicherheit anders laufen.

Wie so oft lag ich neben Chris im Bett. Wir hatten guten Sex gehabt, aber wie immer schwiegen wir uns danach an.

Wenn ich die Sache nicht endlich mal vorantrieb, machten wir wahrscheinlich ewig so weiter. Oder bis einer von uns jemand anders kennenlernte? Nein, das durfte ich nicht riskieren.

»Ich würde dir gerne eine Geschichte erzählen«, sagte ich.

»Okay. Und um was geht es?« Er schaute mich erwartungsvoll an.

»Na ja, also es geht um ein Mädchen und einen Jungen, die sich schon lange kennen und sich auch immer wieder verabredet haben, um miteinander zu spielen.«

Chris lächelte wissend. Nachdem ich ihn ermahnend angesehen hatte, wurde er wieder ernst.

»Sorry, erzähl weiter!«

»Also, eines Tages fuhren das Mädchen und der Junge gemeinsam in den Urlaub und verbrachten eine schöne Zeit zusammen. Das Mädchen stellte fest, dass es den Jungen mehr mochte, als es am Anfang geglaubt hatte, doch der Junge war sehr verhalten und behielt seine Gefühle immer für sich. Deshalb wusste das Mädchen nicht, ob der Junge sie auch mochte.«

Chris' Miene verriet nicht, was er gerade dachte. Ich wartete einen Moment ab, doch Chris drehte sich nur auf den Rücken und starrte an die Decke.

»Was ist denn los?«, fragte ich, nachdem wir uns eine Weile angeschwiegen hatten.

»Nichts. Das kam nur ein bisschen plötzlich«, sagte er.

»Was meinst du?«, fragte ich.

»Na ja, ich wusste nicht, dass du so für mich empfindest.«

»Was meinst du mit ›empfinden‹? Ich mag dich halt. Was ist denn groß dabei?« Langsam wurde ich sauer. Konnte er sich denn nicht mal eine Sekunde darüber freuen, dass ich ihm was Nettes gesagt hatte?

»Als Freund und nicht mehr?«, fragte er.

»Ja«, antwortete ich kleinlaut.

»Na gut, dann glaub ich dir das jetzt einfach mal.« Er legte seinen Arm um mich und zog mich an seine Schulter. Ich wurde einfach nicht schlau aus dem Kerl!

Seine Reaktion hatte mich dennoch gekränkt. Ich wartete ab, bis er eingeschlafen war, schlich aus dem Bett, zog mich an, packte meine Sachen und ging.

*

Als Chris mich ein paar Tage später fragte, ob ich mit ihm ins Kino gehen wolle, traute ich meinen Ohren kaum. Und ob ich wollte! Schließlich träumte ich inzwischen fast jede Nacht davon, mal was mit ihm zu unternehmen, das nichts mit Sex zu tun hatte.

»Interpretiere aber bitte nicht schon wieder zu viel in die Sache hinein. Ich will nicht, dass er dich enttäuscht«, warnte mich Mira am Telefon.

Natürlich hatte sie recht. Aber sie hatte ja auch leicht reden. Mira hatte keine Gefühle für Chris, und sie sehnte sich auch nicht so sehr danach wie ich, jemanden zu haben, der sie liebte.

»Hast du dich mal gefragt, warum er jetzt auf einmal mit dir ins Kino will?«, gab Mira zu bedenken. Diese Frage hatte ich mir auch schon gestellt, aber eine Antwort darauf wusste ich nicht. Außerdem zählte für mich im Moment in erster Linie nicht warum, sondern dass er mich einlud. Unser Date gab mir die Chance, ihm zu zeigen, dass ich ihm nicht nur sexuell gefallen konnte, sondern auch als Mensch interessant war.

Da Chris mich gebeten hatte, die vorbestellten Kinokarten abzuholen, stand ich schon eine halbe Stunde vor Filmbeginn am Kino und wartete ungeduldig auf Chris. Der ließ sich viel Zeit.

Mit jeder Minute, die verstrich, wurde ich nervöser. Die Karten hatten mich fast zwanzig Euro gekostet, in Anbetracht meines kleinen Budgets eine ganze Menge Geld. Aber der Abend mit Chris war es mir wert.

Der Film hatte längst begonnen und Chris war immer noch nicht da. Ich bekam Panik, dass er es sich anders überlegt haben könnte. Doch als ich mich schon fast damit abgefunden hatte, dass Chris nicht mehr kommen würde, tauchte er plötzlich auf. Er lächelte mich an und all der Ärger war vergessen.

Da wir aber mittlerweile schon so spät dran waren, blieb uns keine Zeit für ausgedehntere Begrüßungsrituale. Darum musste ich mich mit einem kurzen »Hallo« begnügen. So hatte ich mir das alles irgendwie nicht vorgestellt, und etwas enttäuscht trottete ich ihm hinterher in den Kinosaal.

Wir suchten unsere Plätze und fanden sie, genau wie jede Menge Popcornreste und benutzte Papierservietten, die die Leute vor uns liegen gelassen hatten. Es war wirklich ekelhaft. Offenbar weigerte sich dieser Abend vehement, besser zu werden.

»Das kann ja wohl nicht wahr sein. Warte hier, ich hol das Reinigungspersonal«, sagte Chris und verließ den Saal. Ich stand etwas hilflos im Gang zwischen den Sitzreihen und wurde von den anderen Kinobesuchern angestarrt. Als Chris nach fünf Minuten endlich wiederkam und unsere Plätze gereinigt waren, nahmen wir Platz und ich atmete tief durch.

Nur nicht die Nerven verlieren, dachte ich mir, und irgendwann gelang es mir tatsächlich, mich zu entspannen. Zum Glück hatten wir uns für eine Komödie entschieden.

»Und, hat dir der Film gefallen?«, fragte Chris mich nach der Vorstellung.

»Ja, war echt lustig«, erwiderte ich fröhlich. »Sag mal, hättest du noch Lust, 'ne Kleinigkeit essen zu gehen?«, fragte ich schüchtern.

»Ähm, ja, können wir schon machen. Aber vielleicht holen wir uns nur schnell was beim Imbiss und setzen uns irgendwo auf 'ne Bank? Ist doch noch so schön warm draußen.«

Diese Idee gefiel mir total gut und ich strahlte Chris an.

Wir entschieden uns für ein Schnitzelbrötchen mit Zwiebeln und viel Ketchup. Nicht gerade romantisch, aber mit Chris an meiner Seite machte mich auch ein Schnitzelbrötchen glücklich. Als wir an der Theke standen und auf unser Essen warteten, klingelte Chris' Handy.

»Ja, hallo?«, meldete er sich. »Maria, sorry ich komm sofort wieder. Das ist wichtig«, erklärte er mir und schon war er verschwunden.

»Das macht dann sechs Euro«, sagte der Verkäufer. Ich schaute zu Chris, der vor dem Laden stand und wild gestikulierend telefonierte. Schien so, als würde ich für das Essen auch bezahlen müssen. Ich legte das Geld auf den Tresen, nahm unser Essen entgegen und ging raus zu Chris.

»Danke, das ist lieb von dir«, sagte er, griff nach seinem Brötchen und biss herzhaft hinein.

»Ja, bitte«, erwiderte ich leicht genervt. Irgendwie war heute Abend echt der Wurm drin.

Oder war es übertrieben von mir, dass ich mich wegen ein paar Euro für Kinokarten und Schnitzelbrötchen ärgerte? Wäre ich nicht so feige gewesen, hätte ich Chris einfach gefragt, was los ist, aber ich hatte zu viel Angst vor seiner Antwort und den Konsequenzen.

Der Rest des Abends verlief relativ unspektakulär. Wir saßen auf einer Bank, beobachteten die Passanten und quatschten über alles, was nicht mit Beziehungen zu tun hatte. Danach begleitete mich Chris noch zu meinem Auto.

»Darf ich noch mit zu dir kommen?«, flüsterte er in mein Ohr.

»Ja, das wäre schön«, antwortete ich und plötzlich war da wieder ein Fünkchen Hoffnung, dass aus Chris und mir vielleicht doch noch ein richtiges Paar werden würde.

Der Sex mit Chris fühlte sich vollkommen anders an als sonst. Ich hatte ihn noch nie so zärtlich erlebt. Ich kostete jeden Moment aus und gab mich ihm ganz hin. Danach kuschelte er sich unter meine Decke, als wäre das das Selbstverständlichste der Welt, und gab mir einen Gutenachtkuss.

»Du hast noch nie bei mir geschlafen. Wieso ausgerechnet heute?«, wollte ich von ihm wissen.

»Mein Mietvertrag im Wohnheim ist seit gestern abgelaufen, deshalb wohne ich jetzt vorübergehend bei einem Kumpel. Aber der hat nur so 'ne alte Matratze, deshalb würde ich gerne hier bleiben.« Er wollte bei mir schlafen, weil er keinen Bock auf eine alte Matratze hatte? Ich spürte einen Stich in meinem Herzen. Dann kam die Wut. Seine Ehrlichkeit in allen Ehren, aber in diesem Moment wäre es mir lieber gewesen, er hätte mich angelogen – oder wäre einfach gegangen.

Doch statt ihm genau das zu sagen, schluckte ich meinen Ärger herunter und drehte mich weg.

Der Abend war ein einziger Reinfall gewesen. Erst musste ich fürs Kino bezahlen, weil der Herr zu spät gekommen war, danach ließ er mich auch noch sein Essen finanzieren, weil er ein ganz wichtiges Telefonat führen musste, und jetzt sollte ich ihm auch noch Asyl gewähren, weil meine Matratze so schön weich war.

Meine Gefühle fuhren Achterbahn, und als ich nach einem unruhigen Schlaf mitten in der Nacht wach wurde, lag Chris weit, weit weg von mir, am anderen Ende des Bettes, wo er wahrscheinlich auch hingehörte.

*

Knapp eine Woche nach dem gemeinsamen Kinoabend mit Chris saß ich mal wieder allein in meiner Wohnung, die mir plötzlich nur noch leer und trostlos vorkam, seit Sven und nun auch Steffi ausgezogen waren. Ich saß auf dem Rand meines Bettes und starrte auf das Display meines Handys. Chris hatte mir eine Nachricht geschrieben.

Hey, wann sehen wir uns mal wieder? Hoffe, du bist nicht böse, weil ich mir mit uns noch unsicher bin. Bin wirklich gern mit dir zusammen, aber ich weiß einfach nicht, ob ich mehr will.

Der Fernseher dröhnte. Es lief irgendeine Sitcom und das Geklatsche und Gelächter kam mir in Anbetracht meiner eigenen Gefühlslage völlig unangebracht vor.

Das war wieder so ein Moment, in dem ich mein Leben komplett infrage stellte. Zum Beispiel fragte ich mich, wie ich es ausgehalten hatte, über ein halbes Jahr lang in einer dunklen Kellerwohnung zu leben, ohne depressiv zu werden.

Aber genau genommen stimmte das ja gar nicht. Ich war oft total deprimiert, was sicher hauptsächlich an meinem verkorksten Liebesleben lag, aber bestimmt auch an mangelndem Tageslicht.

Ich lief mit dem Handy in der Hand ins Badezimmer und betrachtete mich im Spiegel. Eigentlich mochte ich mich und mein Aussehen. Doch in Zeiten wie diesen, in denen mein Selbstbewusstsein ausschließlich von einem Mann abzuhängen schien, kam ich mir unbedeutend und unscheinbar vor. Mein Spiegelbild machte mich richtig traurig.

Es war fast schon ironisch, dass ich mir immer fremder wurde, je öfter ich alleine war, und wie viel lebendiger ich mich fühlte, sobald ich einen Mann an meiner Seite hatte. Echt traurig und erbärmlich, dachte ich.

Nachdem ich das erste Mal gemerkt hatte, dass Chris nicht dieselben Gefühle für mich hatte wie ich für ihn, war ich wütend gewesen und hatte ihn mehr als einmal verflucht. Später wurde die Wut zu Traurigkeit und die Traurigkeit zu Lethargie. Ich verließ das Haus nur noch im absoluten Notfall, zum Beispiel zum Zigarettenholen.

Die Phase, in die ich jetzt kam, war aber die schlimmste und unberechenbarste von allen: die Angst. Die Angst vorm Alleinsein. Die Angst davor, mich selbst zu verlieren, wenn niemand da war, der mir zeigte, wie ich bin. Und vor allem die Angst, niemandem mehr etwas zu bedeuten, nicht einmal mir selbst.

Ich gelangte zu der Erkenntnis, dass ich mich zu einem Menschen entwickelt hatte, der ich nie sein wollte. Abhängig, ängstlich und depressiv. Es war erschreckend, wie zielstrebig man in Verhaltensmuster verfiel, die man früher immer energisch abgelehnt hatte, vor allem an anderen.

Unsicherheit und Einsamkeit waren mir mittlerweile schon sehr vertraut; was sich jedoch völlig unerwartet eingeschlichen hatte, war eine gewisse Zuversicht, dass ich es trotzdem schaffen würde. Dieser Optimismus war wie ein Fremdkörper in mir. Ich misstraute ihm, wie man jemandem misstraute, den man nicht kannte. Aber allmählich lernte ich, diese neue Seite an mir zu akzeptieren. Sie gefiel mir sogar. Ich schaffte es, meinem Spiegelbild ein Lächeln abzuringen. Ich verstaute mein Handy in meiner Nachttischschublade, wo es mir am wenigsten schaden konnte, und verbrachte den Rest des Abends damit, Soaps im Fernsehen anzuschauen. Sie hatten etwas Beruhigendes.

»Ich muss nicht immer alles mit mir machen lassen«, sagte ich laut und war selbst überrascht von der Festigkeit in meiner Stimme und wie überzeugend dieser Satz geklungen hatte. »Ich muss selbstständiger werden«, fügte ich noch hinzu und schmiegte mich, zufrieden mit mir selbst, in meinen Sessel.

*

Als ich in den Keller des Wohnheims kam, schlug mir viel zu laute Musik entgegen. Es waren schon jede Menge Leute da, viel zu viele für diesen kleinen Raum. Man musste sich aneinander vorbeiquetschen, wenn man zur Bar wollte, und verschüttete auf dem Rückweg die Hälfte seines Getränks.

Auch ich hatte mich endlich bis zur Bar vorgearbeitet, um mir was zu trinken zu holen. Heute Abend wollte ich bei alkoholfreien Getränken bleiben.

Bisher hatte ich weit und breit noch niemanden entdeckt, den ich kannte. Mein Schädel brummte von den Bässen, die aus den Lautsprecherboxen dröhnten, und so ging ich nach oben, um mir ein bisschen frische Luft zu gönnen und die dazu passende Zigarette. Ich quetschte mich wieder durch die Menge und zuckte bei jedem Gesicht zusammen, das mich auch nur im Entferntesten an Chris erinnerte.

Auf der Terrasse stellte ich mich ein bisschen abseits, um meinen Gedanken in Ruhe nachhängen zu können. Doch gerade als ich mir meine Zigarette angesteckt hatte, passierte es. Ein riesiger Becher voller Bier kam direkt auf mich zugeflogen. Ich konnte nicht rechtzeitig ausweichen, sodass die Hälfte des Becherinhalts auf meiner Jacke landete.

»Oh scheiße! Das tut mir ja so leid! Ich hab nicht aufgepasst und muss dann wohl irgendwie gestolpert sein«, erklärte mir der Besitzer des Biers. Er trug eine für diese Party viel zu schicke Lederjacke, die aber gut zu seinem Dreitagebart passte. Er war nicht viel größer als ich, wirkte aber dennoch unheimlich männlich.

»Schon okay, das passt ja mal wieder«, sagte ich frustriert.

»Wie meinst du das? Blöden Tag gehabt?«, fragte er ernsthaft interessiert. Ich schaute ihn mir noch mal genauer an und stellte fest, dass er eigentlich ganz süß aussah. Seine großen braunen Augen blickten mich fragend an, während ich versuchte, meine Jacke zu retten.

»Na ja, wohl eher 'ne blöde Woche«, erwiderte ich.

»Ich hab ein Zimmer hier im Wohnheim. Wir könnten ja kurz in die Gemeinschaftsküche auf meinem Gang gehen. Da kannst du das Bier mit Wasser abspülen.«

»Ja, das wäre nett. Danke«, sagte ich. Zum Glück hatte ich heute nicht meine teure Fleecejacke angezogen.

Ich folgte ihm die Treppe hinauf in den zweiten Stock, wo wir in einen langen dunklen Gang einbogen.

»Wie heißt du überhaupt?«, wollte meine neue Bekanntschaft wissen.

»Maria.« Ich streckte ihm übertrieben höflich meine Hand entgegen. Er lächelte positiv überrascht.

»Hi, Maria. Ich bin Stefan.« Er drückte meine Hand genau eine Sekunde länger als nötig, doch diese Sekunde reichte schon, um eine gewisse Spannung zu erzeugen. Er führte mich in eine provisorisch eingerichtete, aus verschiedenen Schränken zusammengewürfelte, aber dennoch sehr ordentliche und gemütliche Wohnküche.

»So, da wären wir. Hier findest du hoffentlich alles, was du brauchst«, sagte er. Das hoffte ich auch. In vielerlei Hinsicht.

Ich zog meine Jacke aus, um sie mit einem Schwamm abzutupfen, damit sie morgen nicht nach abgestandenem Bier stank. Ich bereute, dass ich mich heute für das neue trägerlose Top entschieden hatte, in dem ich nun in der unbeheizten Küche stand. Stefan ließ mich keine Sekunde aus den Augen, das spürte ich.

»So, ich glaube, das müsste reichen«, sagte ich nach einer Weile.

»Nochmals Entschuldigung. Normalerweise bin ich nicht so ungeschickt. Aber irgendwas hat mich wohl abgelenkt«, sagte er. Er lächelte mich an und ich fand ihn wieder sehr süß. Ich überlegte, ob er es war, den ich an diesem Abend noch brauchte.

»Ist dir kalt?«, fragte er und zeigte auf meine nackten Schultern.

»Ein wenig, ja«, sagte ich und rubbelte mir die Arme, um meine Aussage zu bekräftigen.

»Komm her, du kannst meinen Pullover haben.« Ich setzte mich neben ihn auf die Couch und er legte mir liebevoll sein Sweatshirt über die Schultern. Ich schlang es dankbar um meinen Körper. Dann legte er plötzlich seinen Arm um mich und strich mir sanft eine Haarsträhne aus dem Gesicht. Ich schloss genießerisch die Augen. Als ich seine Finger auf meiner Wange spürte, hatte ich beinahe das Gefühl, es wäre Chris, der mich so zärtlich berührte.

Er drehte meinen Kopf zu sich und plötzlich spürte ich seinen Atem auf meinen Lippen. Dann gab er mir einen Kuss.

Als ich die Augen öffnete, sah ich auf einmal Svens Gesicht vor mir. Er lächelte mich wissend an, fast schadenfroh. So als ob er genau gewusst hatte, dass ich mich wieder mit einem neuen Typen trösten würde.

»Ist alles in Ordnung?«, fragte Stefan.

»Ja … ja, entschuldige. Ich war nur gerade etwas durcheinander. Aber jetzt geht es wieder«, versicherte ich ihm.

Unsere Lippen berührten sich aufs Neue, er umfasste schüchtern meine Taille und in diesem Moment kam die Erinnerung an die erste Nacht mit Basti wieder hoch. Ich musste daran denken, wie er mich unsicher berührt hatte und wie unangenehm diese Nacht für mich gewesen war. Was war nur los mit mir? Mir war schwindlig und übel. Instinktiv schob ich Stefan von mir weg.

»Ich weiß nicht, aber ich glaub, ich kann jetzt gerade nicht. Mir ist irgendwie nicht so gut«, erklärte ich ihm.

»Willst du einen Tee oder so was?«, fragte Stefan fürsorglich.

Plötzlich lief alles wie ein Film ab. Ich dachte daran, wie ich Sven das erste Mal gesehen hatte, wie ich mich in ihn verliebt hatte, und dann dachte ich an den Tag, als er plötzlich weg gewesen war. Ich sah Chris vor mir, der mir mittlerweile so viel bedeutete, meine Zuneigung aber nicht erwiderte. Ich sah die Enttäuschung in Bastis Augen, als ich versucht hatte, ihm die Wahrheit zu sagen, und wie er daraufhin mit mir Schluss gemacht hatte.

»Tut mir leid, aber ich muss jetzt gehen. Ich fühl mich wirklich nicht gut«, sagte ich.

»Okay, soll ich dich noch beglei…«

»Nein, lass mal«, unterbrach ich ihn. »Ich find den Weg schon selber. Danke für deine Hilfe. Mach's gut.«

Ich ging die Treppe runter, taumelte zur Tür hinaus und war heilfroh, als ich endlich in meinem Auto saß. In diesem spürte ich, wie die Anspannung von mir abfiel, und dann weinte ich mir all meinen Kummer von der Seele.

September

Aus Liebe zum Masochismus

Liebe Mira,
ich habe auf der Party gestern einen Typen kennengelernt. Er war wirklich süß und nett und eigentlich hätte zwischen uns bestimmt was laufen können, aber es ging nicht. Wir saßen zusammen in der Küche seines Wohnheims, er wollte sich mir nähern und da hab ich einen Rückzieher gemacht. Ich konnte einfach nicht. Ich hab mich gefühlt, als würde ich Chris betrügen. Verrückt, was? Dabei würde ihn das wahrscheinlich gar nicht mehr interessieren. Ich vermisse ihn so und kann mir im Moment auch nicht vorstellen, einen anderen Mann zu haben. Ich fühl mich so hilflos und verletzlich und das kotzt mich total an.

Als ich diese Nachricht an Mira schickte, wusste ich noch nicht, dass ich zwei Wochen später in Chris' Bett liegen würde. Es war ein Gefühl von Erleichterung. Endlich hatte ich das bekommen, wonach ich mich die ganze Zeit gesehnt hatte. Chris war kein Traum mehr. Er war sprichwörtlich zum Greifen nah. Eingekuschelt in seine Bettdecke lag er neben mir und schlummerte friedlich.

Nachdem wir Sex gehabt hatten, war er ziemlich schnell eingeschlafen, aber vorher hatte er mich noch gefragt, ob ich seine Freundin sein möchte. Natürlich hatte ich sofort Ja gesagt, vielleicht auch aus Angst, er könnte seine Frage zurückziehen, wenn ich zu lange zögerte.

Daraufhin hatte er mir zärtlich eine Haarsträhne aus dem Gesicht gestrichen und mir tief in die Augen geschaut. Es fühlte sich in diesem Moment so an, als könnte ich ihm direkt ins Herz sehen, und dort waren ganz viel Wärme und Zuneigung für mich. Chris war glücklich über meine Antwort, genau wie ich.

Alles hatte damit begonnen, dass Chris mich an diesem Abend gefragt hatte, ob ich mit ihm auf ein Konzert gehen wolle. Vielleicht hätte ich ahnen können, dass es nicht bei einer rein freundschaftlichen Einladung bleiben würde, andererseits wollte ich diesmal auf der Hut sein, denn meine Hoffnung war schon zu oft enttäuscht worden. Damit, dass wir nur wenige Stunden später glücklich vereint in seinem Bett liegen würden, hätte ich in meinen kühnsten Träumen nicht gerechnet.

Und so lag ich nun neben ihm, als seine Freundin, und malte mir die verrücktesten Sachen aus. Wie wir heirateten, wie ich schwanger wurde und wie Chris mir liebevoll den Bauch streichelte. Es war wie eine Vision, die mir zeigte, dass er genau der Richtige für mich war. Ich würde keinen anderen mehr haben wollen.

Irgendwann zwischen diesen Gedanken muss ich eingeschlafen sein, denn als ich das nächste Mal die Augen öffnete, fielen schon die ersten Sonnenstrahlen ins Zimmer und ließen alles noch realistischer wirken. Ich drehte mich zu Chris um und streichelte ihm vorsichtig über den Arm. Er öffnete die Augen und sah mich an. Er lächelte und zog mich an sich. Wir küssten uns und es fühlte sich ganz anders an als die Monate zuvor, irgendwie echter.

Chris streichelte mich am ganzen Körper und ließ seine Hand zwischen meinen Beinen verschwinden. Er umkreiste meinen Kitzler und drang mit einem Finger in mich ein. Jede seiner Berührungen löste in mir ein unsägliches Kribbeln aus.

»Vielleicht brauchen wir dann ja bald auch keine Kondome mehr«, sagte Chris, während er in die Nachttischschublade fasste, um einen Gummi zu holen. Merkwürdigerweise löste dieser Gedanke in mir noch mehr Glücksgefühle aus. Nach all den unzähligen One-Night-Stands hatte ich wieder jemanden, der zu mir gehörte und der mir vor allem ganz alleine gehörte.

Der Sex war wundervoll und auch wenn es verrückt klang – in diesem Augenblick wusste ich einfach, dass ich angekommen war.

»Willst du was frühstücken?«, fragte Chris und stieg aus dem Bett. Er ging ins Badezimmer, während ich meine Klamotten vom Fußboden aufsammelte. Dabei überkam mich kurz ein ungutes Gefühl. Ich dachte an die vielen Male, die ich mich in diesem Zimmer aus- und wieder angezogen hatte, um danach nach Hause zu fahren. Ich schüttelte den Gedanken ab wie eine lästige Fliege. Ich ging ins Wohnzimmer, wo er schon den Tisch gedeckt hatte.

»Setz dich doch!«, sagte Chris und ich nahm ihm gegenüber Platz. Chris schnappte sich die Zeitung und fing an, darin zu blättern. War das ein Zeichen, dass er keine Lust hatte, sich mit mir zu unterhalten? Obwohl ich meine Cornflakes so langsam wie möglich löffelte, herrschte die ganze Zeit über Schweigen. Sogar als ich aufstand und sagte, dass ich nun gehen würde, sagte er nichts.

»Aber ich könnte ja später noch mal wiederkommen?«, setzte ich unsicher hinzu. Ich kannte die Antwort, noch ehe er sie aussprach, denn wie schon in der Nacht zuvor konnte ich in seinen Augen lesen.

»Ich weiß nicht, wie ich es sagen soll«, begann Chris zögerlich.

»Du brauchst nichts zu sagen, ich kann mir schon denken, was los ist.« Unglücklicherweise wusste ich es tatsächlich. Ich hatte die ganze Zeit geahnt, dass er einen Rückzieher machen würde, aber ich hatte diese Angst mit Zukunftsvisionen und Träumereien verdrängt. Am traurigsten daran war eigentlich nur, dass ich ihm fast dankbar war, dass er mir zumindest diese eine Nacht geschenkt hatte, in der ich zu ihm gehören durfte.

»Irgendwie klappt das mit uns nicht«, sagte er überflüssigerweise.

»Dann werde ich jetzt lieber gehen.« Ich schnappte mir meine Tasche und ging – genau wie schon so viele Male zuvor.

Ich musste nicht weinen, ich war nicht mal besonders traurig. Ich fiel eher in eine Art Trance und flüchtete mich in eine Traumwelt, in der alles noch in Ordnung war.

Erst als ich Chris' SMS bekam, wurde mir klar, was das alles bedeutete. Die vier Worte trafen mich direkt ins Herz.

Es tut mir leid!

Chris und ich hatten uns für acht Uhr verabredet. Ich war wie immer unglaublich nervös. Chris wollte mich besuchen kommen. Es war unser ersten Treffen seit dem Morgen, an dem er mir einen Korb gegeben hatte. Nachdem ich mich ausgiebig geduscht und mich anschließend vor dem Spiegel zurechtgemacht hatte, wusste ich insgeheim schon, dass ich wieder mit ihm schlafen würde.

Es klingelte und mein Herz hüpfte vor Freude, ihn wiederzusehen. Mein Kopf dagegen protestierte heftig.

Zunächst unterhielten wir uns über völlig belanglose Dinge, doch schon bald wurde klar, dass wir es nicht schaffen würden, einander zu widerstehen. Nicht mal Mira konnte ich im Nachhinein erzählen, dass ich selbst den ersten Schritt in mein Unglück gemacht hatte, so sehr schämte ich mich für meine Willenlosigkeit, meine Schwäche und meine Unfähigkeit, Nein zu sagen. Ich ließ zu, dass andere meine Würde mit Füßen traten. Schlimmer noch: Ich selbst trampelte darauf herum.

»Ich weiß nicht, ob das jetzt angebracht ist, aber es fällt mir schwerer, als ich dachte, dir nicht nahezukommen«, sagte ich und verzog nicht mal eine Miene dabei. So rannte ich sehenden Auges in mein Unglück.

Chris reagierte verunsichert und zupfte nervös an seiner Jeans herum. Ich konnte deutlich sehen, dass er nicht wusste, ob er es moralisch vertreten konnte, wieder mit mir ins Bett zu gehen.

»Ich mach dir einen Vorschlag. Ich geh jetzt kurz ins Bad und wenn du Lust auf mich hast, dann liegst du in meinem Bett, wenn ich wieder rauskomme«, sagte ich. Ohne seine Antwort abzuwarten, ging ich ins Badezimmer und schloss die Tür hinter mir.

Ich sah in den Spiegel und versuchte, meinem Spiegelbild irgendeinen guten Ratschlag abzutrotzen, doch es schwieg und blickte mich ausdrucksloser an denn je.

Ich spritzte mir kaltes Wasser ins Gesicht, dann öffnete ich langsam die Tür und sah, dass Chris auf meinem Bett lag.

Er klopfte neben sich auf die Matratze und ich nahm seine Einladung an. Ich zog Hose und Slip aus, legte mich aufs Bett und spreizte die Beine. Er zog meine Schamlippen auseinander und fing an, meinen Kitzler mit zwei Fingern zu umkreisen.

»Oh Gott, bist du feucht. Du bist ja schon richtig nass«, stöhnte er. Es machte mich an, dass er meine Geilheit anregend fand. Er steckte seinen Finger langsam in mich hinein, dann ließ er ihn in mir kreisen. An meinem Schenkel konnte ich spüren, dass sein Schwanz immer härter wurde, und das ließ mich willenlos werden. Das erste Mal, seit ich Chris kannte, verspürte ich keinen Leistungsdruck, sondern machte einfach, wonach mir war. Ich schob seine Finger aus mir heraus, steckte sie mir in den Mund und begann, genüsslich an ihnen zu lutschen. Er nutzte die Gelegenheit, um sich auf mich zu legen und in mich einzudringen, weil er offensichtlich nicht mehr länger warten konnte.

Plötzlich zog er seinen Schwanz raus und drehte mich auf den Bauch. Er knetete meine Arschbacken und knallte mir mit der flachen Hand auf den Hintern. Ich schrie auf. Er drang wieder in mich ein und es dauerte nicht mehr lange, da lief sein Saft in mich hinein und füllte die Leere in mir aus. Er verharrte noch einen Moment in dieser Position, dann zog er seinen Schwanz heraus und rollte von mir herunter.

»Wow«, brachte er nur noch hervor. Und nach einer Weile: »Bereust du, dass wir es getan haben?«

»Nein, bereuen tue ich es nicht. Aber es hat sich ein bisschen anders angefühlt als beim letzten Mal«, erwiderte ich. Kein Wunder, beim letzten Mal war ich noch seine Freundin gewesen. Zumindest für eine Nacht.

Nachdem Chris gegangen und ich wieder allein in meiner Wohnung war, dachte ich zunächst, ich würde in Tränen ausbrechen. Doch überraschenderweise verspürte ich eine Ruhe in mir, die ich schon Ewigkeiten nicht mehr verspürt hatte. In dieser Nacht konnte ich seit Langem wieder einmal durchschlafen.

*

»Wenn du Lust hast, würde ich mich freuen, wenn du noch vorbeikommst.« Diese Worte waren Musik in meinen Ohren und ich ließ sie mir von Chris auch nicht zweimal sagen. So stand ich eine Stunde später vor seiner Haustür.

Ich atmete noch einmal tief durch, dann ging auch schon der Türsummer und ich betrat den Hausflur.

Bei Chris' Anblick bekam ich sofort weiche Knie und ich musste dagegen ankämpfen, wie eine Zwölfjährige zu grinsen und rot zu werden.

»Komm rein!«, sagte er und ging einen Schritt zur Seite, um mich hineinzulassen. Ich zog meine Schuhe aus und begab mich auf direktem Wege ins Schlafzimmer. Ich wollte keine Zeit verlieren, denn ich konnte es kaum noch erwarten, ihm wieder nahe zu sein. Es kam mir selbst total erbärmlich vor, aber mit ihm zu vögeln, war der einzige Weg, noch irgendwie an ihn ranzukommen.

Chris entkleidete sich und zog mir die Hose und den Slip aus, kniete sich vor das Bett und fing an, mich zu küssen. Seine Berührungen jagten mir einen Schauer der Erregung über den Körper und ich bekam eine Gänsehaut vom Kopf bis zu den Zehenspitzen. Er küsste sich an der Außenseite meines Schenkels entlang und bewegte sich mit seinem Mund immer weiter hoch zu meiner intimsten Stelle.

Ein bisschen mulmig war mir zumute, weil die Angst, etwas Falsches zu tun, sich einfach nicht abschütteln ließ. Trotzdem fühlten sich seine Küsse unendlich gut an, ich genoss es, wie seine Zunge meinen Körper erforschte, und konnte nicht anders, als mich ihm auch dieses Mal mit allen Sinnen hinzugeben.

Seine Hand streichelte meine Wange und wanderte hinunter, über meinen Hals, zu meinen Brüsten. Er umfasste mein Becken, schob mich dichter zu sich heran, seine Zunge drang immer tiefer in mich ein und wurde auf meinen ausdrücklichen Wunsch hin durch seinen Schwanz ersetzt. Er bewegte sich in mir, bis ich mich vollends entspannte und den Orgasmus zuließ.

Danach legten wir uns nebeneinander aufs Bett, er nahm mich in den Arm, und in diesem Augenblick war eine Leere in mir, die ich so noch nicht kannte und die mir große Angst machte. Ich hatte mich noch nie so alleine gefühlt. Die ganze Zeit, in der ich bedeutungslosen Sex gehabt hatte, war es mir nicht so ergangen, aber nun konnte ich fühlen, dass ich eine Grenze überschritten hatte. Das alles sagte ich Chris natürlich nicht. Ich blieb reglos in seinen Armen liegen, entleert, traurig und jede Sekunde darauf gefasst, mich plötzlich in Luft aufzulösen.

Chris stand auf und legte Musik ein. Er musste doch gespürt haben, dass mit mir etwas nicht stimmte, denn er wirkte nervös und irgendwie angespannt. Ich hätte mir natürlich gewünscht, seine Nähe genießen zu können, aber irgendetwas trieb mich von ihm weg.

»Es war ein schöner Abend, vielen Dank. Aber ich muss jetzt ins Bett, hab morgen noch einiges vor«, sagte ich und versuchte, dabei möglichst gelassen und souverän zu klingen.

»Okay, wir sehen uns«, antwortete er bloß, was mich in meiner Entscheidung bestärkte, zu gehen.

Als die Tür hinter mir ins Schloss fiel, wurde mir klar, dass die Sache mit Chris ein für alle Mal gelaufen war.

*

Am nächsten Tag schrieb ich eine Mail an Chris. Das heißt, ich versuchte es zumindest. Eine Stunde zuvor hatte ich noch mit Mira telefoniert und sie hatte mir Mut gemacht.

»Tu es einfach!«, hatte sie gesagt. »Glaub mir, du wirst dich danach besser fühlen.«

Nach etwa zehn Versuchen und viermal tief durchatmen war meine Nachricht an Chris endlich fertig, doch ich traute mich nicht, sie auch abzuschicken. Eine halbe Ewigkeit schwebte mein zitternder Finger über der Tastatur herum, ohne dass ich auf *Senden* drückte.

Doch wenn ich mein Leben wieder in den Griff bekommen wollte, musste Chris diese Mail bekommen. Ich hatte gar keine andere Wahl mehr, als sie abzuschicken. Also gab ich mir einen Ruck und drückte auf *Senden.* Jetzt gab es kein Zurück mehr. Chris würde meine Nachricht definitiv lesen.

Hi Chris,
ich würde es dir ja gerne persönlich sagen, aber offensichtlich funktioniert das mit dem Reden bei uns nicht so gut.
Ich mag dich zwar immer noch und fand den letzten Abend mit dir auch sehr schön, aber so sehr ich mir auch wünschen würde, es wäre anders, kann ich nun mal doch nicht so einfach vergessen, was alles passiert ist. Irgendwas hat sich verändert und es ist einfach zu viel kaputtgegangen zwischen uns.
Ich fand das halbe Jahr mit dir wirklich sehr schön, aber ich denke, es wäre das Beste, wenn wir uns nicht mehr wiedersehen. Zumindest wäre es das Beste für mich.
Das soll jetzt keine Retourkutsche sein – falls du das denkst –, es ist einfach nur meine Sicht der Dinge.
Schade, dass es so weit gekommen ist. Umso wichtiger finde ich darum, dass das Ganze nicht noch in einem richtigen Drama endet.
Maria

PS: Ich hoffe, du bist mir nicht böse, dass ich dir das nicht persönlich gesagt habe, aber ich brauche einfach mal ein bisschen Abstand, um wieder mit mir ins Reine zu kommen.

Als ich am gleichen Abend noch las, dass Chris Abstand auch für die beste Lösung hielt, brach es mir fast das Herz.

Oktober

Alles oder nichts

»Was soll ich denn jetzt nur machen?«, jammerte Mira hilflos in den Hörer, aber eine richtige Antwort wusste ich darauf auch nicht.

»Wie wär's, wenn du deinem Freund einfach die Wahrheit sagst?«, schlug ich vor, wohl wissend, dass Mira diesen Vorschlag niemals in die Tat umsetzen würde.

»Ja, natürlich! Ich erzähl ihm einfach, dass sich mein bester Freund in mich verliebt hat, ich mit dem besten Freund meines besten Freundes geschlafen habe, mein bester Freund mich auch noch dabei erwischt hat und jetzt kein Wort mehr mit mir redet.« Ich musste ein Grinsen unterdrücken.

»Na ja, wenn du das so sagst, kommt es bestimmt nicht gut rüber.« Es war eine der seltenen Situationen, in denen nicht ich am Pranger stand und mich rechtfertigen musste. Normalerweise war meine Freundin Mira diejenige, die mir den Kopf zurechtrückte oder mir weise Ratschläge erteilte. Es war ein gutes Gefühl, auch mal für Mira da sein zu können, auch wenn sich meine weisen Ratschläge angesichts der vertrackten Situation in Grenzen hielten.

»So wie ich das sehe, hast du nur eine Möglichkeit«, überlegte ich laut. »Du musst Philip erzählen, dass du ihn mit Max betrogen hast. Ich würde mich jedenfalls nicht darauf verlassen, dass Lukas gegenüber Philip die Klappe hält. Lukas ist zwar dein bester Freund, aber ein bester Freund, der in dich verknallt ist. Und Max ist Lukas' bester Freund. Oder war … Verletzte Jungs sind unberechenbar, glaub mir.« Mir war klar, dass Mira einiges riskieren würde, wenn sie die Wahrheit sagte. Auch ich konnte nicht einschätzen, wie cool oder uncool ihr Freund Philip auf dieses Geständnis reagieren würde, aber auf Lukas' Verschwiegenheit war in meinen Augen in dieser Sache definitiv kein Verlass.

Ich war Lukas nie persönlich begegnet, aber Miras Beschreibung nach zu urteilen schien er ein eher unscheinbarer Typ mit Nickelbrille und leichtem Übergewicht zu sein, der nur mäßigen Erfolg bei Frauen zu verbuchen hatte. Mira fand Lukas witzig und einfühlsam, und so wurde er schon nach kürzester Zeit zu einer ihrer wichtigsten Bezugspersonen. Leider fing er aber irgendwann an, mehr in ihre Zuneigung hineinzuinterpretieren.

»Dass ich auf der Party mit Max geschlafen habe, wird Lukas mir nie verzeihen«, sagte Mira traurig. »Ich will ihn nicht verlieren.«

»Ich weiß, du hast es gerade nicht leicht, aber du musst dich auch mal in Lukas' Lage versetzen. Er ist verliebt in dich und du erwiderst seine Gefühle nicht. Und als wäre das nicht schon genug, muss er auch noch mit ansehen, wie sein bester Freund dich bei der Einweihungsparty seiner neuen WG auf dem Fensterbrett bumst.«

»Es tut mir leid. Ich weiß, dass das bei dir wegen Chris ein empfindliches Thema ist.« Auf diesen Satz war ich nicht vorbereitet gewesen, deshalb stockte mir kurz der Atem.

»Das hat ja wohl nichts mit Chris zu tun!«, entgegnete ich beleidigt. »Außerdem hatten wir beide heute einen total schönen Tag«, fügte ich hinzu.

»Was? Jetzt versteh ich gar nichts mehr. Ich dachte, du hast ihm eine Mail geschrieben und ihm gesagt, dass du ihn nicht mehr wiedersehen willst?«, fragte sie aufgeregt.

»Ja, das stimmt schon. Aber dann dachte ich, dass wir vielleicht doch versuchen könnten, Freunde zu werden.«

»Du und Chris – Freunde?«, ereiferte sich Mira. »Das glaubst du doch wohl selber nicht. Ach Mann, Maria, manchmal denke ich wirklich, du willst gar nicht glücklich sein.«

Ich überhörte den letzten Satz und erzählte ihr von meinem Tag mit Chris. »Er hatte mich heute Mittag zu sich eingeladen, wir haben ein paar Fotos gemacht.«

»Was denn bitte für Fotos?«, fragte Mira skeptisch.

»Keine Sorge, es waren ganz normale Fotos«, antwortete ich. »Also ich hatte was an, falls du das meinst«, fügte ich sicherheitshalber hinzu. »Es war seltsam. Auf einmal hatte ich wieder das Gefühl, dass er doch mehr für mich empfindet.«

»Oh mein Gott, nicht schon wieder! Wie oft soll er dir eigentlich noch wehtun? Sorry, mein Schatz, aber so langsam zweifle ich ein bisschen an deinem Verstand. Du scheinst das einfach nicht verstehen zu wollen: Chris liebt dich nicht!« Miras hatte sich richtig in Rage geredet.

»Hey, was soll das? Willst du mir jetzt erzählen, wie man seine Gefühle in den Griff bekommt? Soweit ich weiß, musste Max dich doch nur einen Abend lang anmachen und schon bist du mit ihm in die Kiste gesprungen. Beziehungsweise aufs Fensterbrett.« Schon als ich die Worte aussprach, bereute ich sie.

»Ich find's echt übel, dass du mir so was sagst, nach all den Sachen, die ich mir von dir anhören musste. Ich hab dich niemals für irgendwas verurteilt. Ja, es war falsch, was ich gemacht habe, aber ich fühl mich in meiner Beziehung mit Philip eben im Moment nicht sehr glücklich. Und als Lukas mir Max vorgestellt hat, da war es einfach schön, mal wieder zu spüren, dass einen jemand attraktiv findet, wenn einem der eigene Freund das schon nicht zeigt.«

»Siehst du, genau so einen Moment hat es auch zwischen mir und Chris gegeben. Als wir uns am Computer zusammen die Fotos angesehen haben, konnte ich förmlich spüren, dass er mir nahe sein wollte. Er hat mir einen Blick zugeworfen, der mir das Gefühl gegeben hat, ich sei etwas Besonderes. Manchmal braucht man so was eben.« Das Atmen fiel mir plötzlich schwer. Wieder war sie da: die Hoffnung auf eine Zukunft mit Chris. Allein die Vorstellung brachte mein Herz zum Rasen.

»Sorry, wenn ich gerade etwas überreagiert habe, aber ich hab im Moment selber so viel um die Ohren und bin mit den Nerven echt runter. Was soll ich denn nun machen?«, fragte Mira ratlos.

»Versuche herauszufinden, ob du noch mehr Gefühle für Max hast, und dann musst du dir darüber klarwerden, ob du die Beziehung zu Philip überhaupt noch willst.«

»Und was machst du?«

»Ich kann nur hoffen, dass ich einmal im Leben das Richtige tue.«

*

»Darf ich dir mal was anvertrauen und du erzählst es auf keinen Fall weiter?«, fragte ich Chris am Telefon.

»Na klar, ich kann schweigen wie ein Grab«, versprach er mir und lachte.

»Bei meiner Freundin Mira ist gerade ziemlich viel los, aber ich weiß einfach nicht, was ich ihr raten soll«, fing ich an zu erzählen.

»Worum geht's denn?«, fragte er neugierig.

Ich ließ mich auf die Couch fallen und schmiegte meinen Kopf ins Kissen.

»Sie hat schon seit eineinhalb Jahren einen Freund: Philip. Und seit ungefähr zwei Monaten zieht sie immer mit ihren beiden Freunden um die Häuser. Lukas und Max. Und jetzt hat Lukas ihr gestanden, dass er in sie verliebt ist, aber sie hat mit Max geschlafen, was Lukas herausbekommen hat, weil er ins Zimmer geplatzt ist, als sie gerade voll dabei waren.«

»Wow, das ist aber echt 'ne ziemlich heikle Situation«, gestand Chris. »Und was will sie jetzt machen?«, fragte er.

»Ich weiß es nicht. Ich habe ihr gesagt, dass ich es ziemlich daneben finde, wie sie sich benimmt, und dann war sie stinksauer und hat gemeint, dass sie mich immer unterstützt hat und ich sie jetzt einfach verurteilen würde. Womit sie eigentlich gar nicht so unrecht hat.« Und dann fügte ich noch hinzu: »Freundschaften können manchmal ziemlich kompliziert sein.«

»Mir fällt es auch schwer, mich immer richtig zu verhalten«, sagte Chris. »Aber Freundschaften sind mir unglaublich wichtig, vor allem wenn sie über viele Umwege entstanden sind.«

»Ja, manchmal werden einem genau die Menschen am wichtigsten, von denen man es am wenigsten erwartet hätte«, erwiderte ich. »Wer hätte gedacht, dass es noch etwas anderes gibt, bei dem wir so gut harmonieren?«, alberte ich herum.

»Ja, und es gibt bestimmt noch viele andere Dinge«, sagte Chris. »Wir entdecken ja wöchentlich neue. Du faszinierst mich jeden Tag mehr, wirklich … Übrigens hab ich am Wochenende noch nichts vor und würde mich freuen, wenn wir uns sehen könnten.«

»Da könnten wir dann ja noch mal Fotos machen«, schlug ich vor.

»Alles, worauf du Lust hast.«

»Wie wäre es mit einem Herbstspaziergang? Ich liebe es, im bunten Laub spazieren zu gehen, die frische Luft zu genießen und danach heimzukommen und den Tag mit einer heißen Tasse Kakao ausklingen zu lassen. Für mich der vollkommene Tag«, schwärmte ich.

»Oh ja, bei so einem Spaziergang wäre ich gern mal dabei«, erwiderte Chris und ich überlegte kurz, ob er das gerade wirklich ernst meinte.

»Dann lass uns am Wochenende spazieren gehen. Aber versprich mir, dass du dich nicht über mich lustig machst, weil ich so was so schön finde.«

»Würdest du dich denn lustig machen, wenn ich das auch schön fände?«, zog er mich auf.

»Nein, auf keinen Fall! Also, dann ist es abgemacht!«

Ich war glücklich. Es war Herbst und ich war verliebt. Einfach perfekt.

*

Ich konnte das Wochenende kaum erwarten. Zum ersten Mal seit Langem war ich einfach zufrieden und hatte das Gefühl, auf dem richtigen Weg zu sein.

Nach der Enttäuschung mit Sven und dem ewigen Hin und Her mit Chris war mein Herz schon sehr angeknackst. Ich wusste, dass meine Kräfte nicht unendlich waren, mich immer wieder aufzurappeln.

Ich wusste nicht, ob es eine gute Idee war, Chris wieder zu treffen, schließlich hatte er mir mehr als deutlich zu verstehen gegeben, dass er an einer Beziehung mit mir nicht interessiert war. Dennoch war etwas an ihm, was mich nicht losließ.

Allmählich verstand ich, warum Menschen, die sich verliebt hatten, so unberechenbar und verrückt waren: Wer würde denn nicht alles für das Happy End tun, das er sich immer erträumt hatte?

Ich war bereit, für ein Happy End mit Chris Kopf und Kragen zu riskieren, oder besser: Kopf und Herz. Ich war mir durchaus bewusst darüber, dass die Sache schiefgehen konnte, aber die klitzekleine Chance, dass es nicht schiefging, reichte aus, um leichtsinnig zu sein.

*

»Weißt du, dass das Kuscheln mit dir immer mit am schönsten für mich war?«, hörte ich Chris in den Hörer seufzen. »Wenn ich gewusst hätte, dass du so verschmust bist, hätte ich das schon viel früher mit dir gemacht. Und jetzt fehlt es mir wieder.«

»Mir fehlt es auch, sogar mehr als der Sex«, erwiderte ich. Ich schaltete das Telefon auf Lautsprecher und ließ mich aufs Bett fallen.

»Klingt das jetzt blöd, wenn ich frage, ob du noch zum Kuscheln vorbeikommen möchtest?«, fragte Chris.

Ich war hin- und hergerissen, aber am Ende war die Versuchung einfach zu groß und ich sagte zu.

Auf der Fahrt zu Chris überkam mich ein seltsames Gefühl. Was, wenn er mich wieder verletzen würde? Würde ich das Alleinsein danach aushalten?

Ich beschloss, mich diesmal anders zu verhalten und keinen Sex mit ihm zu haben, egal was kommen würde. Ich musste behutsam vorgehen, wenn der Funke zwischen uns nicht wieder erlöschen sollte.

Als ich seine Wohnung betrat, wirkte Chris sehr verschüchtert. Nachdem ich ein wenig unbeholfen im Wohnzimmer herumgestanden hatte, bat er mich, mich neben ihn auf die Couch zu setzen. Ich legte meinen Kopf auf seine Brust. Er strich mir liebevoll die Haare aus dem Gesicht und küsste mich. Ich fühlte mich sehr wohl damit, mich an ihn zu schmiegen und ihm in den Armen zu liegen.

»Es ist schön mit dir«, sagte er und lächelte. Ich war wie gelähmt – wusste nicht, ob ich jauchzen sollte vor lauter Glück oder vor Angst davonrennen. Genau denselben Blick hatte Chris schon mal draufgehabt. Da hatte ich gedacht, er wolle mit mir zusammen sein, und am nächsten Morgen war der Traum zerplatzt. Und diese strahlenden Augen hatten mich schon zweimal getäuscht.

»Ist alles okay bei dir? Du wirkst plötzlich so verändert«, fragte Chris besorgt.

»Ich habe Angst«, antwortete ich ehrlich.

»Was fühlst du denn im Moment?«, fragte er mich.

Ich konnte diese ewigen Spielchen nicht mehr ertragen und setzte mich auf.

Ich sah ihn verzweifelt an. Wenn er sich jetzt nicht traute, mir seine Gefühle zu gestehen, wäre es für immer zu spät, da war ich mir plötzlich sicher. Chris nahm meine Hand und zog mich wieder in seine Arme.

»Ich bin vermutlich endlich dran, dir zu sagen, was ich empfinde.« Ich horchte gespannt auf. »In letzter Zeit habe ich gemerkt, dass du mir gefehlt hast, wenn du nicht bei mir warst, und nun habe ich dieses Kribbeln im Bauch, wenn wir uns sehen, und ich fühle mich wohl mit dir. Das hat schon lange keine Frau mehr geschafft.« Meine Gefühle fuhren schon wieder Achterbahn. »Würdest du mir denn noch mal eine Chance geben?«, wollte Chris wissen.

»Lassen wir es langsam angehen«, antwortete ich und schmiegte mich an seine Brust.

*

Das Spiel, das wir gerade begonnen hatten, war neu für mich und ich kannte die Spielregeln noch nicht.

Sie hatte an der Bar gesessen und sich interessiert umgesehen, darum war sie mir auch sofort aufgefallen. Die langen blonden Haare waren ihr in sanft geschwungenen Wellen ins Dekolleté gefallen und ihre großen blauen Augen hatten mich von der ersten Sekunde in ihren Bann gezogen. Sie war vermutlich nicht viel größer als ich, auch wenn sie zierlicher und zerbrechlicher wirkte. Sie ist genau Chris' Typ, hatte ich gedacht und kurzerhand beschlossen, sie anzusprechen.

Nun standen wir drei voreinander und begutachteten unsere nackten Körper.

»Küsst euch!«, eröffnete Chris unser Spiel. Die schöne Fremde legte sich aufs Bett und ich legte mich zu ihr. Sie streichelte meine Brüste, während sie zärtlich und voller Genuss ihre Zunge um meine Lippen kreisen ließ.

Ich berührte ihre großen, festen Brüste, die sich so herrlich zart anfühlten, dass ich sie am liebsten nie wieder losgelassen hätte. Dann fing ich an, sie mit der Zunge zu erforschen, und kreiste immer wieder um ihre harten Nippel. Lustvoll reckte sie mir ihren Körper entgegen.

Ich stieß mit den Zähnen immer wieder gegen ihr Piercing, sobald ich zu heftig an ihren Brustwarzen saugte.

Irgendwann richtete sie sich auf und drückte mich aufs Bett, knetete sanft meine Brüste und saugte an meinen Nippeln.

Chris beobachtete alles von der Bettkante aus, hielt seinen Schwanz in der Hand und wartete darauf, mitmachen zu dürfen. Ihr Blick traf meinen und sie sah mich fragend an.

»Mach ruhig!«, flüsterte ich und schon kroch sie zu Chris hinüber und nahm seinen Schwanz in die Hand. Sie zögerte nicht lange und nahm ihn in den Mund. Sie lutschte ihn völlig ungeniert, so als ob sie ihn schon eine Ewigkeit kennen würde.

Der Anblick von Chris, der ihren Mund zu genießen schien, und die Leidenschaft, mit der sie seinen Schwanz lutschte, turnten mich unglaublich an. Ich kniete mich neben sie und leckte mit meiner Zungenspitze vorsichtig Chris' Eichel entlang.

Jedes Mal, wenn unsere Zungen sich trafen, stöhnte ich leise auf und zog sie zu mir heran, um ihre Lippen auf meinen zu spüren. Ich küsste sie erst zaghaft, dann immer energischer, fing an, sie zu streicheln und mich an ihr zu reiben.

Chris schaute uns eine Weile lang zu, dann legte er sich hinter die Blonde, die ihm ihren Hintern aufreizend entgegenstreckte. Er spreizte ihre Beine, sodass ich ihre Muschi sehen konnte.

Ich verwöhnte sie gerade mit meinen Fingern, als sie den Vibrator auf dem Nachttisch entdeckte. Sie führte ihn tief in mich ein, während ich ihren Kitzler rieb. Chris leckte seine Finger und ich konnte sehen, wie er ihre Rosette befeuchtete. Ich nickte ihm kurz zu, um ihm zu signalisieren, dass es für mich okay war, und schon steckte er seinen Schwanz in ihren Arsch und fing an, sie langsam zu ficken. Ich begann sie zu lecken und streckte ihr dabei meine Muschi entgegen. Sie verwöhnte mich mit dem Vibrator und machte immer schnellere Bewegungen. Ich saugte an ihrem Kitzler und ihr Stöhnen trieb mich schier in den Wahnsinn. Ich kam so heftig, dass ich am ganzen Körper wohlig zitterte.

Wir wechselten die Stellung. Chris nahm mich von hinten und die Blonde legte sich vor mich, damit ich sie weiter lecken konnte.

»Das war wirklich schön!«, sagte sie, als wir alle erschöpft und verschwitzt nebeneinanderlagen, und streichelte zärtlich über meinen Arm. »Würdest du das noch mal wiederholen wollen?«, fragte sie mich.

»Na ja, also versteh mich nicht falsch, es war wirklich toll mit dir.« Ich sah ihr tief in die Augen und merkte, dass mir die Situation mehr als peinlich war. »Aber ich bin mir nicht sicher, ob ich es noch mal machen würde.« Ich kuschelte mich in die Bettdecke.

»Befriedigung ist der Tod der Begierde«, flüsterte sie mir ins Ohr.

»Wie bitte?«, fragte ich etwas verwirrt.

»Du hast gefunden, wonach du dich gesehnt hast. Jetzt brauchst du nicht mehr zu suchen«, erklärte sie mir.

Dann stand sie auf, zog sich an und ging. Ich sah zu Chris und beobachtete ihn dabei, wie er sich anzog. Als sich unsere Blicke trafen, lächelten wir.

DIE AUTORIN

Beate Wirth wurde 1988 geboren und wuchs am Bodensee auf. Heute lebt sie zusammen mit ihrem Mann in einer kleinen Stadt im Herzen Bayerns. Vor einigen Jahren entdeckte sie ihre Leidenschaft für erotische Texte, in denen sie auch persönliche Erlebnisse verarbeitet. Maria ist ihr erster Roman.

Beate Wirth
MARIA
Erotischer Roman

ANAIS BAND 37
ISBN 978-3-86265-233-4
ANAIS ist ein Label des Berliner Schwarzkopf & Schwarzkopf Verlages.

KATALOG
Wir senden Ihnen gern kostenlos unseren Katalog
Schwarzkopf & Schwarzkopf Verlag GmbH
Leserservice ANAIS
Kastanienallee 32 | 10435 Berlin
Telefon: 030 – 44 33 63 00 | Fax: 030 – 44 33 63 044

INTERNET | E-MAIL
www.anais.de | info@anais.de